溺死した老猫

黄春明選集

西田勝 編訳

法政大学出版局

◉目次

黄春明選集

溺死した老猫

道路清掃人夫の子供

はっきりしているのは、四年丙組の謝《シエ》先生の頭にまた痛みが生じたことだった。彼のクラスの劉吉《リュウチー》照《チャオ》が、前世にどういう怨みがあったのか、一日に何度か彼を悩ませずにはおかなかったからだ。

吉照――この子は聡明で腕白、遊び好きだった……背は低く、貧相だったが、学校というミクロコスモスのなかでは大文豪、芸術家また運動家で、腕白にかけては一家をなしていた。彼の小さな頭のなかには、デリケートな哲学が育《はぐく》まれていて、人は飛んだり跳ねたりして一生を遊び暮らすべきだと考えていた。謝先生は機会をとらえてシッカリこの子を教え悟らせなければならないと考えていたが、なかなかその機会が来なかった……宿題はと言えば、彼はすべてやってあり、級友の誰よりもよくやってあった。彼はよく質問し、質問しない時はなく、謝先生を故意に困らせようとしているかのようだったが、先生も気軽にこの生徒の質問を拒絶することができなかった。彼の質問にはどれも相応の根拠があったからだ。ある時、テンヤワンヤの騒ぎが起きた。それは課外の時間だった。

この日は本当についていなかった。ところ構わず痰を吐き、紙くずも捨ててしまったところを先生に見つかってしまったからだ。その上、方言を使い、級長の勧告も聞かず、かえって級長を殴り、あることないこと言って罵ってしまったのだった。

終業数分前、謝先生は教壇の上から眼を三角にして言った。

「クラスの皆んなに尋ねたいことがある」。そして少し間を置いて続けた……「ところ構わず痰を吐くことはよいことですか?」

「いけないことです」とクラス全員が一斉に答えた。

「では、紙くずを捨てるのは?」

「よくないことです」

「人を殴ることは?」

「よくないことです」

「劉吉照! 立ちなさい」。謝先生はさらに続けて言った……「彼は今日、私がいま質問した過ちをすべて犯しました。先生は記録には残しませんが、罰として教室を一人で掃除することを命じます」。この宣告が下されると、クラス中の視線は吉照の顔に集中し、或る者はクックッと笑い、或る者は手を打つ真似をし、日ごろ彼をよく思っていない者は得意げにアカンベーをした。吉照は黙って頭を下げた。

「よろしい。では今日は終わり」

「起立! 敬礼! 解散!」。教室は、このゴタゴタがあったため、手を打つ者、大声を出す者、机をたたく者があって、喧騒が極まった。

謝先生は教室を出ると、またすぐ戻ってきて、吉照の傍に来て言った……

「掃除が終わったら、職員室に来なさい。私が点検する。検査が通らなかったら、もう一度掃除してもらうからな。合格なら、帰ることができる。分かったな？　よろしい！　では掃除をはじめよ！」。先生は頭の向きを変え、帰っていった。吉照は、後ろから先生を殴るようなフリをし、先生が遠くに去ると、ソッと何句か悪口を言い、ウップンを晴らした。振り返って教室の中を見ると、先ほどよりさらに乱れ、汚くなっていた。普段、彼と仲がよくない何人かの級友が故意に字を書いた紙をちぎって、部屋中にばらまいたのだ……壁を見ると、涎《よだれ》や鼻水がこすり付けられ、机や椅子の上には足跡がつけてあった。これらの様子を見て、彼は顔を真っ赤にし、その怒りを、これらの机や椅子にぶっつけ、それらを教室一杯に倒した。その後、時間がもう遅いことに気付いた。学校の中には、生徒たちはほとんど下校して姿がなかった。癇癪《かんしゃく》を起しても面倒が増えるだけだとあきらめ、懸命に掃除に取りかかった。しばらくすると全身汗まみれとなり、ようやく掃除を終えることができた。ちょうど、その時、謝先生がやってきた。

「どうかな？　大分かかっているようだが？」。先生は歩きながら点検する……「掃除は面白いかな？」。ちょっとして……「よろしい！　二度と腕白をしてはいけない。分かったかな？　そうでないと、毎日掃除だぞ。もう遅い。すぐ家に帰りなさい」。

帰り道、吉照はちっとも面白くなかった。今回の掃除には本当に潤いがなかったからだ。これより後、彼のよくない考え方が一層、堅固になった。仕事と遊びの差はとても大きい、仕事は下賤だが、遊びは高尚だ――そうではないのか。過ちを犯したから、先生に罰として掃除をさせられることになったんだ。

家に帰ると、ちょうど晩飯時《ばんめしどき》だった——明りのない家では早めに晩飯を食べた。母親は心配のあまり、どうしてこんなに帰りが遅いのかを尋ねた。彼は途中、作りごとを考え、それで母親を騙《だま》した。お腹がペコペコで、カバンをほうりだすと、食卓前の椅子に飛び移り、飯を食べた。

「吉照や、父さんはまだ帰っていないよ。御菜《おかず》、父さんの分、残して置くんだよ」と母親はやさしく言った。

「母さん、父さんは?」母親に言われて、父のことを思い浮かべた。それほどまでに、お腹《なか》が空いていたのだ。

「父さんは仕事からまだ帰ってこないんだよ」

彼は飯をかきこむと、母親に代わって弟を背負い、庭に出た。空が暗くなってきたのに、父さんは、どうしてまだ帰ってこないのか? そう思った途端、その小さい頭に父の姿が浮かんできた。父さんは忙し気《げ》に大通りや路地でゴミを集め、アスファルト道路を掃き、ドブをさらい、公衆便所なんかもキレイにする。幻想豊かな吉照は茫々とした世界に沈みこんでいた。父さんは毎朝、明るくなると、番号が白く浮き出た藍色の服を着、頭には笠をかぶって出かけ、太陽が山に下りてくる頃に帰ってきた。どうして彼は人に代わって掃除に行かなければならないのか?——たしかに、吉照が物心がつくようになった頃から、彼は道路清掃人夫を生業《なりわい》としていた——彼は一体どんな過ちを犯したというのか? 誰が彼を罰して毎日掃除をさせているのか? 彼の先生? それはおかしい——自分は父さんが学校に行っているのを見たことがないし、先生がいるとも聞いたことがない。どうして啓新《チィシン》の父親は人に代わって掃除に行かないのか? 彼も過ちを犯しているぞ! 啓新の母さんを殴ってクラクラさせたことがあるのに、毎朝キレイな服を着て、三輪車に乗り、中正路《チョンチャンルー》の大洋房《ターヤンファン》（銀行）に行き、夕方、お金をたくさん持って、再び三輪車に乗って帰り、大威張りだ。彼は啓新に金をたくさん呉れ、皮の靴も買ってあたえ、ときどき映画にも連れていく。しかし、父さんは、うちは貧乏だというが、どうして彼らは貧乏ではないのか？　多分、貧乏だから、父さんは人に代わって掃除に行くんだろう。しかし、阿田《アティエン》の父さんも貧乏だが、どうして人に代わって掃除に行かないのか？　阿田の父さんも毎日早く起き、市場に行って魚を選び、到るところで魚を売り、夕方遅く帰ってくる。阿田は、うちは貧乏だから、魚を売っていると言うが、或る時、阿田は一かたまりの魚を持ってきて食わせてくれた。本当に魚はうまい！　彼の家では毎日魚を食べていると言うが、いいなあ！　うちの父さんが他人《ひと》に代わって掃除に行かず、魚を売りに行くことになったら、どんなにいいだろう。父さんは一体どんな過ちを犯したのか？　瑞龍《ルイロン》の父さんは、よい。家で瑞龍に算術を教えてくれるだけではなく、『学友』や『東方少年』を毎号買い、読ませている。西堂《シータン》の父さん、輝雄《フイション》の父さん……級友たちの父さんは皆んな、うちの父さんより能力があり、人に代わって掃除に行く必要がない。ああ、うちの父さんは、きっと大罪人に違いない。考えがここに達した時、涙が止め処《ど》もなく溢れ出た。その時、父さんの姿がボンヤリ坂道を下から車を引いて上がってくるのが見えた。彼は吉照に手招きし、車を推させた。吉照が戸口まで車を推し上げると、うしろを振り返り、「よい子だ。力持ちだ」と言って褒《ほ》め、ポケットから銅銭三個を取り出した……

「この銅銭を上げよう。ドブをさらった時、拾ったもんじゃ」

「父さん、いらないよ」と吉照は頭を下げ、走り去った。父親は、自分の息子が、こんなに物分かりのいいのを見て、喜びを感じた。

吉照は人のいないところまで駆けていって、声を上げて泣いた——何だろう？　父さんは罪人に違いない。今日、自分は過ちを犯したため、先生に罰せられて掃除をしたが、父さんは？　父さんは毎日毎日、地面を掃除している。やはり罪人に間違いない。今後、自分が学校に行けば、級友たちは、父さんは罪人だと言って、きっと自分を笑うだろう……。この時、すでに空は暗かった。吉照は弟を背負って家に帰り、眠りについた。

この夜はよく眠れず、脳裏には級友たちの、彼を嘲笑う顔が一つ一つ浮かび上がった。夢を見ても、彼らの顔が現われた。長い一夜を容易には、やり過ごすことができなかった。

翌朝早く、恐怖と自卑の感情を抱いて登校した。校門を、はるか遠くから望んで、心が跳ね上がり、彼を嘲笑《あざわら》う級友たちの顔が浮かんだ。校門の前をうろついているうち、入ってくる級友たちとぶつかった。彼らがニヤッとしたので、緊張がさらに高まった——間違いない！　予想していた通りだ。彼らは皆んな自分を笑っている。どうして授業に出ることができよう？　彼らはきっと死ぬほど自分を笑うだろう。ダメだ、ダメだ、授業には出られない。あ、啓新が来た。彼も自分を笑っている……。

吉照は考えれば考えるほど怖くなり、身を翻《ひるがえ》して大股に走った。

「城仔」下車

この日は七度で、とても寒かった。

一六時二〇分、南方澳《ナンファンアオ》(1)行きの定期バスは宜蘭《イラン》のターミナル駅を発車した。乗客は特別に少なかった。

「婆ちゃん、城仔《チャンズ》にもう着いたぁ?」と阿松《アソン》は待ち切れない様子で言った。実際はそうではなく、全く違っていた。

「着いたら降りりゃあええんじゃけえ。焦らんでもええが」婆さんの心は一段と沈んでいた。城仔には彼女は行ったことがなかった。それで隣に座っていた客に聞いた。

「城仔まで、あと何んぼ乗ればええですかのう?」

「あと三つかのう」と隣の客は答えるとともに問い返した。「あんたはどこから来《き》なさったんかいのう?」

「瑞芳《ルイファン》ですが」

「城仔まで何をしに行きなさる?」

聞こえはしたが、彼女は答えなかった。次の駅に着くと、隣の客は下車した。

車の中は静かで、人の話す声もなく、ただエンジンの音だけが響いていた。道行く人も少なく、バスはラッパも鳴らさず、ヒタ走りに走った。沿道のバス停で乗り降りする客もなかった。阿松と婆さんはドアの前の席に座っていた。子供は座席の上に乗り、膝を曲げて窓の外を眺め回していた。その後、彼の興味は蒸気で曇った窓ガラスの方に移った。阿松は九歳だが、早くにクル病を患い、奇形となっていた。背が丸くなり、足も曲がり、顔は黄ばみ、肌もカサカサで、両眼が飛び出し、歯も全部虫が喰《く》って真っ黒だった。話をすると、その声は鋭く人の耳を刺した。婆さんが人に与える印象はおよそ六〇歳以上だが、実際は五〇歳だった。歳月と生活が彼女の油気のない顔の上に深い痕跡をとどめていた。彼女には笑うということがなく、その表情は冬の日のように厳しかった。

橋頭《チャオトウ》に着くと、下車する人がいた。婆さんは二つを数え、バスが発車する時、車掌の姉さんに聞いた。

「城仔に着いたかのう?」

「城仔で降りるんじゃったん? 三つ前じゃったのに」

「ありゃ、しもうた。降りるで、降りるで」

「ここに車は止められんけえ、次の橋を渡ったところで降りてちょうだい」

「どうすりゃあええかのう」と独り言のように言い、婆さんはガックリとして腰を降ろした。

バスは蘭陽《ランヤン》大橋の上を走った。彼女にはもともと恨み事が多いが、今、もっとも婆さんを不安にしているのはバスが先ほどからあまりに遠くまで走り、すぐに停車してくれないことだった。

バスは復興村《フーシン》に着いて停まった。バスを降りると、老少二人は忽ち車外の夕闇と北風に呑み込まれてしまった。大橋と公道のほかは、あらゆるものが震え、夜の悪魔の歩みが一層迫ってきた。

凄涼《せいりょう》とした、見なれない光景は二人に深い恐怖をあたえた。阿松は怖がり、シッカリ婆さんのスカートの端をつかみ、脚元に蹲《うずくま》った。婆さんは公道の前後をうかがい、誰かを見つけたら時間を聞こうと思った。長い間待ったが、誰も現われず、幌《ほろ》をかけた大型トラックがときたま一頭の怪物のように通り過ぎる以外、何も見えなかった。

「婆ちゃん、なんで歩かんの？」

「宜蘭に帰るバスを待って、城仔に行くんよ」

婆さんと阿松は降りたバス停でバスの来るのを待っていた。風は更に強く吹き、一層寒くなった。二人は歯を食いしばり、長い間、互いに黙ったままだった。しばらくすると、宜蘭に行くバスが来た。遠くから近づき、そして過ぎ去っていった。

「ああ！　クソッ！　なんで停まらんのかいのう？　カラッポじゃないんか？」

そこが南方澳行のバス停だったのを知らなかったのだ。

「阿松、わしらはやっぱり歩こうかのう。あんまり遠くはなかろう！　五時の約束に遅れちゃあいけまあ、母ちゃんが待っとるからのう」と婆さんは阿松の手を引いて歩き始めた。非常にユックリだったが、あるだけの力をふりしぼっていたのだ。

「ああ、この橋はホンマに長いのう。渡り切れるかのう」。その実、婆さんが悩んでいたのは、そんなことではなく、阿松の気持を奮い起こすことだった。

阿松は歩けば歩くほど、遅くなった。

「母ちゃんはお前が着いたら外省人の父ちゃんに言《ゆ》うて、お前に服や靴を買《こ》うてもらう言うとったで」

「早うし、辛抱しんさい。辛《つら》いんは婆ちゃんにもわかる。五時になったみたいじゃ、ありゃ。いけん、もう五時じゃが。急がにゃあ。もうチッと早うし」

婆さんが何を言っても、もうどうでもよかった。氷のように骨を刺す風が不断に短いズボンから全身に吹き込み、骨の節がけだるく痛んできたのだ。最初は何とか頑張ったが、歩けば歩くほど動けなくなった。

「のう阿松、今が五時じゃ思うか」と婆さんは非常に焦っていた。しかし依然として返事がなかった。背骨が寒さで痛くなり我慢ができないほどになっていた。

「どしたん。泣いとるんか。お前も知っとろう。わしはしゃがむこともようせんのに、どうしてお前を背負えるんか。胸が痛うなったんか。痛かろう。母ちゃんのとこへ着いたら湯を沸かしてもろうて温めたらええ。早うし。停まったらいけん」。婆さんの心はイライラしていた。阿松らが出会う情景がどんなものになるか、彼女には分かっていた。こんな状態では五時前には城仔には着かないだろう。着かなかったらどうなるか、想像するのが恐ろしかった。婆さんは何も、もう考えないことにした。

こんど彼等——婆さんと孫の二人は、彼女の娘の阿蘭《アラン》、つまり阿松の母親、それから阿松の新しい父親に会うために城仔に来たのだ。これは彼らの運命の転機となり、それによって彼らの生活が好転するかも知れないのだった。いやいや、さらに大きな不幸を招く可能性もある。

阿松は顔見知りでない人に会うのを非常に恐れていた。その体形のため、ジロジロ見られるのにとても敏感だった。彼もすべての子供と同様、母親のそばで時を過ごすのが好きだった。しかし母親はその温もりを彼にあたえることができなかった。家を遠く離れたところで娼妓となり、彼らの生活を支えなければならなかったからだ。

阿蘭自身、こんな職業をずっと続けるわけに行かないと思い、母と相談した結果、相手の男が年寄りと阿松との一緒の生活でもいいと言うのなら、他に要求はないということになった。一年余が経ち、ようやく侯《ホウ》という一人の退職軍人が阿蘭に求婚した。彼は横断道路の建設に関わり、いくらかの蓄えがあった。婆さんが媽祖《マーツー》(2)へ行って籤《くじ》を引いてみた結果、媽祖もこの結婚に賛成だった。

「どしたん。ホンマに停まってしもうたが」。阿松が突然しゃがみこんで泣き出したので、婆さんは慌《あわ》てた。

「もうちょっと歩きんさい。のう、早うしんさい。お前はズッと賢うて聞き分けがえかったがのう」と婆さんは哀れっぽい口調でうながした。

「早う立ち。見んさい、空も大分暗うなったで」

阿松はすすり泣くのみで、泣き声は次第に大きく痛ましいものになっていった。

「婆ちゃんの言うことを聞きんさい。泣きなさんな。母ちゃんはの、五時に城仔で待っとる言うて、わしと約束したんよ。遅れたら会われんようになってしまおう。住んどるところを知らんのじゃけえのう。早う行かにゃあいけまあ。早うし、まだ間に合うじゃろう。八、九、一〇分は遅れても待っとるじゃろう」。本当は婆さんは焦《じ》れてカッカきているのだが、強いて抑えてできるだけ穏やかに阿松に語りかけた。

「骨がみんなバラバラになってしまいそうなのに、歩け歩け言うんじゃけえ」と阿松はもはや耐え切れず、大声で泣き叫んだ。彼は歳は小さいが、普通の子供に比べて分別があり、どうしたら大人たちにうるさがられないか、弁《わきま》えていた。今の情景から見ると、心にも余裕がなくなったようだ。

「歩かれんのか、ええっ。歩かれんのなら、どしたらええんじゃ」。婆さんも怒りを抑えることができなくなり、爆発した。

「この死にぞこないが。なんで死んじゃあいけん人の身代わりに死なんかったんじゃ。ほんまに前世でどがいな悪いことをして、こがいなセムシに生まれついたんじゃ」

阿松のすすり泣きは頂点に達した。

「ほうか、歩かんのなら、歩かんでもええ。お前は置いていくからの」婆さんはそう言って歩き始めようとしたが、阿松はシッカリ婆さんのスカートを摑《つか》み、地面に座り込んだまま放さなかった。

「放しんさい。婆ちゃんはお前を恨むで。ええ加減に放し。足手まといじゃからの」と婆さんは阿松の手を振り払おうとした。

「この死にぞこないが、放せ、放さんか。歩かんと。わしをこがいに、きつう摑んで何をするんじゃ」

どんなに婆さんがもがいても駄目だった。

「婆ちゃんこそ死ね、婆ちゃんこそ死ね」。阿松は恐怖と恨みから怪力を出して、シッカリと婆さんを針づけにし、大声で泣き罵った。

「わかった。ほんなら、わしは死ぬる。その手を放しんさい」と婆さんは阿松の手をねじったり、容赦もなく手で打ったが、効果がなかった。

「ああ、何と情けないのう！　辛いのう！　あんまり惨めじゃ。神さん、ホンマにご慈悲があるんなら、どうぞわしを死なせてつかあさい」と婆さんも泣き始めた。寒い風も泣き、空も一層暗くなった。最後に幸運にも橋を警備していた護衛兵が一台のトラックを都合して彼等を城仔に届けることになった。

「今、何時ですかいのう」

「五時八分じゃが」と運転手が答えた。

「すまんがのう。運転手さん、もうチッと急いで下さらんかのう。頼みます、頼みます」

「じきに着くで」と運転手はそう言って、別のことを話しかけるが、返事はなかった。車に乗りこむと、婆さんは自分の思いに沈んでしまったのだ……阿蘭は時間が過ぎても待っとるじやろか。待っとらんと困る。待っとらんはずはなかろう。阿蘭はきっと待っとるじゃろう。婿さんも一緒に来とるじゃろう。いやあ待てよ、婿さんは忙しゅうて来とらんかも知れん。その方がええ。婿さんが来とったら、わしら、老いぼれと傷物《きずもの》の孫を見て、絶対に歓迎せんじゃろう。……いやあ、後にゃあ結局、顔を合わせにゃあなるまい。阿蘭は前もって、わしらのことを伝えとるはずじゃ……婿さんは、この孫を引き取ってくれるじゃろうか。このわしも？……？……？

「婆さん、城仔はあそこじゃが」と運転手は前を指して言った。

「ありゃ、えらい早かったが」婆さんはちょっと呆然とした。そして同時に、独言を言うように、「えらい早かったのう」と独り言のように呟《つぶや》いた。

青番爺さんの話

青番《チンファン》爺さんの喜びは六月の黄金色になった稲穂の波に揺れ動いていた。七〇余歳という年齢も、そうさせているようだ。爺さんは一つの田んぼに一つのカカシという方針をズッと堅持してきた。

「わしは、お前らの世話にゃあならん。一、二の田んぼに一、二のカカシがありゃあ十分じゃ。家にあるものと言《ゆ》うたら破れた笠や麻袋、それに古びたシュロの蓑《みの》じゃ……そうじゃ、カカシのぜんぶにシュロの蓑を付けちゃあいけん！　雀が見たら不思議に思うじゃろう。なんで百姓は同じ形《なり》をしとるかとな？　じゃから、言うんじゃ！　お前らのこしらえるカカシの頭の上にゃあ何時も鳥のクソがコンモリ積まれ、頭に似せた草の束も雀に啄《ついば》まれて彼らの巣となっておるんじゃないかとな。お前も知っとるように、今どきの雀は利口じゃから、用心してかからんといけん！　爺さんがやるのを見とるがええ。阿《ア》明《ミン》、稲藁を取って来い」。家族は一〇数人いるが、ただ七歳の阿明だけが爺さんと一日中、楽しそうにカカシ作りに精を出していた。

河口の辺りから蘭陽《ランヤン》(3)の濁水渓《ツオシュイシー》に向かって吹く東風が堤を越えて稲穂を揺らす、ザワザワとした響きが聞こえてきた。青番爺さんは四つのカカシを担《かつ》ぎながら、片方の手で稲の高さほどの阿明の手を引きながら田んぼに出た。

「何か聞こえるかのう？　阿明」

「何も聞こえん」と阿明は無邪気に答えた。

爺さんは徐《おもむろ》に足を停め、河口からの風が再び吹き、稲穂を揺らすのを待って再び聞いた。

「今じゃ。聞いてみんさい！」爺さんは神妙に頭を傾け、気を凝らして体内に、ある種の感覚を呼び起こそうとするかのように見えた。阿明は頭を擡《もた》げて爺さんを見た。

「おっ！　聞こえんか？　しゃべらんで、聞け！　今じゃ！」

「聞こえん」と阿明は頭を振った。

「聞こえん？」と爺さんは叫んだ。「それ今じゃ！」

阿明は眉間に皺を寄せ、いい加減に「脱穀機の音がする」と言った。

「ううん！　デタラメ言うな。脱穀にゃあ、あと一週間の時間が必要じゃ。この時季の早稲《わせ》は、この歪仔歪《ワイツァイワイ》地方では、うちの脱穀機が田んぼのなかでは真っ先に吼《ほ》えると信じとる。爺さんは長脚種《チャンジャオチョン》（稲の種類）には自信がある」。間を置いて「ホントに何も聞こえんかったか？」

「聞こえんかった」と阿明は肩を落とした。

また一陣の風が稲穂を波立たせた。

「西北雨《シーベイイ》(4)が急に吹いてきたような、このザワザワした音が耳に入って来《こ》んかったか？」

「この音?」

「この音じゃ!」と老人はキッパリと言った。「どうじゃ? どう思うか?」阿明が黄金色の穂が揺れ動いているのに眼をやった時、また言った……「これこそ、わしらの長脚種の稲の粒が実を結んだとゆう知らせじゃ。シッカリと覚えとくんじゃぞ!」今後、稲穂のこがいな、西北雨の襲来するようなザワザワした音を聞いたら、一週間後が脱穀の好機《とき》じゃと思えよ。絶対、今経験したことを忘れるなよ。これらの田んぼは皆、お前に譲るつもりじゃ。あれらにとっては田んぼは要らん。わしは、あれらにゃあ田んぼは要らん、ただお前が百姓をすりゃあええと思うとるのを知っとる。この辺り、土手から田んぼの脇の溝まで皆んな、お前のもんじゃ。百姓になるには経験が一番大切じゃ。阿明よ、わしの言うことが分かるか?」

子供の心に緊張が走った。爪先立っても、土手から田んぼのへりまで見渡すことができなかったからだ。何と広大な土地か! どんなに想像しても、将来、自分の土地になった時、どのようにしたらいいのか、思い描けなかった。

「お爺ちゃん、稲を刈る時期は草螟猴《ツァオミンホウ》(バッタの一種)が大きゅうなって、一番肥える時じゃあなかったん?」

「ううん! この早稲を刈る季節こそ草螟猴が出てくるんじゃ」

「そうなん! 僕も草螟猴を取り出し、草を積んで焼いて食べることができるよ」

「この虫は、腹の中に塩が一杯つまっとるのを覚えとくんじゃよ。子供が塩が嫌いなのは分かっとるが、コイツは香りがあって生臭うない。その時が来たら、稲の藁を使《つこ》うて、何《なん》ぼか篭《かご》を作り、その中に入れてやろう。お前は、わしについてようけ勉強せんとのう」

風がまた吹いてきた。阿明は爺さんの御機嫌を取るように言った。

「お爺ちゃん、僕もザワザワした音を聞いたよ！」

「よしよし、この音は、すばらしい知らせなんじゃ。これから何もかも始まるということじゃ。黄金《こがね》色《いろ》の殻の中で、乳のような汁が段々と実になっていくんじゃよ。来い！　雀がやって来《こ》んうちに、早う兄弟を並べてやらんとのう」

「雀は、いつ来るん？」

「じきにやってくる。じゃから、早う兄弟を並べるんじゃ」

「お爺ちゃん！」と阿明は後ろで笠を手にして叫ぶ……「カカシの笠が取れちゃった！」

「シィッ！」と青番爺さんはすぐに振り返って停《と》まった……「そがいな大きな声でカカシを呼ぶと、雀は、わしらが何かやっとるのを聞き取ってしもう。覚えとくがええ。雀はとても利口じゃから、これからカカシと言うてはいけん。兄弟と言うんじゃ。ええ百姓になるにゃあ経験がいちばん大切じゃ。今、わしがお前に教えておることを、シッカリ覚えとくことは後々《のちのち》、よう役に立つはずじゃ」

二人は田の畔に蹲《うずくま》りながら、カカシを一つずつ整えることに熱中し、その後、土手の辺りから順次、並べ始めた。

阿明はカカシを見て言った……「お爺ちゃん、兄弟はどうして一本しか足がないん？」

「一本で十分なんじゃ。歩かせるわけじゃない。ただ立って動かずにおればええんじゃからの、一本足で十分なんじゃ」

夕陽が田のほとりの溝に設けられた水車の羽根板を染め、キラキラと色鮮やかに輝く頃、二人は最後の田んぼの中にカカシを立てた。阿明は水車の回っているところまで来ると、いつも去りがたい気持ちになった。

「この水車小屋は、以前、わしのもんじゃった」。阿明は興奮気味に頭を擡《もた》げて老人を見た。老人はまた、こう言った……「昔、この辺りの者《もん》らは、わしを青番とは呼ばず、皆『大喉嚨《ターホーロン》(5)』と呼んだんじゃ。その頃はズッと水車小屋に住み込んでおったから、毎日水車のガラガラいう音を聞いておったんで、大声でないと話が通じんかった。それが習慣になり、どこに行っても大声で話すようになって、大喉嚨と呼ばれるようになったんじゃよ」

「どうして水車がいらなくなったん?」阿明の眼差しは刻々と変わる水車の羽根板に吸いつけられていた。真っ赤な夕陽の光が水に濡れた水車の羽根板に反射し、阿明も燃え盛る炎の中にいながらも損傷を受けない、宗教画内の人物のように見えた。

「ある年にな、わしらの田んぼが大洪水に襲われてな、丸一年収穫がない時があった。ああ、それで水車小屋を手放すことになったんじゃ。ここらの田んぼは、ほんまによう肥えとったから、皆んなショゲ返ってしもうた。おう！ こりゃあ昔のことで、今の話じゃない。濁水渓の両側には堤防が作られて、今は洪水はない。安心するがええ。お前にやる田んぼは、申し分ないものじゃ」

「僕は水車小屋がほしい」

「わしも、お前と同様、水車小屋が好きじゃ。しかし、わしらの小屋の粉ひき場は庄尾《チュアンウェイ》(近在の部落)のものとは違う。あそこじゃあ牛の両眼を塞《ふさ》いで臼を引かせるが、こっちは水車の力を使うて回すことができる」

「なんで牛の眼を塞ぐん？」

「牛の眼を塞ぐと、牛は一日中、臼の周りを何万回、回っても倒れることがない。やっぱり水車が一番ええ。わしらに残酷なことをさせんからのう」

その晩、年寄りは何時ものようにイビキをかきながら眠りに就いたが、阿明は真夜中になっても両眼をパッチリ開けて、田んぼのへりから伝わってくる水車の音に耳を傾けていた。眠れず、寝返りを打った際、年寄りの身体にぶつかり、眼を醒まさせてしまった。阿明は眼をつむり、寝たフリをした。

「ありゃ！　この子に魔が取っ付いたようじゃ！　こがいに遅いのに、どがいしてまだ眠らんのか？寝たフリは止めじゃ。眠れんようなら、母親のところにいぬるか」

「ほかのところじゃあ、よけいに眠れん！」と阿明は言った。

「明るうなったら、仕事じゃというのに、どがいして眠らんのじゃ？　ええ百姓になるには必ず早う寝て、早う起きるという、ええ習慣を身につけんといけん」

「お爺ちゃん、僕は、あの音を聞いたよ」

「どんな音じゃ？」少し間を置いて「うん！　稲穂の音か？　バカじゃのう、実が入るのを知らせる音は真昼間でないとな、聞こえん。ソラ眠るんじゃ。夜が明けたら、田んぼに出かけて兄弟を見なくてはのう」

「お爺ちゃん、あの水車は夜も眠らんの？」

「ああ！　お前の頭は水車で一杯じゃのう。おバカさん！　ホンマのことを聞かせよう。あの小屋より大きい水車は、ホンマに厄介なもんなんじゃよ。ノドを大きゅうするだけじゃあのうて、台風の季節が来て無尾猿《ウーウェイホウ》（尾のない猿）が河口辺りの空の上に這いあがると、男衆一〇数人で水車を降ろさにゃあならん。それから牛車に積んで州仔尾《ツォウズウェイ》の五谷王廟《ウーグーワンミャオ》(6)の裏庭まで運び、そこに降ろし、風を避けにゃあならん。台風が通り過ぎたら、今度はまた運んで組み立てにゃあならん。そのため、働いた人らに、何《なん》ぼか大きな桶に盛った白米やら、幾甕《いくかめ》かの紹興酒も振舞わにゃあいけん。お前の小さい脳ミソで考えるような簡単なことじゃあない。頭をカラッポにするんじゃ。忘れんさい。グッスリ眠るがええ。もう遅い。ほかの家の子供らは今頃、村の中でお芝居が演じられているのを夢に見ていることじゃろう」と老人はニヤリとした……「そうじゃ、他の家の子供らの頭の中は銅鑼《どら》や太鼓の音が鳴り響いていることじゃろう。もうすぐじゃ！　稲を刈って二週間もすりゃあ、この歪仔歪も平安感謝のお祭りの時じゃ。眠りを取っておかにゃあ、その日を、どがいにして迎えるんじゃ？」

暗い八本脚の寝台の中で老人は、遠くに去っていく人を見るような、阿明のウットリした目つきを見ることができた。それで孫に話しかけた。何とかして眠らせようと考えたのだ！

「阿明よ、わしは話を一つだけしてやる。聞き終えたら眠るんじゃよ。分かったな？」子供は喜んで、身体を寄せてきた……「昔昔、或るところに、まだ若い王様がおって、年寄りを粗末にしておった……」ここで阿明は遮って言った。

「その話は、前に聞いたことがあるよ」

「なにぃ？　聞いたことがある？」一回どころか、何回もしたのだが、スッカリ忘れてしまっていたのだ。

年寄りは子供に昔話をするのが、好きだった。昔話は子供たちの教育に非常に役立つものだと考えていたからだ。年寄りが今、話そうとしていた昔話の内容というのは……まだ若い王様は、国中の五〇歳以上の老人を皆、深い山奥に送って餓死させよ、との命令を出した。老人たちは、ただ食料を浪費するだけの、全く無用の存在だと考えたからだ。その時、一人の朝廷のお役人が年老いた両親を家の中にコッソリ隠して養っていた。ところが、この時、国家は途轍《とてつ》もない困難に遭遇したのだが、そのお役人の父親が対処の方法を考え出し、国家は難題を解決することができた。それで若い王様は一個の教訓を得て、老人の経験の重要性を知り、早速、以前の命令を撤回したので、全国の老人たちは再び故郷に帰り、一家団欒の時を過ごすようになった、というもの。

「聞いたことがあるんなら、それでええ。眠るんじゃ、眠らんのなら、ネズミに来てもろうて齧《かじ》ってもらおう」

阿明はネズミを一番、怖がっていた。ネズミと聞くと、身体を縮め、丸くなって年寄りの懐の中に入り込んだ。ほどなく阿明は眠りに落ちた。年寄りは孫の脚をソッと伸ばし、小さな二つのカカトを握り、ユックリと撫で上げ、おチンチンにも触れ、思わず会心の微笑《えみ》を浮かべた……この喜びは永い時間をかけて醸成されたものだ！　あの頃――毎年、雨季に濁水渓の洪水が歪仔歪地方の田園を襲い、今日という日が来るなどとは全く想像もできなかった。今、ここには賢くて可愛い孫が眠っている。しかも男だ。心底《しんそこ》想う……人生の変幻は、ホンマに計り知れん！　誰が知ろう、五、六〇年前のあの時の情景を？棺に入れる死者は年寄りとは限らんかった！　年を取ることが、どうしてよくないことなんか！

若い頃の悲惨極まる経験は、ホントに現在の驕り高ぶった生活に達するために払った代価と言ってよい。洪水に打ちのめされたが、常に屈服することはなかった。実際、あの時代の村の人たちの野良仕事は休息も立ちながらだった。大濁渓《ターツオシー》、深坑《シェンカン》一帯の深山を遙かに望めば、心楽しいものだったが、雲の上に聳える尖った頂き——彼らはそれを大きな水帽子と呼んだ一週間も続けて黒い雲に覆われることがあると、彼らの心に恐怖が走った。蘭陽濁水渓《ランヤンツオシュイシー》の水が普段に比べて混濁し湧き溢れるようになると、下流の人たちは物を運ぶ準備を始めた。それは、この歪仔歪の人たちの生存にかかわる経験から来たもので、次に深山の中で雄の蘆啼《ロチー》が何日も続けて鳴き、突然、アカシアの林に来て悲し気に鳴き始めたら、直ちに人間や家畜、日用品などを清水溝丸《チンシュイゴーワン》の丘に置くとともに、軒下にある竹筏《たけいかだ》を下ろし、使える状態にして置く必要があった。尖った大きな水帽子が見えなくなり、雄の蘆啼が鳴き始めることは、洪水が何日かして起こる前兆だと信じられた。この霊験は絶対的で、これによって歪仔歪の人は初めて濁水渓の下流に生活する覚悟ができたのだった。

しかし、或る真夜中、眠りに就いていた全村の者が、突発した、轟轟隆隆《ごうごうりゅうりゅう》とした、千軍万馬のような奔騰する音にガンと眼を醒まされた。

「父さん、大水だよ!」と青番は、この轟音に呆然としている父親に話しかけた……「大水が来たよ」

だが青番の祖父は、それに同意しないで言った……

「バカ言《ゆ》うな。大水についてなら、わしら歪仔歪の人間は、よう知っとる。今朝、田んぼから大きな水帽子が全部、見えたし、このところ何日も雄の蘆啼がアカシアの林に来て囀《さえず》ってもおらん。大水が来たと言えるんかの?」

「その通りじゃ」青番の父親もそれに賛成した。

その時、轟轟隆隆とした震天動地の音がますます近づいてきた。祖父は疑い始めた。

「ホンマじゃ！　こりゃあは洪水じゃ！」と当の祖父が言うと、家中のものは内心の極度の恐怖感から慌てふためいた。逃げろー逃げろー洪水だー家の外では、すでに人々が悲痛な叫び声を挙げていた。青番の祖母と母親は髪を振り乱して庭の赤い八仙桌《パーシェンツオ》(7)の前に跪《ひざまず》き、天の神様、地の神様と神仏を拝んでいる。子供たちは軒下に縮《ちぢ》こまり、母親を呼んでいる。「阿成《アチャン》！　早う子供を背負うて逃げろ！　青番は豚小屋に行き、豚を放せ！　牛、鶏、鴨もじゃ。女子《おなご》らも泣くのを止めて逃げろ！　安全なところを探し、そこへ向こうて走れ！」青番の祖父は狂ったように叫び続けた。

「お爺さんは？」

「わしに構うな。お前はまだ若い。早う逃げろ！」

「お爺さん、僕が連れていく」

「逃げろ！　逃げろ！……」老人は手に一本の杖を持ち、「逃げろ」と言うたびに青番の身体を打った。杖は遂に二つに折れてしまったが、それでも青番は走ろうとしなかった。老人はなおも半分に折れた杖で青番を打ち続けた……「お前が逃げようとせんのなら、打ち殺してやる！」その後、老人は口籠り、何を言っているのか、分からなくなった。二人は共に鳴き、声にならなかった。青番は頭も打たれて頭皮から流れ落ちた血で視界がボンヤリとしていたが、意識はハッキリしていた。彼は祖父を無理強いに背負い、部屋の外に出ようと考えた。外は真っ暗く天と地の区別がつかず、ただ迫りくる洪水の音と人畜の混じり合った泣き叫ぶ声が聞こえてくるだけだった。ようやく逃げていく方向の判断をした時、水は二人を呑み込んだ。

青番が目覚めたのは、すでに明け方だった。彼は庄尾の人たちの竹筏の上に寝かされていた。脇には、腹が太鼓のようにふくれ上がり息絶えた、二人の村人が横たわっていた。

「兄貴《あにき》ィ、この若い方はまだ生きてるぜ！　岸につけて、助けようか」と竹筏を操る庄尾の若者が言った。

彼らは青番を陸上まで運び、兄貴と呼ばれた男が近くの農園で牛を使っていた人を見つけ、叫んだ……

「おーい――牛を引いて来てくれ、人を救ってくれ！」ほどなく、その人は牛を引いてきた。グニャリと綿のようになった青番を、顔を下に向けて牛の背中の上に横に載せたあと、牛を原っぱに引いていった。このようにすることによって青番の腹の中から濁水を吐き出させた。次には牛の背中から降ろし、彼らは木の枝を使って鼻孔から泥を取り出した。

「ホンマに悽惨じゃのう！　歪仔歪《ワイツァイワイ》全体が下流にあるからのう」三人は茫茫たる洪水を眺めて嘆息した。

今度の洪水は歪仔歪の歴史始まって以来の空前の大災害で、すべての土地と、あと半月もすれば収穫できるサツマ芋と落花生のすべてが流失してしまっただけではなく、住民も大半が失われてしまったのだ。青番にとっても、この時季の五千株のサツマ芋と、五斗の落花生の種子の収穫はすべて羅東《ルオトン》街の人に渡し、金を借り、家を建てるためのものだった。数日前のこと、畑で雑草を始末していた時、祖父が口を切った……「去年は祖先の風水を整え、今年は家を建てた。来年は青番の嫁取りじゃのう」。それを聞いて青番は恥ずかしさのあまり鉄の鍬を振り回し、不用心にも大きなサツマ芋を皆掘り出してしまった。それを見て老人が言った……

「阿成《アチェン》、お前の息子を見ろ。早う嫁を取らにゃあいけまあ言うたら、怒ってサツマ芋を掘り出してしもうたわい」

「しつけをせんといかん！　嫁を取らにゃあ金が節約できるわ」

「そうじゃ！　そうじゃのう！」そこにいた家の者たちは畠の中で楽しそうにアハハと笑った。これらのことは皆、波に流されてしまった。

祖父の屍は三日後、下流で発見された。すでに身体には外殻《から》が黒光りしたカニが這い上がっていた。カニをつまんで地上に投げて殺すと、モコモコ毛の生えたハサミがシッカリと腐って灰色になった肉片を挟んでいた。殺されたカニからは、テラテラと光った黄色なミソが流れ出していた。蘭陽地区の俚語《りご》で「春はイシガニ、冬はエビ」という初冬のカニだ。青番は死体のつけていた黒い衣服と、右手にシッカリと握られていた半折の杖で、祖父と知ったのだった。こういうわけで、呉家には二一歳の青番ただ一人が残されただけだった。

五、六日して大水はようやく収まった。しかし、水面から浮き上がった歪仔歪は一つの広大な石コロだらけの土地に変貌していた。洪水に襲われ、水没した時の情景よりも、さらに絶望的に見えた。青番は石コロだらけの土地の中で大きな石コロを抱えて一日中泣き暮らしていた。口の中でブツブツ「どがいしたらええんか？　どがいしたらええんか？」と繰り返していた。

今度の水害は、すべての歪仔歪の人々は秋禾個人《チュウフワ》が惹き起こした天禍ではないかと疑っていた……洪水のあった一ヵ月前、多くの人が、彼が山上から柴を集めて帰ってきた時、二尾の鳴いている雄の蘆啼を捕えて帰ってきたのを見た。その時、皆が蘆啼を放つよう勧めたが、蘆啼を自由にしなかっただけではなく、殺した後、烤《あぶ》って食べてしまった。この鳥は歪仔歪の人々にとって忠実な、災害を知らせる鳥だった。毎年、それは出水の大小にかかわらず、突発前の夜に必ずアカシアの林の中で鳴いた。この声が蘆竹《よしたけ》から作る蘆笛の声に似ているところから歪仔歪の人々は、この鳥を蘆啼《ロチー》と呼んだ。村人はこの鳥が泣き叫ぶと、洪水の到来の間近なることを知った。つまり、この時季の作物を早目に収穫した。秋禾は今回、大難から生還することができたが、歪仔歪の人々は皆憤り、そのため秋禾は両手を縛られ、濁水渓に連れていかれ、水死の刑を受けることになった。その時、福助《フーチュ》という老人が集まってきた人に言った。

「皆さんの御意見はどうじゃな?」

「やっぱり青番と阿菊《アチー》の意見を聞こうじゃないか。今度は両家がもっともヒドイ被害を受け、彼らだけが生き残ったからのう」

だが阿菊は、この場にいなかった。彼女は青番より六歳上で、夫と三人の子供を失っていた。そこで老人は、その場にいた青番に大声で語りかけた……

「青番君、君の意見はどうかな? 水死させるか? それとも追放するか?」。その場にいる人々の眼が、ボウッとして震えている青番に注がれた。青番は、秋禾の絶望的で慈悲を求める眼差しに触れ、ひとときき耐えられずに声を放って泣き、そして言った……コン畜生は追放にしてくれ——

秋禾は歪仔歪の人々が自分の追放を決めたので、この石コロだらけの荒地を出ていった。噂では、その晩、草嶺路《ツァオリンルー》を辿って山を越え、淡水に至り、帆船に駆け込んだ、とのことだ。

このような石コロだらけの荒地を一個の田園に変えるということは、たしかに超困難な仕事に違いなかったが、歪仔歪の人々にとっては最初の経験ではなかった。先祖が初めてここに来て開墾を始めて以来、ズッと洪水と渡り合ってきたのだった。子孫たちにも、石コロだらけの荒地を豊饒な田園に変える不屈な意志とエネルギーがあった。彼らは、ここで生活していこうと考え、そのためには、あらゆる手立てを講ずることにした。そこで、まず外台戯《ワイタイシ》(8)を招く金を集め、荒地に「大水劇」を上演し、水害を乗り越えようとした。その晩は何人かの責任者を除いて村の者は誰も参加しなかった。観劇したのはすべて隣村の人たちだった。

歌劇が終わると、長い労苦の日が続き、石コロだらけの荒地に、厚さ三、四尺に達する泥や砂が投入された。新しく植えられたサツマ芋の茎は洪水が運んできた沃土の栄養を吸収し、彼らに生きる希望を与えた。サツマ芋が畦の間に緑の蔓を這わせるようになった或る朝、青番と阿菊は清茶四果《チンチャスーグオ》(9)と金燭響《チンチューシャン》炮《パオ》(10)を用意し、謝藍《シェラン》(11)に入れて頂厝仔《チンチュオズ》(12)の土地公廟に行き、焼香した。彼は、その長机の前に敬虔に跪《ひざまず》き、手に聖筶《ポエ》(13)を捧げ、眼を閉じて口の中でブツブツと土地の神に語りかけた……「土地の神様、自分は歪仔歪の青番です。大水の後に新しく植えたサツマイモは、あなたの御庇護の下、早くも成長しております。今日、自分たち夫婦は特に清茶四果を用意して、お礼に参りました。収穫を迎えました際には必ず三《サン》牲《シャン》(14)と酒を持ってお礼に伺います。土地の神様、自分たちには、もう一つ御指示していただきたいことがございます。母豚を飼いたいと思っておるのですが、御賛成でしょうか。土地の神様、ぜひ御示し下さい。もし賛成でしたら、聖筶に御意思を表して下され」言い終わって眼を開き、聖筶を一瞥したあと、右手に持ち、慎重に地上に投げた。聖筶は「カラッ」と澄んだ音を響かせ、一陰一陽と出た。青番の顔に笑いが浮かび、口の中で小声で「寿杯《ショウベイ》（当たり）」と叫んだ。彼は阿菊を見たが、彼女はまだ祈祷する中だった。青番は素早く身をかがめて聖筶を拾い上げ、また手中に捧げ、ブツブツ祈り始めた……「土地の神様、本当に母豚を飼うことに御賛成でしたら、もう一度、寿杯を見せて下さい」。言い終わって、また聖筶を地上に投げた。今度も一陰一陽、寿杯だった。青番の心は十分に満足したが、一頭の母豚を買うには、四、五〇元が必要だ。この額は大いに気になるものだった。そこで、もう一度、聖筶を捧げて言った……「土地の神様、本当に母豚を買うことに御賛成でしょうか？ これは自分たちの暮らしに大きな関わりがございます！ 慎重でなければなりません。あなた様にお祈りします、もう一度自分に寿杯を！」聖筶を地上に投げると、またしても寿杯だった。青番は嬉しく阿菊の祈りを止めさせた……「阿菊よ、土地の神様が答えて下さった。母豚を飼うてもええと。三回、聖筶を投げて、三回続けて寿杯となったよ！」

その日、二人は頂厝仔で四五元を払って一頭の母豚を買い、五里の道を歩かせて歪仔歪に帰った。果たして間違いがなかった。母豚を買うことを二人は「土地の神様の恵み」と呼んだ。土地の神様の応答が万に一つでも失点がなければの話だが。母豚が青番の家に来てから、子豚が次々に生まれ、田んぼも次々に開墾された。すべての歪仔歪の田んぼも元通りになった。

とはいえ、その後も洪水は何度かこの地方を襲ったが、歪仔歪の人々の意志と不断の汗が洪水の手から田園を取り返した。現在、田んぼはすべて良田となっている。青番爺さんは、過去のことを想えば想うほど興奮してきて、眠気がスッカリ取れてしまった。奮闘してきた過去の生活に対して、これまで誇りにしてこなかったことに思い至り、一層誇らしく思った。爺さんは我慢ができず、これらの誇らしい過去を伝えようとして、ようやく寝付いたばかりの阿明を揺すった。

阿明は老人に起こされ、泣きべそをかいた。老人は口を開いた。

「坊主！　何を泣くんじゃ？　ここの素晴らしい田んぼはな、皆んな、わしが若い時から汗を流して作り変えたもんなんじゃ！　皆んなお前のもんじゃ。ううん！　まだ何を泣くんかな？」

阿明はなお半睡半醒の状態で、老人の話などテンデ耳に入っていなかった。まだ夢心地で、叫んだ……「怖いよ！　怖いよ！　ネズミが来る。怖……」

老人は素早く孫を胸に抱きしめ、笑いながら呟《つぶや》いた……「わしはホンマに考えが至らなんだ。阿明はまだ小っちゃい。話が迂遠《うえん》じゃった」彼は何かを追うようなフリをして「シッ——シッ——ネズ公よ、去《い》ね。阿明は、ええ子じゃよ。寝ておるよ。シッ——シッ——早う別のところへ去ね。聞き分けのない子を咬《か》むがええ」老人は慈《いつく》しむように、もう眠ってしまった阿明に語りかけた……「怖がるな。ネズ公はもうおらんよ。爺ちゃんは揺らす、爺ちゃんは可愛がる。後壁溝《ホウビーゴー》ッ子の三つの駕篭《かご》は、一つの床は竹の葉、一つの床は草蓆《くさむしろ》、一つは金の椅子。前の山の天辺《てっぺん》の三間廟《サンチェンミャオ》(15)……」と片手で阿明を軽くたたきながら、低い声で歌っていたが、やがて声が聞こえなくなった。いつの間にか老人も眠りに落ちてしまった。

早起きは年寄りの習慣だ。夜明けになると、爺さんは、やおら起き出してきた。大きな柄杓を持って牛小屋に行き、尿を出させ、水前寺菜《すいぜんじな》にかける準備をした。その後、大きな竹箒を持って家の前と後とをキレイにした。妻の阿貴も早くに起きて台所で忙しく働いている。老人は阿貴が節約のため草茵《ツァオイン》（糸状の雑草）をカマドの中に入れるのを見た。これだと毎回、火縄を使い、猛然とカマドに空気を吹き込まなければならず、濛々たる白い煙に燻されて涙が止まらなくなる。

「どの草を節約しとるんじゃ？　あと一週間すりゃあ稲刈りじゃ。その時までには使い切れんじゃろう」老人は阿貴《アクイ》が持っている火縄を見て言った……「おっ！　こがいに短こうなっとるんに、なんで言わん？　えらい危険じゃが。パッと焔《ほむら》が出たら、髪どころか瞼《まぶた》を焼いてしまうで。今日、新しいのをこしらえてやる」

「阿明坊のしたこと。人が火縄を使《つこ》うとるのを見て、自分もやろうとして、短こうしてしもうた」

「うん、そうか！　あの子は昨晩《ゆうべ》、遅うまで眠れんでな。ネズミが来ると言うて眠らせたんじゃが、わしの方が眼が醒めてしもうた」

「父さん、少し横になるとええが」

「ううん！　なんで横になれるか？　わしはようけせにゃあならんことがある」と言って台所を出たが、突然、停まり、振り返って言った……「草は全部、燃やしたらええ。いつまでもフーフーシューシューやっとったんでは、どうもならん」

部屋に戻ると、阿明はすでに眼が覚め、八本脚の寝台の上で嗚咽《おえつ》していた。「あいやー！　坊主、どうしたんじゃ。あんなにえろう寝て、何を泣いとるんじゃ？」と言いながら、手を伸ばして布団の中に入れた……「おネショか？　おネショでないんなら、何を泣くんか？　早う小便に往《い》ね」

太陽の顎鬚《あごひげ》が探りを入れ始め、その第一歩が土手に達し、黒々とした堤を金色の光でちりばめた。堤の近くの稲穂は、なお暗い闇の中で頭を垂れ、潺湲《せんかん》と流れる渓流の音を聞きながら、熟睡していた。清々《すがすが》しい空気には、温かな酸味が漂い、生命に精神を注ぎこんでいた。老人は阿明の手を引いて田んぼにやってきた。

「お爺ちゃん、カカシ……」

「シーッ! 忘れたんか。兄弟と言わんとのう。忘れちゃあいけんで!」

「兄弟に会いに行くん?」

「兄弟が他の人の田んぼに駆け込んでおらんかどうか見に行くんじゃ」

「水車の辺りにも行くん?」

「当然じゃ」

「嬉しいな!」と阿明は小躍りして喜んだが、細いあぜ道に足を踏み外して、田んぼのなかに倒れ込んだ。田んぼには水はなかったが、稲穂についていた露が阿明の身体に落ちて濡らした。

「お爺ちゃん、昨日の晩、雨が降ったん?」

「降っちゃあ居《お》らん。これは露じゃ! 阿明、ほら、露がこがいにタップリあるいうんは、ええことなんじゃ。この時季の早稲《わせ》の粒は大きゅうて、ものすごう甘いんじゃ。ほら! このいとしい露の珠を! 坊は、このいとしい露の珠を何万個も壊してしもうたんじゃ!」とウットリした老人の様子を見て阿明は何となく貴重なものを壊してしまったような罪悪感を覚え、イライラした。「阿明よ、舐《な》めてみい。甘いじゃろ」老人は微かに震える人差し指をソッと稲穂の上についた露の珠につけ、それを舌で舐めとった。「こりゃあ! お爺ちゃんのようじゃ」

太陽はその顎鬚を忽ち収縮、堤防の上を這い上がり、堤防は今や一本の直線となり、太陽が当たっているところは燦爛と輝く金色の大きな口のようになり、そこから金色の光がサァーと流れ出ていた。昨日の稲穂は一昨日よりも下に垂れ、今日の稲穂はさらに昨日のよりも下に垂れていた。薄っすらとした軽い霧が紗《しゃ》の長い帯のようで、あるいは天上の土埃《つちぼこり》であるかのように棚引き、近づけばフンワリと静止するようで、優美だった。また幻覚が記憶の中でスウーッと移っていくようで、稲の穂に当たっている。その上に露の珠が数珠のように繋がっているが、稲の穂は、それを知らぬ気だ。阿明は、眼をチカチカさせることのない、真っ赤で大きい太陽を見て、太陽に話しかけたいと思った。太陽が偉大なことは分かっていた。一体、何を話したいのか？

「阿明よ、太陽が出てきた時の露の珠を見てみんさい。ホラ、露の珠が皆んな転がり動いておるじゃろ」

阿明は老人の話を聞いて細心に露の珠を観察する。

「お爺ちゃん、露の珠はどうして転がり動くん？　赤い太陽の赤い色といっしょに転がり動いとる」

「露の珠それ自身が一つの世界なんじゃ！」

二人がもう一度、太陽を見ると、物干竿を立てても届かない高さにまで上がっていた。この時、堤防の辺りから二つの連続して放たれた銃声が伝わり、静かさが破られた。一時《ひととき》、太陽の光が眼を刺し、かすかな痛みが感じられた。老人は苛立たし気に嘆いた。

「ありえん、また蘆啼《ロチー》を殺《あや》めるんかのう！」

「蘆啼とは何？」

「お前の知らんことじゃ。今は、この鳥もおらんようになった。濁水渓の堤防が出来てからは、この鳥が鳴くのを聞いた者がおらん。以前は歪仔歪の相思樹の林で鳴いとった。いつもいたわけじゃあないが、大水が出る時にやってきた。不思議じゃ！　ホンマに蘆啼を見かけん」

「お爺ちゃん、誰が蘆啼という鳥を殺したん？」

「おお！　話せば長《なご》うなるが、昔、一人の日本人が歪仔歪に鳥を打ちに来て、蘆啼を殺《あや》めてしもうた。怒った歪仔歪の人が、その日本人を殺めてしもうた。それで裁判となった。ああ！　これは、お前には分からんじゃろう。話してもしょうがなかろう。原告とか、被告とか、弁護士とか、お前にはチンプンカンプンな話じゃのう。どう言うたらええか、日本人と言うたとて分からんしな」。青番爺さんはホントに、今思い出しても義憤やる方ない経過を阿明に伝えたいとは思ったが、それには子供に理解できない言葉が数多くある。かりに、それらの言葉を一つずつ分かりやすく説明したところで理解できるかどうか、心に焦りを感じた。銃声がまた聞こえた。自分の胸を打たれたかのように、憤然として言った……

「阿明よ、覚えて置くんじゃよ。大きうなったら、決して鳥を打っちゃあならんとな。なかでも蘆啼はな」

「蘆啼という鳥は、もうおらんと言わんかった？」

「今後、決して現われんとは言うとらん。白鷺や烏秋《おうちゅう》も傷《いた》めちぁあいけん。百姓をやらんでも、これらの鳥を傷めちゃあいけん。阿明よ、百姓を習《なろ》うか？」

「お爺ちゃん、雀は打ってもええんか？」

「雀もいけん。嚇《おど》して逃がすんじゃ」

二人は早くも田んぼの一角にやってきていた。カカシが田んぼの中で斜めに傾いていたので、老人は近寄っていって、それを直して言った……「脚がだるうなったんか？　おお！　深さが足りんけえ、竹がシッカリ固定しておらんかったんじゃな。こんなとこかのう？　雀が来おったら、追い払うんじゃよ」

「お爺ちゃん、誰と話しとるん？」

阿明は畦の上から叫んだ。

老人はユックリと歩いてきて言った……「兄弟と話しておった。真面目に雀を追い払うんじゃとな」

阿明には、その意味が分からず、口を開いた……「カカ……」

「シィーッ！　またやったな。こがいな小さい時分から記憶力が壊《こわ》れとるようじゃあ、大きゅうなったら、どがいになるんかのう？」

「お爺ちゃん、兄弟はどがいして話が分かるん？」

「どがいして？　わしの言うたことが分からんようじゃあ、雀を追い払うこともできんじゃろ？　一粒の稲にも、雀は手を出そうとは思わんよ」

すべては青番爺さんが予言する通りになった。歪仔歪地方の早稲は彼らのところで真っ先に熟し、彼らの家の脱穀機が田んぼの中で一番早く吼《ほ》えはじめた。老人は一日中、眼を細めながら田んぼの中を歩き回り、稲刈りを助けに来てくれた若い者たちに対して、長脚稲には一つだけ、茎が長いため風に弱いという欠点があり、他の地域の人は敬遠して作らないが、歪仔歪には実に適合、とりわけ堤防付近の田んぼに適合していると語った。老人によれば、両三丈の高さの長い堤防が海から来る風を防ぎ、強風が襲いかかってきても穏やかな風にしてしまうし、稲が花をつける時には、そのために花粉が満遍なく伝わり、長脚種は他の種に比べて半月も成熟が早い。しかも、結穂率が高く、稲藁は縄に綯《よ》れば固く、草鞋《わらじ》に作れば柔らかい。牛も食べるのを喜ぶし、火をつけて飯を炊いたり、茶を立てれば香りが高く、炊き終わった飯も美味しいが、茶も特にうまい。その上、台所だけではなく、家の中にも芳ばしい煙が広がって、梁や柱に木食い虫がつかなくなる。

青番爺さんの田んぼは早くも土が掘り返され、稲の株も朽ちて、水も抜かれたが、付近の田んぼからは、まだ脱穀機の音が鳴り響いていた。家の者たちは皆、近隣の農家へ手助けに出かけ、家の中には老人と阿明だけが残されていた。彼より上の子供たちは皆、学校に行っていた。

阿明は草螟猴を食べ飽き、お腹もくちくなったので、今度は稲の干し場に坐り、鶏を追った。青番爺さんはラジオの歌仔戯《グツァイシ》(16)の番組を音一杯に響かせ、手にはシュロの葉で作った蝿叩きを持ち、部屋の中に入ってきた蒼蝿《あおばえ》を狙《ねら》い、叩いていた。阿貴が近寄ってきて言った……

「父さん、お昼に、お酒を温めますか?」

老人は、わが意を得たりという顔になったが、阿貴には眼をやらず、視線は三界公燈《サンチェゴンタン》(17)にとまった蒼蝿に注がれていた……「温めてくれ!」

「お昼には落花生も炒《いた》めよう思うとります。臼で潰《つぶ》し、酒の肴《さかな》にと」

老人は阿貴の話に十分な満足を感じたが、他方では、どうしたら三界公燈のホヤにとまっている蒼蝿を空中で撃ち落とせるか、その角度を考えていた。しかし、少し頭がこんがらがってきたので言った……「この蒼蝿め、相当のズルや。よし! 土豆鬆《ツートーソン》(18)か、ちょいと畑に行ってパクチーを取ってくるけえ、それも加えてくれ」

「うちが抜いてきます」

「そうか、そうか。酒を頼むぞ」と言い終わると同時に高々と蠅叩きを挙げて猛打したが、距離が離れ過ぎていたため空振りに終わった。ヒョイと見ると、日めくりの上にも一匹の蒼蠅がとまっていた。今度は日めくりを連打して仕留めることができた。

ラジオは一二時を告げ、続いて地方ニュースに移った……最初のニュースが青番爺さんをトリコにした。ニュースの内容は……宜蘭県政府は農村の生活を改善するため、積極的に農村の副業を奨励することになり、その第一歩としてすでに養豚貸款《たいかん》法一式を制定し、今日より実施を公布することになった。陳県長は、養豚計画を進めるため、県の所有する山間地三〇〇〇余ヘクタールを農民に開放、豚の飼料の作付けに供し、特別に専門家を派遣し、各地の農家と合作、農村調査を行ないたいと語っている、と。

老人は心の中で悪くないな、と思った。豚小屋一軒建てるのに五〇〇元、豚一頭の餌代に二、三〇〇元、母豚一頭に九〇〇元か。貸付金を頂戴して小屋を一軒建て、母豚一頭を飼う――こりゃあええニュースじゃ。母豚を飼わんようになって何年になるかのう？ 計算できん、ようけ経ったなぁ！ あの時、母豚を飼わなんだら、今日の生活はなかった。あの母豚、どれだけの子豚を産み落としたことか！ 頂厝仔の牽豬哥《チエンツーグ》(19)の豬哥《ツーグ》(20)の文《ウエン》は少々金を稼ごうとして、至るところで、わしの雄豚はまことに素晴らしい、と自慢し回っておったな。それで、あの母豚も、この雄豚の力を借りて、あんなに仰山の子豚を産んだ。随分、昔のことじゃが。文が、あの世に行き、牽豬哥もなくなってしもうた！ いや、人工授精を専門とする若い指導員らと、熱精がええか冷精がええかで議論したこともあったのう。青番爺さんは、アレコレを想い、母豚を一頭、飼うことに決めた。

土地の神様も賛成してくれたので、貸し付けの手続きもし、それも無事に済ませた。老人は阿明を連れて濁水渓に行き、鴨母船《ヤームーチュアン》(21)を操り、豚小屋を建てるための砂の採取を始めた。老人は竹竿を持ち、船尾に立ち、手慣れた感じで船を進め、舳先《へさき》に恐々《こわごわ》と座っている阿明に向かって大声で叫んだ……

「チャンと坐れ、動いちぁあいけん。近くの波を見るな、眩暈《めまい》を起こすぞ」

「お爺ちゃん、そっちへ行っていい？　怖い」

「動くな。何が怖い？　今日の濁水渓は少しも怖いことはない。水は、こがいに少なく、息も絶え絶えの病人のようじゃ。昔の濁水渓は……ハッ！　水の流れがホンマに急じゃったな。水面には飛沫《しぶき》が立ち込め、音とゆうたら、馬が群れて駆け抜けていくようじゃったな。大水になったら、この辺、今お前が見渡しておる一帯じゃが、スッカリ海となってしもうた。上の方は大埔《タープー》、柯林《カリン》、下の方は下三結《シャーサンチェ》までが、どでかい水路となり、何千甲《こう》(22)の土地が水浸しになってしもうた」老人の濁水渓を語る時の話ぶりは、英雄的人物の晩年を悲しむのに似ていた。あたかも、その人物が再び彼の口の中に生き返ったかのようだった。「想像して見んさい！　何千甲という土地が一晩で水の底に沈んでしまい、今度は大水が引いて地面が顔を出すと、ゴロゴロとした石コロで全部が埋まっていたんじゃ。お前が今、濁水渓の水を見て怖がっとるが、それは以前のことでな、そいつだったら、お前などサッと呑み込んでしもうじゃろう」

青番爺さんの眼の中では、現在の濁水渓は病人が気息奄々《きそくえんえん》喘《あえ》いでいるように見えた。一キロほど巾のある、その河床には、いくつかの中洲があったが、水流は山中の泥土を含んで混濁し、大海に注いでいた。その情景は壮観だったが、幼い阿明にとっては自分が小さく感じられて恐怖心を拭い切れなかった。

「阿明、見んさい！　あの遠くに見える線は濁水渓橋じゃ。点々と走っておるもんが見えんか？　ありゃあバスじゃ」

「チョー長い橋じゃねえ！　歩き切れるん？」

「三四五六尺《しゃく》(23)ある。覚え易い数字じゃ。三、四、五、六……」

「あの橋は誰の橋なん？」

「皆んなのもんじゃ。昔、この橋が無かった時は、羅東《ルオトン》の者《もん》が宜蘭へ行こう思うたら、その時分は宜蘭県は噶瑪蘭《ガマーラン》と言っておったが、或いはその噶瑪蘭の者《もん》が羅東へ行こう思うたら、渡し船に乗らんといけんかった。一回乗る毎《ごと》に銅銭一枚が必要じゃった。今はないが、真ん丸で、中に四角の小さい穴が空いておったな」。老人は船を進めながら、一時代前のことを子供に聞かせていた。また続けて言った。「砂を取るにゃあ、上流は石コロだらけじゃから、下流まで行かにゃあいけん、そりゃあ砂の方が軽いからじゃ」、と。知らず知らずのうちに彼らの船は橋の下に来ていた。子供は橋を仰いだが、見えるのはクローズアップされた橋脚だけだった。その時、橋の真ん中では二台の大型トラックが向かい合い、両者の後部にはそれぞれ各種各様の車が繋がっていた。本来なら起こるはずのない現象だが、橋の幅が狭いので大型のトラックやバスはすれ違うことができず、橋の両側にアカとミドリの信号をつけ、哨兵が操作して上り下りの車を交互に通行させていたのだが、この日はなぜか、両側とも信号がミドリとなり、この事態を招いてしまったのだ。

　橋上には一時《いっとき》、騒乱が発生していた。両方の運転手が相互に後退せよと争い始めたからだ。実際、半キロに及ぶ車を後退させることは簡単なことではない。南方澳漁港(1)から魚を運んで南部へ行くトラックからは氷水がシャーシャーと流れていた……車一杯に労働者を積んで蘇花公路《スーホワコンルー》の崩壊個所の修復に向かうトラックの方の運転手も頭に血が上《のぼ》っている。後ろに付いている車の中には、他人の不幸は蜜の味とばかりにクラクションを鳴らしている者もいたが、前にいる連中は相互に大声を出し、今にも腕力沙汰になりそうな気配だった。しかし、橋下の濁水渓の水は、それを気にもかけず、黙々と流れていた。

青番爺さんは竹竿を水の中に差し、船を固定、橋上の争いを見ながら、阿明に向かって改めて濁水渓の昔の水鬼(24)の話を分かりやすく言い直して阿明に聞かせていた……「昔昔、濁水渓にはたくさんの水鬼が住んでおった。水鬼たちは生まれ変わろうとして、代わってくれる人を探していた。だから、水鬼たちは……」この水鬼の話は、この大橋が建てられて以来、人々が船で苦労して渡る必要がなくなってからは、持ち出す人がいなくなった。ところが今日、青番爺さんの口の中から、水鬼たちが次々に現われてきた。纏足《てんそく》のナヨナヨとした美人に化け、濁水渓の畔《ほとり》で、自分を背負って水に入ってくれる人が現われるのを待っていた。

溺死した老猫

地理を少し

この県は本省（中華民国台湾省）の辺鄙なところにあり、省政府はこれを開発地区とした。そこは、この県の中にある小さな町で、人口はおよそ四、五万だった。若い人たちは県内の田舎者に対しては胸を張り、自分を「街ッ子」と称するのを好んだ。しかし、やや年輩の人たちは、若い人たちよりも謙虚で、多くは、それとなく優越感を浮かべた笑顔で頭を下げた。田舎の人たちも娘を街の家に嫁がせるのを好み、それを隣人に声高く吹聴したものだ。しかし、聴く者には耳障りだったが、彼らも内心、その通りだと思っていた。利発な女の子——彼らから見て——に恵まれたら、そうさせるに違いなかった……さらには息子が街から嫁を娶って帰ってきたら、さらに光栄と感じたものだ。その後の生活が、どのようなものになったとしても、少なくとも始めは興奮して大声を出して吹聴したはずである。

この町は大都市から七、八〇キロしか離れておらず、交通も非常に便利で、汽車やバスも利用できた。

毎日往来する人も多く、四時間あれば往復できたので、その日のうちに仕事を終えて帰ってくることができた。だから、大都市のどんな流行に対しても町の人は追いかけることができた。ミニスカートも、この地の若い娘たちの膝上二〇センチの辺りに見ることができたし、とっぽい兄さんたちのステップも、この地の若者たちの間で流行っていた。年かさの連中の間にも早起き会のような、健康を増進するための長寿を願う運動が見られた。少し前、清泉《チンチエン》村で多くの子供たちが湧き出る泉水の中で泳いでいるのが発見されると、社会上やや名声があり、腹も出てきた男たちも毎朝、夜明けとともに自転車を漕ぎ、泉水に漬かりに出かけるようになった。彼らは漬かる毎に腰のベルトが一穴ずつ縮んで行くのを発見、その効果が知られると、出かける者がさらに多くなった。皆んな熱心で、風雨もなんのそのだった。のちには、泉水に漬かるだけでは足りず、泳ぐかのように足をバタバタさせるようになった。医者もいれば、銀行の上役、弁護士や学校の校長、さらには議員や社長などもいた。この地方のロータリークラブ会員のほとんどが参加していた。ダビデとトム[25]を除いて。一人は義足を着けていて、もう一人は背の曲がった障害者だった。

　清泉村の名の由来は、村の中に一三〇〇平米ほどの、農田水利会[26]に属する泉があるからで、実際、村のどこでも穴を一メートルから二メートルほど掘れば、ほのかな甘い味のする清水がコンコンと湧き出た。この村の六〇余戸の人々は、止むことなく湧き出る泉のように純朴で、勤勉に一万六〇〇〇平米余の田畑を耕作してきた。ほかには鼓仔《クズ》山の傾斜地があった。その水田は、これまで干上がることはなかったが、長い間ズッと貧しい僻地だった。彼らが純朴そのものである主要な要因だった。ここは町から二キロ半入ったところにあるが、少し坂道で、バスも通わないため、「街ッ子」たちは皆んな、この村を、とても遠いところにあると考えていた。

天が落ちてきた

祖師廟《ツーシーミャオ》(27)を建てた時、その傍らに植えたガジュマルは、六〇年余の歳月を経て、その敷地の大半を蔽うになっていた。こんもりした樹陰の下の赤瓦の屋根は長年の間に深緑の苔がびっしりとつき、他方、陽の当たる側の屋根の赤瓦も、それなりに年期を経た趣があった。こんな具合だったので、人々は、この廟を「清泉の祖師廟」と言わず、「陰陽廟《インヤンミャオ》」と呼んでいた。祖師廟のこのような変化は、ズッと村内に住んでいる阿盛《アチャン》伯父さんら四、五人の老人にとっては、彼ら自身の老衰への過程でもあった。この廟が建設中の時、彼らは廟を葺く赤瓦を運ぶ牛車の後ろにぶらさがり、牛車夫《ぎゅうしゃふ》から籐《とう》の鞭を見舞われることもあった。今は、彼らは村の最長老で、廟の祭拝がある時には、いつも彼らの仲間が村人たちを仕切った。……阿盛伯父さんは、その中の主要な指導人物だった。一年中、何度も祭拝があるわけではないから、そのほかの長い日々、彼らは廟内の軒下に集まった。冬は門を閉め、各自持ち寄りの、竹籠に入れた火鉢で暖を取り、夏は門を開いて、涼風を招き寄せた。涼風は廟内から、この土地を象徴する敬虔な烏沈檀香《ウーチンタンシャン》(28)の香を天上に運び去った。彼らの話題のほとんどは皆、昔のことで、反復になっても煩瑣を厭わず、ひたすら過ぎ去った貧苦に喘いだ日々のことを語り合って陶酔した……過去はすべて懐かしいが、とりわけ彼らの何人かにとっては、この晩年の日々にあっても誇らしいものがあった。しかし、明日のことは誰も自信がなく、明日、ここに来ることができんかも知れん。じゃないかのう？　昨年は七、八人居ったが、たったの一年で半分が逝ってしもうた。もと門内の左側の石の腰かけは、天《ティエン》送《ソン》伯父さんの席じゃったが、今はもうその尻で暖められた温もりがのうなり、氷のように冷え切ってしもうた。天送伯父さんが去ったあと、火樹《フォーシュ》伯父さんが来て座った日の夜、夢枕に天送伯父さんが立ち、憤怒に満ちた顔で「席を返せ」と迫ったということじゃ。すると、その日から火樹伯父さんの肛門は痔になってしもうた。この話は全村に知れ渡ったんじゃ。火樹伯父さんの痔は日を追って悲惨なものとなり、何十種類の薬を飲んでも、また何十種類の膏薬を貼っても、さらには坤田《クンティエン》家祖伝の秘法（民間療法）を試みても効果がなかった。最後は老友たちの勧告を受け入れ、病み衰えた身体を引きずり、家人に支えられて天送の霊前に行き、焼香して詫びた。しかし、阿盛伯父さんは頭領として天送を叱りつけて言うたんじゃ。……天送よ、お前は生前、朗らかじゃったんに、どないして神さんになって、こがいに怒りっぽうなったんじゃ？　お前とわしと火樹、わしらは皆んな股の開いたズボンを穿いた時から、この清泉で育ってきた仲間じゃあないか、お前の常席に座ったからと言うて、心を鬼にして火樹を半殺しの状態に追い込むとは何ということじゃ。大体、あの腰かけは、お前の物《もん》じゃない。廟内にある物じゃ、皆んな祖師様の物じゃ……。その場にいた多くの村人は愕然、色を失った。それは天送伯父さんがホントに、その場にいて火樹伯父さんの謝罪を受け、また阿盛伯父さんの叱責にも打たれているかのように見えたからだ。不思議なことに、その礼拝後、火樹伯父さんの痔が意外にも直ってしまった。だが、その二ヵ月後、火樹伯父さんが突然、死んでしまった。そのため、それ以後、あの腰かけに座る人は誰もいなくなり、清泉村の人々の心中では、この石の腰かけは「痔を呼ぶ石」と命名され、警戒された。

よんどころない事情がない限り、これらの軒下閑談の老人たちは、理由もなく欠席することはなかった。現在は四、五人となってしまったが、談話のやりとりは解釈不要、その興味と話題は相通じた。昼飯後、廟内にやってきて閑談に時を移すことは、すでに彼らの生活の大部分を占めていた。

その日の午後も、牛の目伯父さん、ミミズ伯父さん、育児伯父さん、阿圳《アチェン》伯父さんらがやってきたが、阿盛伯父さんだけが現われなかった。何時もは来るのがもっとも早いのに、三時になっても現われんとは？　彼らの心は波立ち、おだやかではなくなり、何を話題にしても途切れてしまう始末だった。

「どないしたんじゃろ？」と一人が不安げに言った。

「朝早《はよ》う牛を牽いて用水路の際《きわ》で草を食べさせておるのを見たが」

「わしも朝早う、そこで牛を放ったが、見んかったな。お前は用水路の下の方で、わしは反対に上の方に行っとたんたかな」

「おう！　朝早うじゃなかった。昨日のことじゃった」と早速、自身の健忘ぶりを認めた。

「それじゃあ病気にでもなったんかな？」

「そんなことはないじゃろう。昨日は何もなかった。朝早う用水路のところで牛を放った時、長男の嫁さんが一抱えもある衣服を洗っとるのに出会うたからな。もし病気じゃったら、嫁さんが、そう言うはずじゃ！」ちょっと置いて「嫁さんはホンマに何も言わんかった。何も」

「ほんなら、おかしい。失踪したんかな？」と言って牛の目は大笑いしたが、すぐに笑うのを止めた。

みんなの沈黙がしばらく続いた。

「そうじゃ！　糞ったれ！」とミミズが突然、叫んだ。「一昨日《おととい》、街の択日館《チャーリークワン》[29]に行って吉日を選んでもらわにゃあならんと言うてたな。吉日を選んでカマドを換えるんじゃないか。薪《まき》がうまいこと燃えんと言うてたな」

「ハッ、ハッ。わしも思い出した」と阿圳伯父さんも大笑いしてから言った。……「頭がまだズキズキしとる。田んぼの中の石のように、取り出して捨ててしまいたいわ。朝早う街に行く阿盛と、井戸端で頭をガツンとやってしもうたわけじゃ」

「糞ッたれ！　ホンマか？」

「間違いない。田んぼの中の石ころじゃ！」と育児は笑いながら罵った。

「街に吉日を選びに行ったんなら、もう戻ってきてええはずじゃ！」

「売春宿のベッドの上でお陀仏になっとるんじゃあないんかな」とミミズが冗談を言った。

「お陀仏になった！　本当にそうなら、ええが――年じゃなぁ」

「お前も若《わこ》うはないぞ」

「そうよ！　皆んな年じゃ、と言うとるんじゃないんかな？」

阿盛伯父さんの不在は、彼らにとって酵母を欠くのに等しく、話がバラバラになり、まとまりがつかなかった。これまでは話題の大部分は阿盛伯父さんが提起したものだった。のどかに涼風が吹き渡り、やがて彼らは皆んなコックリを始めた。

西の軒の近くにある神樹――これこそ、あのガジュマルの大樹だが、ちょうど今が実のなる六月で、実がすでに熟して紫色となり、ちょっと揺すっただけでも地に落ちて砕け、樹下に一杯に広がっていた。酸っぱいカビの匂いを帯びた甘い香りが漂っていたが、その香が嫌いだという人を聞いたことがない。すばしこいメジロの群れが、あの枝この枝に跳躍しながら、たおやかな指が早い音を弾奏するかのように鳴き、樹の実も快い旋律を奏でて、ハタハタと落ちた。ミミズ伯父さんの連れてきた、六歳の双子の孫たちも、それぞれ門の両側の石の獅子に跨がり、その首を抱えて睡っていた。

阿盛伯父さんは町から急いで帰ってきた。心はいら立ち、清泉に一刻も早く帰らねばならないと思えば思うほど、道は長く、何かが彼に敵対しているかのように感じられて、呪わしかった……清泉は亡《の》うなってしまうんか？　絶対に、そうはさせん。絶対に、じゃ。早う帰って、皆んなに言わにゃあならん。二歩を一歩にして急ぐ。坤池《クンチ》の田を過ぎれば唖巴《ヤーパー》の田、次は紅亀《ホンクイ》の田、そこを過ぎれば龍目井《ロンムーチン》と清泉国民学校の分校に続く。阿盛伯父さんは龍目井の天然大泉水の湧き出るところに着くと、近道をとり、あたりを見回しながら、憤怒を抑えられず自問自答した。町のやつらがほんまにやるんなら、清泉は亡《の》うなってしまう。悪辣過ぎる！　これは大事中の大事じゃ、皆んなと対策を立てねばならん！　やるんじゃ！　息急き切って方向を変え、祖神廟の中に駆け込んだ。

阿盛伯父さんは例の西側の軒下に近づくと、大声で叫んだ。

「おーい！　睡魔に長くとりつかれておるようじゃな」

彼らは、このただ事ではない叫び声で目を覚まされ、阿盛の様子を見た……よほど重大で不幸なことが起きない限り、顔の中央に張り付いた紅蓮霧果[30]は色褪《いろあ》せることはない。よく見ると、二つの鼻の穴もつまったふうで、ハーハーと喘ぎ、半開きの口は激しく震えている。

「鬼か、やかましい！」とミミズは眠りを急に覚まされて、ちょっとムッとしたが、阿盛の顔色がいつもと違っているので、今度は口調を変え、からかって言った……「わしらは、お前さんが街の淫売にとっつかまっていたんじゃないかと思うてたところじゃ」。彼は眠りこけていた時に垂れ下がったヨダレを本能的に手で拭った。

「何で、こがいに遅う帰ってきたんじゃ?」と阿圳が聞いた。

阿盛は竹椅子に座りかかったが、背もたれに背がついた途端、跳ね上がって言った。

「わしらは絶対、あいつらにさせちゃあいかん! わしらの清泉が亡《の》うなってしまうんじゃないか?」、彼は手を広げ、すぐ下ろした。その様子は最大限の力を込めて、この話をしているのを示していた。

皆んなは互いに顔を見合わせ、ミミズが性急に言った……

「何じゃというんかね、お前さん! 悪いニュースを持って帰って、苦痛を一緒にせいと言うんなら、ハッキリわしらに聞かせるべきじゃないのか。ただ《亡うなってしもう》じゃ、何が何だか、誰が分かるんか?」

皆んなの視線がミミズに注がれ、また阿盛伯父さんにも向かった。

阿盛は長々と溜息を吐いて言った……「街のやつらが、わしらの清泉の龍目《ロンムー》を掘り返そうとしとるんじゃ」。彼の話は皆んなを驚かした。

「どういうわけじゃ?」

「つまりじゃ、毎日、池にきて泉水に漬かっておった連中が三〇万元を集めて、井戸のへりにプールを造ろうと言うんじゃ」。阿盛は、驚きあわてた彼らに、意外に何の反応も現れてこないのを見て、心配になった。「どうしたんじゃ? お前たちは、この問題に関心がないんか?」

「プールができて、何が悪いんじゃ?」と阿圳が言った。

「どうしてよいことがあるんじゃ!? 第一、わしらの土地が傷つく。考えてもみよ、清泉村が人も優れ、土地も美しいのは、この龍目の井戸があるからじゃないのか。子供の頃、そう祖父さんがよう聞かせてくれたもんじゃ」

「そうじゃ！　それは誰でも知っておることじゃが、それと、プールを造ることと、どがいな関係があるんじゃ？」

「じゃからじゃ！　牛目よ、お前は他人が、お前の阿呆ぶりを笑うても恨むことはないぞ。プールの水は皆んなモーターを使《つこ》うて井戸から汲み上げるんじゃ。それで、もし水が無《の》うなってしもうたら、どうなる？　龍目が枯れてしもうたら、どうなる？　清泉が亡《の》うなってしまうんじゃないんか？」

皆んなは顔を見合わせ、うなずいた。

「その通りじゃ！　これは、ゆゆしいことじゃな」と牛目は言った。

「お前たちは忘れたんか？　台風があった、あの年、誰か分からんが稲がらを井戸に捨てたんで村全体、大人も子供も眼を患うたんじゃないんか。幸い捨てられたものが稲がらじゃったからよかったが、もし刺球子《スーチューズ》(31)じゃったら、清泉の人は皆んな亡うなってしもうたじゃろう！」阿盛は皆の表情が曇りはじめたのを見て、深い満足を覚えた。「じゃから」これは彼が話のはじめ、あるいは結論を肯定する際に愛用する言葉で「龍目の井戸にモーターを据え付けるのを、どないして認めることができようか！」

「お前さんの持ってきたニュースはホンマにホンマのことか？」。皆んなの視線が阿盛に集中した。このまがまがしいニュースを深く受け止め、強い憂慮にとらわれながらも、他方では、そうではないのではないかという疑いも断ち切れず、ミミズが、このように問い返した。

阿盛はもともと、このニュースをもたらしたことから来る重い心の負担を、皆んなに分けて軽くしたいと考えていたのだった。

「近いうちに、ここの水を採取して化学検査を行なうようじゃ。とてもええ水じゃという結論が出るじゃろうが、ドアホウめ、清泉龍目井の水がええのは分かり切ったことよ、何が検査か。水がええからというて、プールを造ってもええということにゃあならんじゃろ！」

「そうじゃ。わしらは、トコトン反対すべきじゃ！」と育児伯父さんは極度に感情を高ぶらせて言った。そのため、ツバが他の人の顔に飛んだほどだった。牛目は、こともなげに飛んできたツバをサッと拭い去って言った……

「もちろんじゃ、もちろんじゃ、わしら、絶対に反対じゃ！」

育児伯父さんも手を挙げ、顔にかかったものを拭い去って言った。

「もう一つ問題がある。知らなきゃあならんぞ……プールが開かれれば、泳ぎに来る街のやつらは男女を問わず、あの小さなもんだけをつけて向かい合《お》うことになる。やつらが頭のなかで何を考えておるか、誰にも分からん。わしら清泉の者は昔から純朴そのもの、そがいなことになりおったら、わしら清泉の子供たちの教育はダメになってしまうんじゃないかな！　わしら清泉は汚濁に塗《まみ》れてしまうぞ！」

阿盛は、皆んながうなずくのを見て、また言った。「じゃから、わしらには反対する理由があるんじゃ」

この時、ズッと黙《だま》りこくって、怒りに耐えていた阿圳伯父さんも、もう一つの理由を持ち出した……

「もう一つは、龍の目に、そがいな、ようない衣服を着けた男女を見せるんは、ようないということじゃな。そがいなことになったら、龍の全身も落ち着きがのうなろう」

「その通りじゃ！　わしらには三つの大きな理由があるわけじゃ。さてと、ほかにも反対の理由が何かあるかな？」

ミミズが跳ね起きて言った。

「ほかに、どがいな理由が必要だというんじゃ！　この三つの理由だけでも、天が落ちてきたんも同然じゃ」

その時、ミミズ伯父さんの孫の一人が石の獅子から滑り落ちて、ワーワー泣き始めた。ミミズが叫んだ「天が落ちてきたんも同然じゃ」の一句は、孫の一人が落下したことをも指しているかのようで妙だった。

民権事始め

村民大会の開かれた晩、これまで大会に参加したことのない、これら数人の年寄りたちも謝《シェ》村長の穀物干場に臨時に設けられた会場に早くから来ていて、最前列のベンチに陣取っていた。

全村の人は皆んな、この晩の村民大会が、これらの年寄りたちが待ちかねたものであることを知っていた。実際、彼らは龍目井のへりにプールを建設することへの反対が効力を発生するかどうかを知ろうとして、ジリジリとして待っていた。そのため、開会に参加した村民たちも、いつもと違ってワクワクしていた。ある家族は数人、全員で参加していた。すでに会場は村民で一杯になっていたが、指導部や列席の人々の姿は見えなかった。村長は家のラジオをつけ、歌仔戯《グツァイシ》(16)の演目を大声で流していた。もともと、この種の会合は、村民たちにとって何の意味もないもので、もし一戸から必ず一人が参加、開会の前にまず捺印、開会後も出席を証明するために捺印しなければならないという決まりがなかったら、誰も参加することがないだろう。今回は違った。今度の会合は、ほかならぬ彼ら自身の問題を解決するのに必要だと思ったからで、これまで毎日、強い切迫感に悩まされていた。参加者には、それぞれに高ぶるものがあり、煽り立てれば、狂暴な激流となる可能性があった。阿盛伯父さんたちは時々頭を回し、彼らの後ろにビッシリ座っている村民を見て、満顔に笑みを浮かべ、ホッとした感じで、うなずいていた。この晩、感じたような安心感は以後、味わうことはなかった。少なくとも、その夜は村民は彼らとともにあり、内心には、どんな敵に出会っても恐れず、かかって来るなら来い、糞ッたれ、逃げるなんぞは腰抜けじゃと高く呼ばわりたいような優越感が生まれていた。牛目は仲間に向かって言った……おい！　若いやつらに「年寄りだから役立たず」と言わせんぞ。今晩こそ、わしら年寄りの力を若いのに拝ませようぞ。彼らは皆んな、うなずいた。

村の幹事は国旗を取り付けてからは姿を見せず、その後、村長も姿を消した。七時半開会の予定だったが、二〇数分過ぎても始まらず、村民も何の文句も言わず、ラジオが流す歌仔戯の「陳三五娘」[32]の演目にスッカリ聞き惚れていた。八時になったところで、突然、ラジオが止み、群衆の心も宙に舞った。村の幹事と村長が玄関から走るようにして喘ぎながら出てきた。群衆の中から開会を求める声が挙がり、村長は箱の上に立ち、少し吃《ども》りながら、すぐに開会することを告げ、参加者の静粛を求めた。幹事はたびたび入口の辺りに眼をやっていたが、ようやく人影がそこに近づいてきたのを見て、興奮して「こちらへ」と叫んだ。その声を聞いて群衆も頭を回し、入口の辺りを見た。起ち上がる者もいて、不安げに会場に入ってきた一団の人を眺めた。彼らは突然立ち止まり、会場の様子を見渡したのち、ゆっくり前に進んだ。村長は素早く箱を降り、一人一人握手を交わし、座席に導いた。最後に郷長も来たが、村民に意外の感をあたえたのは、劉《リュー》巡査の他に五人の見知らぬ所轄以外の警察官が来ていたことだった。劉巡査は、いつもと同様、笑みを浮かべていたが、五人の見知らぬ警察官の顔色は正常とはいえなかった。そのほかには、三人の洋装をして、手に扇子を持った紳士たちがいたが、その紙で出来た三つの扇子は、どれも同じだった……あとで行われた村長の紹介によれば、この三人は特別の来賓だった。彼らが席に着いた頃には、すでに八時半になっていた……今晩の会合が以前と違うのは、以前は、いつも村長たちが先に来て、村民たちの来るのを待っていたことだ。幹事は三人の紳士の真ん中にいた太っちょがうなずくのを見届けたあと、声を張り上げた……村民大会開始。「議長、席に」という声に接する前、ミミズは阿盛伯父さんの肩を打って発言するよう促した。阿盛伯父さんは、それに応じてすぐに起ち上がって叫んだ……「話したいことがある」……幹事は開会の手順を守るため、横槍を受け付けず、わざと阿盛伯父さんの発言に取り合おうとしなかった。そして大声で「議長着席」と呼ばわった――阿盛伯父さんは誰に話したらよいか分からなかったので、村長に向かって叫んだ……「おーい！　鴨母坤仔《ヤームークンナー》(33)よ、開会の前に、わしはお前に言いたいんじゃ、今晩、話したいことがあるんじゃ！」。多くの人々がこらえ切れず笑い、あの五人の顔がピンと張った警察官たちもクスッと笑った。謝阿坤《シェアクン》村長は台上から阿盛に顔を向け、ムッとして睨んだ。阿盛は、鴨母坤仔が何か悪く誤解していると思い、続けて言った……「ホンマのことじゃよ。やるんじゃ！　お前さんにハッキリ言うとく！」。今度も一頻《ひとしき》り爆笑が起きた。幹事は早速、走り寄り、口を阿盛の右の耳に近付けたが、阿盛は「こっちは聞こえんから、左を」と言った。そこで幹事は左の耳に口を寄せて、低い声で言った……「御存知かな、あそこにおる太ったお方は大物です。冗談言って開会を攪乱しないで下さらんか」。阿盛伯父さんは、この種の威嚇《おどし》は喜ばず、また大声を出した……「何じゃと？　わしの話が開会を攪乱しとると言うんかね？」幹事は気まずそうに、また口を左耳に近付けて丁寧に言った……「誤解しないで下さい。番が来るまでお待ちを。今は、その時ではない。その時が来たら、必ず指名致しますから！」。阿盛伯父さんはうなずくとともに大声で叫んだ……「順番があるなんて、わしゃ聞いておらん」。彼はグイとミミズを押した……「糞ッたれ！皆んなお前のせいじゃ」。ミミズも大声で答えた……「わしだって聞いておらんよ！」二人は言い争いを始めた。幹事はすぐに仲裁に入った。「分かった、分かった。ちょっと待って下さい。お前さんたちにも発表をしてもらいますから」。その情景はすぐに村民たちの笑いを引き起こした。阿盛伯父さんは毎度、ドッと群衆の笑いが起きる度ごとに、振り返って笑い声を発している人々の顔の表情に順に眼をやり、彼と同じ立場に立っているかどうかを探ったが、どの場合も鼓舞を受けている印象を受けた。彼はますます正直と粗暴さとを帯びてきた。

村長の北京語による開会の挨拶は何人かの年寄りたちには大いに不満だった。鴨母坤仔が何を言っているのか、サッパリ聞き取れなかったからだ。続いて三人の紳士も台の上にあがり話したが、年寄りたちの眼には、耐えがたい手振り身振りの連続に過ぎなかった。郷長や村長の話も同様で、最後は警察官さえ台の上にあがり話した。阿盛伯父さんは、これでは、あと四人の警察官が話し終わらなければ自分の番が来ないと思い、ミミズに向かってグチをこぼした……「糞ッたれ！　これじゃ、わしの番が来るまでにゃ座りくたびれて猫背になってしもうぜ」それから間もなく、村長は、阿盛伯父さんに話をしてもらうに当たって、ひとくさり土地の言葉を使って、先ほど主任が話した内容を語った。清泉の発展のためには、各方面から井戸のへりにプールを造ることを強力に進め、実現しなければならない。だから、この事業に土地の人も歩調を合わせることを希望する。プールが完成すれば、車も通り、新しい区分けもできる。清泉は急速に繁栄していこう。話は終わったが、一人の村民の拍手も起きなかった。阿盛はついに起ち上がった。すると、会場一杯に轟く熱烈な拍手が巻き起こった。彼は振り返って村民を見たあと、台の上に向かって挑戦的な口調で所見を発表した……「お前さんたちは街に戻ったなら、街の皆さんに、この清泉の阿盛伯父の言うたことを伝えてくれ。泳ぎたかったら、ここではなく、自分の家の浴槽で泳いでくれと」。この激しい言葉は爆笑を誘っただけではなく、雷鳴のような拍手で迎えられた。阿盛伯父さん自身も、どこからこんな素晴らしい言葉が出てきたものか、分からなかった。続いてまた言った……清泉にプールを造るなんぞは無用の妄想じゃ。清泉の水は稲を作るためのもので、街っ子が入浴するためにあるんじゃない」。拍手の波は年寄りの話をさらに激昂させた……「清泉の人はバスをほしいとは思うてはおらん。二本の足があれば、それで十分じゃ。わしらが気にかけているのは、田んぼと水じゃ……。清泉というこの土地は、これ龍の頭じゃ。街への出口は龍の口で、学校へりの井戸は龍の目じゃ。じゃから龍目井というんじゃ。清泉の人間は先祖以来、この龍の保護を受けて、平安に暮らしてきた。あろうことか、今日、龍の目に傷をつけんとする者が現われた、清泉の人が、どないして、これを座して受け入れることができようぞ！」。彼は振り返って村民たちに聞いた……「どうじゃな？」村民たちはみな興奮して躍り上がった。台の上にいた人たちは心中ひそかに阿盛伯父さんの扇動力に驚いた。牛目が阿盛伯父さんに身を寄せて言った……「兄弟、御先祖様の霊が乗り移ったんじゃないかね？」阿盛伯父さんはそれに答えて言った……「知らんね。とにかく頭がスッキリしたわい」

会の終わったあと、阿盛伯父さんは村長に請われて村長の家の広間に行き、何人かの特別の来賓と顔を合わせた。話は皆、村の幹部によって翻訳された。主任は敬服した様子で言った……

「阿盛さん、本当に、あなたの話ぶりに感服しました」

「どういたしまして、ほめすぎじゃ。わしは無学で、字は横棒の一さえ知らんのです」

「読み書きができなければ、あんな素晴らしい話はできません」

「いやいや、お笑い草じゃ」と阿盛伯父さんは言った……「孔子様のお話になった話の中の数句を人が言《ゆ》うとるのを聞いたことがあり、拝借したまでじゃ」

主任は傍らの人と数語を交わした。阿盛伯父さんは村の幹事に、彼が何を言っているのかを聞いた。

「あなたが話上手だと言っています」幹事はまた彼らのために翻訳した。

「勘弁下され。わしは道理にしたがって話をしたまでじゃ。正直に道理によって道理を説けば、情理は説けば説くほど、ハッキリするもの。ホンマの金は火を恐れず、ではないんかな?」

「阿盛さん、一つだけ質問があります。正直に話していただけませんか。なぜ、あんなに勇敢に、また極力、反対されるのか。あなたの後ろに、誰か後押しする人がいるんですか?」

阿盛はムッとし、しばらく置いて答えた。

「そんな者はおらん」

「それなら、どうして、あんなに激しく反対なさるんですか」

阿盛伯父さんは間髪《はつ》を容れず、胸を張って言った。

「この土地と、その上にある一切のものを愛するからじゃ」

第一回の対戦

順発営造商《シュンファー》が長さ五〇メートル、幅二五メートルのプール工事を落札した。清泉村では工事の初日、困難に遭遇していた。村から土地掘削の臨時雇いを一人も見つけ出すことができなかったからだ。二日目になって、ようやく村外から五〇人の男女を雇ってきて、土を天秤棒で担《かつ》いで運んだ。阿盛伯父さんたちは全日、工事現場で順発営造商の者たちと折衝を続けたが、その結果、警察の干渉を受け、法律に触れる行為だとして警告を受けた。阿盛伯父さんは納得できなかった。外部の人間が侵犯してきているのに、どうして自分たちの行為が法律の保障を受けることができず、逆に自分たちの正義の行為が法律に触れることになるのか？　何人かの年寄りたちが次から次に帰り、棍棒でなければ、ナタを手にした一群の男たちを連れてきた。工事現場にいた者たちは、この様子を見て、天秤棒や箕《み》を放り出して逃げてしまった。阿盛伯父さんの連れてきた者たちは工事現場に放り出された、それらの道具を寄せ集め、火をつけた。火は猛烈に燃え上がり、彼らはその炎を囲んだ。勝利の喜びが彼らに新たな誇りをあたえた。間もなく村の女性や子供たちも集まってきて彼らを取り囲んだ。彼女らの敬慕に接して、男たちは無意識の内に昂然、英雄になったような気分になった。このような雰囲気の中で阿盛伯父さんは大声で叫んだ……「逃げていきおったぞ、しがない奴らじゃ。やつらに清泉村の手強《てごわ》さを拝ますがええ。これからは草一本、動かせまいよ。その時、外側にいた人が叫ぶのが聞こえてきた。何が何だか分からないうちに、一〇数人の武装警察官が一台の消防車に乗ってやってきた。到着すると、警察官は素早く飛び降り、一群の中心に突き進み、群衆を推し広げ、農民たちに武装を解除させ、一人一人車に乗せた……この一連の過程は演習のように順調に行われた。阿盛伯父さんも自動的に車に乗せられ、一緒に街の中他の村人《むらびと》を慰撫、にある警察分局に送られた。現地に留まった数人の武装警察官は顔に笑みを浮かべて、他の村人を慰撫、それぞれ静かに家に帰るように求めた。

ニュースは村長や郷長を通じてはじめ多方面に伝わった。営造商筋は、再びこのような事件が発生せず、現場労働者の安全が保障されるのなら、喜んで和解したいと表明した。その晩遅く、農夫たちは当初の方針通り釈放された。彼らは皆、ひどく脅《おど》されたようで、顔が強張《こわば》っていた。清泉に帰った後も、緊張した様子は消えず、警察分局での口述筆記や拇印が気にかかっていた。将来、面倒なことに巻き込まれるかも知れないと思われたからだ。このような心配や恐れは却って家に戻ってから年寄りや子供を見て、一層強くなり、沈み込んだ。今や彼らは後悔及ばずの心境に陥り、龍目あるいは全清泉のことを考えても、いささかも反抗のエネルギーが起きてこなかった。それどころか、そのことを意識することさえなくなった者もいた。思い起こせば、彼ら自身、あの時、どうして、あのような衝動に駆られたのか、ただ阿盛伯父さんの一喝を聞いただけで、皆んなが蜂が湧き上がるように起ち上がったのか、ハッキリ想い出せなかった。ただし、彼らは、阿盛伯父さんが彼らを、清泉のために胸を張った者として本当に誇りに思っていたことを知っていなかった。そのため阿盛伯父さんは首謀者として拘留され、夜を迎えたが、心は安らかで、何と、その態度には一種の宗教的な安心立命ともいうべきものが現われ出ていた。清泉を熱愛する思いを行動に移した後、彼は自身の変化に気付いた。それ以後、自分にすべきことはないなどとは思わなくなった。今度のことは、自分のことより重要だが、自分以外の人間にはできないだろう。そのような信念が阿盛伯父さんの肉体に宿り、一つの人格になったと言ってよかった。知らず知らずのうちに、ほかの人も阿盛伯父さんが何か犯すべからざるものを具えているかのように感ずるようになっていた。昔あった俗気が消え、何か崇高な気配が漂い、普通の人たちとは違っている……阿盛伯父さんを、よく知っている人、また彼と膝を交えて話したことのある人たちは、皆そのように感じていた。阿盛伯父さん自身も自分の言うことが以前と全く違っていることに気付いていた。ひとこと言うたびに自分自身に驚いていた。誰かが特別に彼の考え方を変えているかのようで、話が清泉の水の良し悪しに及ぶと、阿盛伯父さんの眼は神がかった光彩を放ち、あたかも別の一世界を彷彿と見ているかのように話した……お前さんが魚と話すことができるなら、わしら清泉の魚に尋ねてみるがええ。そうでないんなら、清泉の魚が楽しげに泳いでいるのを見るがええ。正しい答えが出るじゃろう。これは、わし阿盛が、お前さんに告げることじゃない。このような言葉は彼自身だけではなく、傍《かたわ》らにいる人たちをも少々当惑させた。よく自身の変化にも気付いた、あの感覚の力がやがて次第に衰え、微妙で奇抜、信念にだけ忠実な、神の段階に昇華していた。阿盛伯父さんは大体がこんな具合で、すでに人と神が混じり合った使徒の道に足を踏み入れていた。

夜半、阿盛伯父さんは、もう一つの広い部屋に導かれた。一歩、足を踏み入れると、そこには、あの晩の村民大会に列席していた貴賓たちがいて、その真ん中に、あの太っちょが坐っていた。彼らは、阿盛伯父さんに丁寧に応対し、テーブルの前の籐椅子に腰掛けさせた。お茶を入れさせ、タバコを添え、記録を取ろうとしていた。まず、太っちょが阿盛伯父さんに対して釈明を行なった。分局は決して、お前さんを拘留しようとは思っていない。ただ、年寄りの皆さんに冷静になってほしいと考えているだけだ。ことは非常に単純なことだが、迷信を振り播《ま》いて群衆を扇動し、流血事件を起こすようなことは、法律が許さない。だが、年寄りたちの動機は純良ゆえ、大事を小事に、できれば、ないことにしたい。

皆さんが家に帰り、孫の守りをして、幸福を享受することを希望する。阿盛伯父さんは、それに対して冷ややかに礼を述べたあと、筆録のために供述を始めた。

「お前さんの氏名は?」

「許阿盛《シーアチャン》」

「歳は?」

「閏年《うるうどし》を抜いて七九。余生は何年もない」

その座にいる人は皆、笑った。その中の一人が言った。

「そうなら、晩年を穏やかに享受すべきでは！ どうして、こんなつまらぬことに関わるんですか」

阿盛伯父さんは軽やかに言った。

「余生が何年もないことを知っとるからじゃ。今やらねば、二度と機会がないからじゃよ」。突然厳粛な口調となり……「つまるか、つまらんか、見る人によって違《ちご》う。わし、わしは、つまらんとは思うておらん」

筆記者が追っかけて聞いた。

「なぜ清泉にプールを造ることに反対なんですか?」

阿盛伯父さんは例の三大理由を述べ、さらに少々ではない補足を加えた。

「なぜ多くの人を集め、面倒を起こしたんですか」

「わしは聞いたんじゃ、清泉じゃあ多くの衆が、プールを造るため、一鍬《ひとくわ》下ろされる毎に呻《うめ》くのをな。わし一人じゃあ無力で救えん、清泉の人を集めて阻止するほかに手立てはないとな」

「あなたは、それが、どんな犯罪になるのか、知っていましたか？」

「村の風水と関係があるんかな？……」

「当方が質問したことにだけ、お答え下さい。もう一度聞きます。あなたは、今回のことが罪を犯すことになるのを知っていましたか？」

「そがいなことは知らん」

「……」

「……」

夜が明けたが、阿盛伯父さんの精神は依然として良好だった。彼らはひそかに老人をジープに乗せて清泉に送り返した。

陳大老爺の孫

工事はドンドン進行し、阿盛伯父さんはすでに村人たちの支持を失って孤独となり、ジリジリとして老《ふ》け込んでしまった。家人が賺《すか》して台北の親戚の家に移したが、水洗トイレに馴染まず、その晩、腹部にしこりができ、清泉に戻り、口も聞かず、豚を囲った柵の中の茅葺の小屋（便所）に入ってしまった。仲間の年寄りたちは、この件に対して消極的になりはじめていた。阿盛伯父さんは工事が日々ドンドン進行しているのを見て、早く阻止しなければ、土は掘られ、阻止が成功したとしても、埋め戻しも面倒な仕事になると気を揉んでいた。その挙句、工事を直接には阻止できないとすれば。間接的な方法、つまり人事を通じて――泰山《たいざん》によって頭を抑えさせることができれば、問題を解決できるのではないかと思い付いた。しかし、彼の場合、土台、どんな大人物とも交際があるはずもない。失望の果て、ふと陳《チェン》県長のことを思い出した。彼は鮮明に記憶していた。陳県長が選挙の時、大汗をかきながら清泉に来て、熱烈に彼と握手を交わした時のことを。彼は何度もお願いを繰り返し、もし県長に当選した暁には、困ったことがあったら、何でも言ってくれ、と言った。運動員も、彼を県長に選ぶのは眼識のある人、彼は空手形を決して切らないと力説した。阿盛伯父さんは自分の票を彼に入れただけではなく、進んで他の人にも彼に投票するよう訴えた。あの時、彼のがさつな手が、二つのフックラとして滑らかな手でギュッと握り締められた感覚、ひたすら感動的だった。そうじゃ！　わしは、なんで、これまで陳県長を訪ねに行こうと思い付かなかったのか？　彼は、あの時、わしに困ったことがあったら、訪ねて来いと言うたではなかったか。陳県長の祖父は、清朝の時、陳大老爺《チェンターラオイエ》と呼ばれ、うちの祖父《じい》さんは陳大老の小作農じゃった。昔、巡撫がやってきて兵員の点呼や食糧の調査をやった折、祖父さんや親父たちはみな、臨時の兵員として並んだもんじゃ。彼は、この間のことを知っておろう！　阿盛伯父さんは、ここまで思い出して一筋の希望を持つに至った。そして翌朝、清潔な衣服に着替え、街にある県政府に出かけた。

いくつかの関門を通り抜け、大きな県長室の前に来て、あたりの風格のある佇まいを見回し、心ひそかに歓喜が湧き上がるのを感じた。県長は結局、大人物で、こがいに会うのが難しゅうて、こがいな厳《いか》めしいところにおるということは、多くの人を従えとるということじゃ。彼がひとこと言いさえすりゃあ、解決できんもんはなかろう？　入口前の若い女性が、県長は会議中、午後にお出で下さい、と言った。阿盛伯父さんは、会議の終わるのを待ちたいと答えた。彼は待つのも楽しいという気分だった。容易に会えない人物だからこそ偉大なんだと思えたからだ。

ついに県長に会うことができた。深々とお辞儀をしたので、県長の返礼を見ることができなかった。若い女性から、県長との面会は多くても一〇分と言われていたので、焦りを感じていた。一〇分で今回の件を十分に話すのには、どこから始めたらええか？　まず人情に訴えることが必要だと考えた。県長は座るように勧めた。阿盛伯父さんは最初に、こう言った……わしら許家は昔、御祖父さんの小作人でありました。彼は期待に胸をふくらませて、県長の表情を窺ったが、鼻が鳴っただけで、頭を落とし、分厚い公文書のファイルをめくっていた。これには阿盛伯父さんも愕然《がくぜん》とした。しばらくすると、県長は頭を上げ、彼に話を促した。彼が話を始めると、県長は再び頭を下げ、公文書を一枚一枚、機械的にめくり、判を押していた。ろくに文書を見ていない様子で、長い時間、判を押しながら、阿盛伯父さんの話が終わるのを待っていた。老人が県長の答えを待っている間も、県長はなお忙しく判を押していた。この件に対する県長の印象は土地と工事に関するゴタゴタだったので、彼が考えたことは、どの部門に下ろして処理させるかということだった。社会課か？　民政課か？　それとも建築課か？　それを思案しながら、ベルを鳴らして若い女性を呼んだ。その後、彼女は老人を建築課に案内した。

結果をいえば、老人は建築課で一頻《ひとしき》り笑い物にされ、冷ややかにあしらわれた。どこに活路を見出したらよいのか。彼はスッカリ疲れ果てて清泉に戻ってきた。陳県長の偶像は幻と消えた。帰り道、絶えず呪詛を繰り返していた……「何じゃ！　ありゃあ陳大老爺の孫に過ぎん。陳大老爺が知ったら、必ず目糞《めくそ》を流してくれるじゃろう」

猫は犬ではない

阿盛伯父さんは村人から支持を失ってからは、彼の信念を全く行動に移すことができなかった。当初にあった、あの宗教的な人格も次第に失われていった。プールが完全に出来上がった時には、完全に以前の田舎者に戻っていた。多くの人間がプールを囲んだ鉄条網の外から、なかで水に戯れている者たちの姿を眺めていた。村の子供たちもガヤガヤ親たちに金をねだって中に入り、泳いでいる。若者たちと言えば、田んぼ仕事に行かなければならないのに、多くは鋤《すき》を放り出して、プール内のブラジャーや真っ赤なパンツに眼をやり、放心している始末。これらの様子を阿盛伯父さんは見て、心苦しく、イライラしながら、鉄条網の外側をグルグル廻っていた。最後に狂ったように、場内に闖入《ちんにゅう》、大声で叫んだ……「脱ぐんなら、サッパリわしのように素《す》っ裸《ぱだか》になれ」。そう言いながら、ホントに着ているものを全部脱いだ。娘たちは驚き、キャーキャー叫びながら、プールから上がってきた。男の子供らは笑いながら手を打った。阿盛伯父さんは瓶を逆さにしたような姿勢で飛び込み、沈んで行った。彼は犬かきさえできなかった。長い間、待ったが、彼は浮上してこなかった。その場にいた人たちは、笑いごとじゃあないと思った。二人の娘が急いで飛び込み、老人を引き揚げたが、すでに遅かった。阿盛伯父さんは名前だけを残し、何もかもなくなってしまった。

笑い声

出棺の日、阿盛伯父さんの家族は、プールを一日だけ閉めるように求めた……阿盛伯父さんの死はそもそも、このプールのためだったから。柩《ひつぎ》はプールの入口を通らなければならなかった。プールの管理者は家族の求めに応じて、入口に大きな黒い横断幕を張った。だが、柩がプールの入口を通過する際、鉄条網がシッカリ閉められていなかったので、清泉村の子供たちが、コッソリ入り込み、水と戯れていたため、その楽し気な、銀の鈴のような笑い声が中から伝わってきていた……。

海を訪ねる日

魚群が来た

海水が年の初めの温かい太陽の光を吸い取り、塩独特の人を酔わせる香りを醸し出し、それが漁港の空気中に広がり、海の旋律につれて人々の鼻に漂ってくる、この時期こそ、まさに四月から五月にかけて鰹の群れが湧き上がるようにして暖流に乗ってやってくる季節でもある。三月中、台湾各地の漁港から早くも引き網小漁船が南方澳漁港《ナンファンアオぎょこう》(1)に集まり、波間に跳躍する富を獲得する準備を始める。漁船は本港と内埤《ネイビ》新港に密集、身体さえ入れる隙間がない。人口の流動も、もともと四、五千人ほどの漁港だが、一時《いっとき》二万人余に増加する。中では漁師が一番多い……皮膚が黒光りし、鴨《かも》の嘴《はし》に似た帽子を被り、大声で話しているのは皆、漁師だ。そのほかには漁港にやってきて各種の露店を出す者、それから娼婦や頭の赤い金色の蒼蠅もいる。つまり、それらは魚群と一緒に来るものだ。一年のうち、漁港の一番忙しい季節であるとともに、狂った季節でもある。

第一群の漁船が海洋の中で引き網を下ろし、鰹の群れに接触したという知らせが伝わる、その日から漁港の生活は昼夜の区別がなくなってしまう。その消息を持って戻ってくる船隊の漁火《いさりび》がまず船着き場から一〇数キロの黄昏の海上に上がった。その船隊が船着き場に着く頃には、すでに山の巨大な輪郭は暗黒に呑み込まれていた。ただ海には石蟾蜍《シーチャンチュー》(34)礁群の前にグルリと取り囲むようにチラチラとする漁火が残されているだけで、船が一隻また一隻と暗礁をすり抜け、彼らが「敷居」と呼んでいる礁群間の深い溝に乗り入れていった。「敷居」を通過すると、漁火は整った一列縦隊となり、まず港の喉口《のどぐち》に入り、港内に進んだ。船内の喧騒は魚群到来を港内の人々に知らせた。その喧騒を聞いて人々は大きな鐘の響きに出会ったように身体を震わせた。この瞬間から彼らは皆んな言葉や、喜びに溢れた顔や動作で、「魚群が来た」という知らせを相互に伝え合った。

貧しい家の子供たちは稲藁や柳の枝を編んで作った袋を提げ、弟や妹を連れ、すぐに魚市場に走り、魚を偸《ぬす》む機会を待った。実際、彼らはいつも、それらの漁船が接岸、一笊《ざる》また一笊と船から岸へ魚が運ばれる時、衆人環視の下、身体をかがめて笊から魚を掠《かす》め取るのだ。彼らは、それを一つの交易だと考えていた。身体をかがめて魚を掠め取る時、自分の背中を漁師に強く殴られ、激しく罵られる。はじめ子供たちは、こう考えた……何尾かの魚を手に入れる、それに対して殴られ、罵られる、つまりプラス、マイナス、ゼロではないか？　漁師たちも考えた……殴り、罵った、それによって相手に何尾かの魚を手に入れさせた！　罰当たりめ！　コソ泥！　のちには双方とも、そのような計算は忘れてしまい、罵ることと魚の交換はもはやここでは、この季節の一種の生活習慣となってしまっていた。

船のエンジン音が段々と迫ってきた。臨時に山麓に建てられた娼家には緊張が走った。門外に立って、外港澳肚《アオト》に入ってきた漁船を見た母さんの心はエンジンの音に共振して躍り上がった。彼女は顔を家の中に向けて叫んだ……「お姉さん方、銭が舞い込んできたよ！」家の中にいた娼婦たちは皆、外に出た。母さんは下に輝く漁火を指さした……「ねっ！ 鰹の群れが来たんだよ！ 今年は去年より早い。まだ月の始めよ！……」彼女は突然、語気を変えて家の中に向って叫んだ……「阿雪《アシェ》、お前は御飯を食べるのが遅い。その内、起ったり座ったりする時間もなくなるわよ！」

雨夜の花

彼女を見る人は、彼女が以前はきっと美人だったと信ずるに違いない。現在、少しやつれてはいるが、依然として男を誘惑する魅力を具えていた。或いは、これは彼女の過去の美しさに対する想像がもたらす幻覚かも知れない。できるだけ質素な身なりをと努めているにもかかわらず、そのように極力隠そうとしている点や謙《へりくだ》ろうとしているものを覆い隠すことができなかった。一四歳から中壢《チョンリー》(35)の妓楼で小さい腰かけの上に立って兵隊さんを呼び込んでいた時から、早くも一四年になる。この期間、寝台の上に身体を倒して男に弄ばれた結果、道を歩く時、その姿がやや外股になっていた。長時間、変哲もない天上板の小世界を仰いできたため、視力も落ちて焦点が見慣れた距離でしか結ばれなくなっていた。そして男たちの野獣のような激しく喘ぐ声が彼女その人を、あのように消極的にさせた。さらには彼女のような職業の女性たちに対する一般の人々の眼がある。これらがつまり彼女と社会の一般の人々を堅く分け隔てる半ば絶縁体に等しかった。

彼女は早くから小部屋に住み、見知らぬ男の前で僅かな着衣を脱ぎ捨てるのに慣れているのに、一人で外出するのを恐れていた。どうしても拠《よ》んどころのない事情がない限りは外出しなかった。今回は急いで実家に帰らなければならなかった。彼女は永遠に養父が彼女の身体を売ったことを許すまいと考えていたが、最初の命日は彼女の家にとっても重大な日だった。母さんはもとより、この商売繁忙の時に、彼女が二日も休暇を申し出たのには不本意だった。とりわけ彼女のように、ほとんどの男を喜ばせ、再度来た時には必ず彼女を指名するという情況の下では、二日の休暇は母さんにとっても、また彼女自身にとっても損失以外ではない。どうしたら、よいのか？　こんな時には、ただ母さんに早く戻ってくると答えるしかなかった。出かけ際に母さんは繰り返し言い含めた……「早う戻っておくれ。よさそうな子がいたら、何人か連れてきておくれ」。彼女は漁港に行き、新鮮な鰹を数尾買い、急いで蘇澳駅まで歩き、一二時五分発の汽車に乗り込んだ。目指すは瑞芳九份《ルイファンジョウフェン》(36)だった。

始発の車両は空いていた。彼女は容易に気に入った座席を取ることができた。今、与えられている時間は、ただ汽車に乗っているだけ。タップリ二時間、一休みできそうだ。鰹漁が始まって以来、少しも休息を取ることができなかった。山麓の家にいる時に比べて、今の方がズッといい。眼を閉じて眠ろうが眠るまいが、どうでもよい。全身を不愉快にさせる冷たい視線を回避することができれば、それでよい。頭を窓際に靠《もた》れさせ、両手を胸に抱き、足をスッと延ばして組み合わせた。それが快く、巧妙な支点となり、汽車の規則正しいリズムが伝わって、彼女の身体が軽く揺すられた。しかし、縄を通した鰹が椅子の下に置いてあるのが気になって、彼女の眠りは浅く、時々目覚め、毎度、頭を下げて椅子の下を見た。鰹の口からは血が流れ出し、見る度に床に広がっていた。済まない気持ちがし、苛立《いらだ》ったが、周囲の人を見ると、何事もなかったようで、いくらかホッとした。実際、どうしていいか分からなかった。

汽車は羅東《ルオトン》に着き、宜蘭《イラン》を過ぎると車内は混み合ってきた。彼女が居眠りしている間、隣の空席には中年の男性が坐っていた。彼女の眼が覚めるのを待って、男は彼女に慇懃《いんぎん》にタバコを勧めた。彼女は驚き、黙って相手の顔を見て、困惑した様子を見せた。男は笑ってタバコを一層近くに差し出しながら言った……「俺が誰か分からないと思うが、俺は君を知っているよ！ 懐かしいねぇ！ おっ！ 一本どうかな！」彼女は男の軽薄な様子に吐き気を感じ、怒りをさえ覚えた。この種の一本、一条、一根などの言葉には両義があり、これまでたくさん聞いてきた。しかし、それは商売をしている時で、その時には早くに客を迎える心構えができている。だから、これより露骨で下品、淫らな言葉であっても意に介さなかった。どうして外では私を一般の人と同じように接することができないのか？ 隣の軽薄な男の丸々と肥えた顔を見て、彼女はプイと顔を背け、相手にしなかった。男はタバコを口に挟み、火をつけ、悠然自得の様子で、最初から彼女の怒りを誘うことを予期していたようで笑った。これまで、このような嘲りを受けたことがなかったので、寂しい思いをした。声を震わせて救いを求めようと思っても、また自分の名前を叫ぼうと思っても、声が全く出てこなかった。ひとしきり思い惑った末、彼女は考えた……自分がもし普通の女性だったら、この恥知らずの男にビンタを喰らわせたに違いない。そうだ、もし自分が普通の女性だったら、この男は、こんな無礼な振る舞いに及ばなかっただろう。彼女は身体の芯から寒気を覚えた。その孤独感は、彼女が目にした広大な世界が意外にも限りなく縮まり、ほとんど彼女を窒息させるような牢獄の格子窓となってしまったというような按配だった。ちょうどその時、突然、よく知っている、やさしい顔が別のプラットホームから乗車しようとしていた旅客の中に現われた。これほどに彼女を興奮させたものはなかった。

「鶯鶯《インイン》――」彼女は起ち上がった。異常な興奮から鋭い声となり、他の人々の視線が一斉に集まった。旅客のうちの、注意深く赤ん坊を抱いていた母親が驚いて眼を見張り、続いて抑え切れずに叫んだ……

「梅《メイ》姉さん――」。安らかに眠っていた赤ん坊が、その母親の大きな声に驚いて跳ねた。母親は赤ん坊をソッと打ってあやしながら、列の中から急いで出てきた。二人が対面した時、二人とも胸が詰まって言葉が出なかった。積もる話があったが、ただ相手を思いやる情に満ちた眼差しを交わしただけだった。鶯鶯は満足気に梅姉さんの隣に座っている男を見た。梅姉さんは、その意味が分かったので、直ぐに説明した……

「一人で九份仔に帰るのよ」彼女はもはや無口ではなかった。快活となり……「いつ生まれたの？どうして結婚したことを知らせてくれなかったの？」

鶯鶯は責められ、詫びるようにして言った。

「去年、台東で結婚したの。あなただけには知らせたいと思ったわ。あの時、あなたは屏東《ピントン》にいると聞いた。しかし、北投《ペイトウ》、いや桃園《タオユエン》にいるとも聞いた。どこに行って、あなたを探したら、よかったの？」彼女の眼縁《まぶち》が赤みを帯びてきた……「その結果、私の方の参加者は私一人、もし魯《ルー》さんの方の友達が何人かいなかったら、結婚式は本当に寂しいものになったと思うわ」

先ほどから彼女の後ろに立っていた、五〇歳過ぎの背の高い、温厚な顔をした男が、その時、一歩前に出て彼女と肩を並べると、不器用に右手を伸ばし、ソッと感傷的になっている彼女を抱えて、限りない慰安を与えた。男の穏やかな笑顔は、鶯鶯がすでに本当に過去の生活から足を洗ったことを示していた。梅姉さんは喜ぶとともに深く心を揺すぶられていた。彼女以外に、このことに対して、これほどまで心を動かされた者は他にいないだろう。

「夫です。魯と言います」鶯鶯は晴れ晴れとした眼をして、また言った……「こちらは梅姉さん！」二人は相互に頷き、鶯鶯はさらに続けて言った……「夫は少尉でした。わたしのすべてを夫は知っています。いつも、あなたのことを話しているの。夫は前からズッと、あなたに会いたいと言ってます」。

彼女は顔を夫に向けて言った……「ああ！　わたしたちは、とうとう会えました！」

「そうだね、そうだね」……夫は自身の内心の純真さにまごつき、しばらくの間、声が出なかった。

梅姉さんも言いようのない感銘を受けて、はにかんで頭を下げていた。

四年前、梅姉さんと鶯鶯は桃園の桃源街の娼家で働いていた。その時、鶯鶯はまだ一四歳で、発育が悪く、弱々しい女の子だった。出て二日目の夕方、三つ口の粗暴な男が大分酔っ払って入ってきて鶯鶯が目にとまり、頭を下げ、鶯鶯の顔に近づいてきた。鶯鶯の背後は、にわか造りの合板を貼っただけの壁で、懸命に後ずさりしたので、壁が「ギィギィ」と鳴った。本能的に両手を出して男を防いだのだが、見るからに恐ろしい顔が迫ってきたので手を引き、壁に付けるとともに、足が萎えていくのが感じられた。男が話しかけた……

「何だ。俺の醜いのがそんなにイヤなんか？　俺はお前を嫌っちゃいない。この女郎《あま》！」鶯鶯には何も耳に入らなかった。恐ろし気な、大きな唇を震わせているのが見えるだけだった。裂けた唇の両側には黄色くなった四枚の大きい歯が剝き出し、そこには泡が溜《た》まっていて、口を開く度《たび》に飛び散った。鶯鶯は素早く顔を背け、肩で頬に付いた相手の唾を拭うとともに、そこを逃れ、小部屋に飛び込み、鍵をかけた。怖くて泣き出したが、三つ口の男は、それにお構いなく彼女を追いかけ、力一杯に小部屋のドアを敲《たた》いた……

「コン畜生、小鴨《こがも》め、攻め殺してやる！」甘蔗板《カンチャバン》（トウモロコシの屑を固めて作った板）を張っただけのドアは今にも砕け散りそうで、鶯鶯は恐ろしくて声も出なかった。この時、白梅が駆け寄ってきて、この頭に来ている男の手を引き、言った……

「お客さん、いけません。この子は、家《うち》の小使いで、タバコが必要なら、買ってきてくれますよ」

「俺はタバコを吸いに来たわけじゃねぇよ。あの子を可愛がりたいだけじゃ」

「そうするには、あと何年かしないとね！」と白梅は軽くいなした。

「何年も待てねぇ。今、やりてぇんだ！」

「今、やりたい？　分かりました！　じゃ、いらっしゃい！」白梅は媚態を呈し、男の手を取って自分の胸の中に入れた。男には笑みがこぼれた……

「畜生！　こりゃ本物だ！」

こうして、シドロモドロの三つ口の酔っ払いは大人しく白梅に連れていかれて、もう一つの小部屋に入っていった。

この小部屋での商売の間中、白梅は一方では野獣のような切迫する喘ぎ声を聞くとともに、他方では後ろの小部屋から微かに伝わってくる鞭の音と、鶯鶯の切ない呻き声も耳にした。

一時間ほどして男は満足して帰っていった。時々、薄汚れた、赤い漆で書かれた文字を振り返りながら、何度も頷《うなず》いていた。白梅といえば、昨夜、綺麗に整えた頭髪が、腕白小僧が鳥の巣をついたようにザンバラになっていた。彼女は水がめに蹲《うずくま》り、何度も歯磨き粉を着け換えて、懸命に歯を磨いていた。一〇数分以上も磨き続けていたので、客待ちしていた女たちも彼女の周りに集まってきて問いかけた……

「白梅、どうして、そんなに歯を磨くの？」

白梅は口一杯に歯磨き粉の泡を付けたまま、やりきれないという表情をして答えた……

「あの三つ口が私にキスしたのよ」

女たちはドッと爆笑した。

鶯鶯は、この時、養母からひとしきり鞭うたれたが、三つ口の恐ろしい攻撃から自分を守ってくれた白梅には深く心を動かされ、或る時、その時の経過を一部始終、泣きながら白梅に打ち明けた。白梅は自分も同様の体験をしたのを想った。二人は、この時、暗黙のうちに姉妹の契《ちぎ》りを結んだ。鶯鶯が彼女をズッと梅姉さんと呼ぶ所以だ。それ以来、二人の仲は親密となり、時間があれば語り合い、尽きることのない、その話合いの中で、或る時、希望が閃くことがあった。二人は我を忘れて、それを手繰《たぐ》ろうとした。そのような時、二人の客がやってきて、二人を選んだ。二人は客をそれぞれ甘蔗板一枚で隔てた隣り合わせの小部屋に案内した。二人は商売をしながら、甘蔗板を通して、先ほどからの会話を続けた。

「梅姉さん、あなたは裁縫ができる？」と鶯鶯が言った。

白梅が壁越しに答えて言った。

「裁縫を学ぶ年齢になっていたけど、機会がなかった」

「じゃ、鳥や鴨は飼うことができる？　わたしはできる……」と鶯鶯が興奮して言った。

「難しいことある？　わたしもできると思うわ」

鶯鶯が答えようとした時、突然、梅姉さんの部屋からビンタを張る音がハッキリ聞こえてきた。続いて怒った男の声が聞こえてきた……

「人から金を頂戴しようと言うんなら、マトモにやったら、どうだ！」

鶯鶯はズッと隣の部屋の様子を窺がっていたが、やがて梅姉さんの爽やかな声を聞くことができた。

「済みません、済みません。はい、マトモに努《つと》めます、努めます」

鶯鶯は、その客の興奮した喘ぐ声を聞くとともに、梅姉さんが客を持ち上げている言葉も耳にした。

「うん、あなたは凄いわね、凄い」言葉にはワザとらしい笑いが付纏《つきまと》っていた。

鶯鶯は心の中で、梅姉さんが彼女を殴った男に対して、どのようにマトモに努めたのかを想い、泣き出したかった。この時、彼女の上に重くのしかかっていた男が言った……

「お前も殴られたいのか？　こんな風なら、金は返してもらうぞ！」しかし、男は、そう言いながら、元手を取り返そうとばかりに猛然と攻めてきた。

この二人の客が去った後、裏口で洗滌している時、鶯鶯は梅姉さんの左の頬に赤々と五本の指の跡が付いているのを見て、泣き出した……

「梅姉さん、何もかもイヤ……」

梅姉さんは笑って言った……「何でもないよ。これよりヒドイことに遭ってきているわ。何ということもない」

「姉さんに敬服しています。もしわたしだったら……わたしにはできない」

「できない？　できないというのなら、どうしようと言うの？」と梅姉さんは笑って言った……「もしわたしが今のあなたのようだったら、八年以上の年月をムダに過ごしたことになるじゃないの？　八年経てば、今のわたしのような年齢になっているわ。その時、あなたは……おっ！　いや！　八年後は、あなたは故郷に帰り、鳥やアヒルも飼っているはずね。山の下にあるグァバの林は、いつものように果実をつけ、あなたが摘むのを待っているはずね」

「あれは、家のものじゃないわ。あのお爺さんは、もう生きていないでしょ」

「じゃ、その子供が、お爺さんと同じように善い人で、あなたがグァバを何個か摘まんで食べても盗んだとは言わないでしょう」

鶯鶯の顔に子供のような明るさが浮かんできたが、すぐに暗くなり、泣き面となった……

「わたしには分かる。八年後も同じ境遇じゃないか、と。あなたが言ったように、運命は横暴で、わたしたちのような女は甘えることさえできない」

「いや……」梅姉さんは鶯鶯を慰めることができず、以前の自分の言葉を、どのように否定したらよいか苦慮していた、その時、外から養母の激しい叫び声が聞こえてきた。

「お前たち二人、何を、そんなに長く洗っているんだ！　水に溺れ死んでしまったのか？」

二人は素早く上着をつけ、髪をサッと整え、再び入口に立ち、道行く男に眼をやり、叫んだ……「寄ってらっしゃい！　旦那は留守ですよ」

鶯鶯は結局は幼い雛で、その情緒を、このようにサッと変えることができなかった。彼女は梅姉さんを可哀そうに思い、ドアの後ろに隠れてコッソリ涙を流した。梅姉さんは、そこへ入ってきて、ソッと一口放った……「おバカさん」

ハッキリしていることは、鶯鶯が梅姉さんから多くを学んだことだ。その主なものは、この種の生活に適応する考え方を身に着けたことだ。そうでないと、自分を苦しめるだけだと梅姉さんは言った。

或る日、鶯鶯は喜びで胸が一杯で、その一件をソッと梅姉さんに打ち明けた……

「梅姉さん、愛する人ができたのよ」しかし、彼女は驚いた。梅姉さんの顔に喜びが浮かぶどころか、冷淡だったからだ。急いで補足した……「彼が先に愛すると言ったの！　今も気が狂ったように愛しているの！」鶯鶯はまだ一人の傷つきやすい乙女に過ぎなかった。事態の恐るべきことを予感して、泣きたい思いだった。しかし、泣けなかった。

「最近、いつもやってくる、あの充員兵《チョンユエンビン》（兵役に服している兵隊）なの？」冷ややかな調子だった。

鶯鶯は希望の持てる眼差しを期待して、梅姉さんに向かって頷《うなず》いた。

梅姉さんは憐れみを乞うような鶯鶯の眼差しに動かされて、穏やかな口調で言った……

「阿鶯、私を信じて！　いいことなら、必ず力になるよ」

こうして二人は一晩、眠らずに話し合った。梅姉さんは、この種の情愛について分析して鶯鶯に聞かせた。過去の自身の類似した愛の悲劇も吐露した。最後は二人は抱き合って痛哭した。梅姉さんは結論的に、こう言った……

「このような場合は、決して感情に流されてはダメよ」

鶯鶯は一時は説得されたが、梅姉さんは依然として彼女のことを気にかけていた。彼女には目論《もくろ》むことがあって鶯鶯に言った。

「この商売は流動的で、同じところに長くいると、花代は安くなり、二〇元まで落ち込むどころか、客も付かなくなる。ズッと三〇元を維持したいなら、いろんなところに流れていかなくてはダメ。男たちの性根は腐っていて初物《はつもの》を好むからね」

「姉さんは、ここを離れるの？」鶯鶯は不安げに言った。

「あなたとね」

「わたしと？　どうしてできるの？」

「母さんに、まだ三〇〇〇元、借りがあると言っていたわね？」

鶯鶯は頷いた。

「わたしが貸せるから、少しずつ返してくれれば、よい」

彼女らは間もなく桃園を去り、各地方へ散った。始め鶯鶯は時に初恋の傷が痛んで悲しみに沈み込んでいたが、梅姉さんは、その度毎に慰めた。

「阿鶯よ、あなたが歌を歌うことを聞いたことがないが、わたしが歌うのも聞いたことがないでしょ。けれど、一つの歌だけは歌うことができるの。とても気に入っている歌なの」と梅姉さんは言って歌い出した……

雨の夜の花
風に吹かれて地に落ちる
見る人もなく、目を閉じて怨み嘆く
花は散り、地に落ちて再び帰らず

花は地に落ちる　花は地に落ちる

……


「この歌、どこかで聞いたことがある」と鶯鶯が言った。

「どう思う?」

「悲しい歌ね。姉さんが歌うと、もっと悲しく聞こえる」

「阿鶯、わたしの涙は何年か前に、みんな流れてしまった。涙を流せないということが、どんなに苦しいかということを、わたしは知っている。今、あなたの眼には、たくさんの涙が溜まっている。もし泣こうとして泣けない時があったら、この歌を歌えばよい。キッと慰めになると思うよ」

鶯鶯は依然として、その意味が理解できなかった。

「雨の夜の花って何のこと?」

「あなたのことよ」

「わたし?」鶯鶯は茫然として自分を指さした。

「わたしのことでもある」

鶯鶯は安心した。梅姉さんと一緒、というのが彼女の心からの願いだったからだ。

「けれど、どういう意味なの?」

「わたしたちが今いる環境は、とても暗いでしょ? 風も吹く雨の夜、わたしたちのような女性は、ちょうど雨の夜の中のか弱い花のようで、風に吹かれて傷めつけられる。わたしたちは皆んな枝を離れて、地に落ちていく。そうだとは思わない?」

鶯鶯は頷き、涙を流し、自分たちの悲惨な運命を受け入れた。

二人は二年ばかり一緒にいたが、鶯鶯はまた養父に騙《だま》されて、別の地方に売られていった。

彼女らは、こうして離れ離れになり、連絡が切れてしまった。

魯《ルー》延《ヤン》

魯さんと鶯鶯は後ろの方に座席を取り、赤ん坊が梅姉さんに抱かれているのを見た。生後三ヵ月余の赤ん坊はまだ人を認識できなかった。ただ眠っては食べ、オムツを替えてもらい、円《つぶ》らな瞳で人を見るだけだが、その小さな眼に見つめられて梅姉さんは、とても喜んだ。彼女がヤーヤーとあやすと、赤ん坊はクックッと笑った。それが彼女にとっては新鮮で、脳裏に常にヤーヤーと言うだけではダメ、変化させないと、赤ん坊は飽きてしまうに違いないという考えが閃いた。なら、どうしたらいい? 彼女は焦りを感ずるとともに、済まない気がした。この時、汽車は頭城《トーチャン》駅を過ぎ、海岸に沿って走っていた。海が見えると、彼女は気持ちが高ぶり、赤ん坊を抱き起こして、海を指さして言った……

御覧！　見て御覧！　これは海よ！
海の水はショッパイよ！　この中にはたくさんの魚が生きているよ。
汽車のように大きな魚もいれば、
坊やの小指ほどの小さい魚も泳いでいるよ。
ヤーヤー！　見て御覧！
あそこに船が！
漁師さんが船に坐って魚を獲《と》っているよ、
可愛い魯延坊に食べさせるために。
坊やは青色の魚は要らないという。
それで漁師は黄色い魚を獲ってきた。
だけど、坊やは黄色い魚もいらないという。
今度は漁師は緑色の魚を獲ってきた。
坊やは言う、皆さんはホントにアンポンタン、
ほしいのは花の魚
……

彼女の言葉は歌のようで、坊やは車窓の外の閃き動く景色を見て興奮、アーアーと叫んだ。梅姉さんは坊やが自分がこのように歌っているのを喜んでいると考え、さらに面白可笑しく言葉を続けた。彼女は周りに人がいるのも、赤ん坊の知的な程度も忘れ、新たに編み出した歌を歌い出した……

漁師は顔を真っ赤にして、花の魚は獲れないと魯延に言った。
それなら船を寄越せ、僕が大きい、大きい花の魚を獲ってくると魯延が言った。
ヤーヤー　ヤーヤー
……
魯延は船一杯に花の魚を獲ってきた。
魯延は漁師を一人一人這《は》い蹲《つくば》らせて、お辞儀をさせた。
そして一人一人漁師のお尻を打った。
漁師たちはアイヨー、アイヨーと叫んだ。
坊やは言った。アンポンタン、こんご坊やの小母さんをいじめるか？
漁師は、しない、決してしないと言った。
ヤーヤー　ヤーヤー

赤ん坊は、この調子をつけた単調な旋律を喜んで手足をバタバタとさせた。汽車がトンネルに入った時、鶯鶯が寄ってきて言った……

「小母さんにオシッコを洩らしていない？」

梅姉さんは顔を上げて、坊やを褒めた……

「阿鶯、あなたの魯延を御覧。この子はとても賢い！　わたしの言ったことは皆分かったようよ」

「母親は三年ウソをつく[37]、と言うけれど、小母さんも三年ウソをつくつもり？」と鶯鶯は笑った。「次の駅で降ります」

梅姉さんは坊やを鶯鶯に返した後、五〇元紙幣を二枚取り出し、坊やの衣服の中に押し込んだ……

「車内には紅紙《ホンチー》（赤色の紙）を売っていないので、ハダカだけど、坊やに弟ができるようにネ。ちょっと気持ちだけ」

鶯鶯は固く拒んだので、二人は車内でしばらく揉《も》み合った。鶯鶯たちは下車、汽車は動き始めた。梅姉さんは窓から顔を出し、ひとこと叫んで、坊やのために用意したお金を投げた。

鶯鶯の高く挙げられた手は次第に遠ざかり、小さくなったが、依然として激しく振られて止まなかった。そのうち何も見えなくなった。彼女は窓から顔を引っ込め、満ち足りた気持ちの中で考えた……あの魯延に上げたお金を鶯鶯は結局は受け取るに違いない、と。他方、彼女は鶯鶯が落ち着き場所を探し当てたことを嬉しく思い、無意識に袖口で溢れる涙を拭った。喜びの中、脳裏に鶯鶯の幸福に満ちた言葉が浮かんだ……魯少尉という人はとても聡明な人で、男の子が生まれたら魯延、女の子が生まれたら魯縁《ルーユエン》と名付けようと言ったの。延は延長の意味で、魯家が継続して、希望があることを示すもの、女の子の縁は因縁の意味で、北方の大陸から来た彼が縁があって、わたしと結婚することになったことを示すものなんだと。魯延が生まれてからは、あの人は酒もタバコも止めました。話では、以前は心も身体も大切にせず、台東の山の中では一日中、酒を飲み、タバコを吸っていたそうよ……。

無意識のうちに鶯鶯と自分とを比べてみて、空虚感が彼女に迫ってきた。頭を強く振って窓外の青空をジッと見つめた。かって結婚話を持ってきた人があった。養母も仲介者に託して相手を探してくれたが、どれも牛車を牽《ひ》く者でなければ、鋳掛屋《いかけや》で、その上、年齢が大きく離れていた。養母は口舌をつくし、最後にこう言い放った……

「お前と来たら、何を考えているんだい！　自分を何様だと思っているのか？　向うがアレコレ言っているわけじゃないじゃないか！　何がいやなのサ？……」

「皆さんが結婚するわけではないのに、何を焦っているんですか？」

「女には皆、落ち着く先が必要だ——余計なことを考えるんじゃないよ」

「皆さんの気持ちが分かりません」ちょっと拗《す》ねて言った。

「何を言っている？　何を言ってるんだい？」

白梅は口を開かず、泣き出した。

養母は怒って罵り出した……

「このアバズレ、人の好意を無にしようというのか、何をほざくんだ？」

白梅は遂に内心に久しく積もり溜まっていたものを吐き出した……

「どうせ、わたしはアバズレです。一四年前、皆さんに売りに出されたアバズレです。ちょっと想い出して下さい……あの時、家には八人がいて、どう暮らしていたか？　今は、どうですか？　想い出してみて下さい。今は自分の家を持っています……裕成《ユイチョン》は大学を卒業し、結婚しました……裕福《ユイフー》は中高で学んでいます……阿恵《アフイ》は嫁に行きました。家族の暮らし向きは世間より下でしょうか？　もし、このアバズレがいなかったら、皆さんの現在があったでしょうか？」鼻汁と涙ながらに語られた、これらの言葉は養母の鋭気を大きく挫《くじ》いた。

養母は声を潜《ひそ》めて言った……

「分かってる、分かってる。皆んな、お前を、よく思っているよ」

白梅は、なお抑え切れず続けた……「わたしの生まれた家といったら、今も、あのように貧しい。皆さんは、わたしが何をしたと考えているのでしょうか？　アバズレですか、このアバズレがいなかったら、裕成の現在があるでしょうか？　けれど、あの人たちは、わたしを見下げています。避けます。子供たちにも手出しをさせません！　裕福や阿恵たちも、わたしを彼女らのメンツをつぶすものと考えています。ムダ骨でした！　本当にムダ骨でした！」

「分かった、分かった、阿梅、お前さんはホントに賢い。もう言うな、母さんはすべて分かっている」

「いや！　今日はスッカリ洗いざらい言いたい。これまで、いつ、少しでも恨み言を、あなたに言ったことがありますか？　わたしに結婚を迫るのは、あなたに良心があることを証明しています。だから、その良心の呵責から、わたしに結婚を迫ります。けれど、わたしは今では人が自分に関心を持ってくれることを求めていません。わたしは、わたしで別に思うところがあります」

養母は白梅のこれらの言葉に胸を衝《つ》かれて泣き出した……

「阿梅よ。お前さんの言ったことは皆、母さんには分かっている。分かっていなかったのは、お前さんに対して、どのようにしてあげたらよいかということ。母さんたちが間違っていたことが分かった。間違いがどこにあるのか、いつからそういう風になっていったのか！　阿梅、母さんを許しておくれ！……」

同情心の厚い阿梅は養母を抱きしめ、却って彼女が今話したことを許してくれるように求めた。現在、陳《チャン》家には、養母を除けば、白梅が許すことができる人間は一人としていない。その時、突然、彼女は切に子供がほしいと思った。魯延のような子供、その眼差しが彼女を冷たく蔑《さげす》むことのない自分の子供を、この世の中で唯一つ抱きしめることのできる自分の子を、希望を託せる自分の子を、と遠い未来を想った……

「わたしは良い母親になれると心から信じています」

「結婚はどうするの？」

「いいえ、結婚は絶対にしません。もう二八だし、こんな生活をしています。相手があったとしても見込みのない人か、極悪人でしょう」

「では子供の父親は？」

「お客の中で顔も悪くない人」

「その人に向かって、子供を産みたいと言うのかね？」

「いいえ、その人の眼をシッカリ見つめ、声や様子もシッカリ心に刻む、それでいいの」

「子供が大きくなって、お父さんは、と尋ねたら、どう答えるつもり？」

「父さんは死んだと言います。父さんは素晴らしい人で、お前も同じような素晴らしい人になってほしいと望んでいた、自分は死ぬが、期待していると言っていたと言います」

「お前さんのことは？」

「うん！　子供には、自分の過去を知らせないようにします。子供とともに遠くに行き、全く見知らぬ土地で育てます」

「当てがあるのかい？」

「これから、一生懸命探します」

「本当に子供がほしいのかね？」

「それは私の生き甲斐です！」

「もう決まりなのかい？」

「決まりです！」と彼女は坐っていられず、起ち上がったが、動こうとは思わず、また腰を下ろした。しかし、それは全く以前の姿勢ではなく、新たな姿勢だった。温和ながら厳粛な感じのする様子だった。鶯鶯の声がまたハッキリ耳朶に響いてきた……魯延の延の字は希望を示すものよ。その声を再び聴こうとしたが、何も聞こえなかった。ただ、聞こえるのは、ガタガタという汽車の車輪がレールを軋ませる音、あの人の感覚を麻痺させる単調な、繰り返されるリズムだった。

埋める

三日もしないうちに漁港は、沸騰が最高潮に達し、山麓の野花も上着をまとうどころか、下着をつける時間も短くなるばかりだった。漁師たちは次から次へ坂を上がり、女性を選好《えりごの》みする機会も乏しくなった。漁師たちの身体は生臭く、彼らが獲る鰹よりも臭かった。

一人の中年の漁師がベルトをつけながら、冗談を飛ばした。

「糞ったれ、三日のうちに、鰹は一キロ八・六元から一・九元に下がったと言うのに、何でお前さんらの取り分は三〇元と変わらねえんだ？」

これらの臨時に建てられた家屋の両端には、新たな普請が始まり、娼家の上の道路には魚を運ぶトラクターやトラックが頻繁に往来した。この一角に来ると、運転手や助手たちはクラクションを強く鳴らしたり、口笛を吹くのを忘れなかっただけではなく、がなり立てる者もいた。娼婦たちも、お勤めがなければ、黙ってはいなかった。下りていらっしゃい！　下りてこないと、桶の水をかけるわよ。時には、本当に水をかけた。けれど、距離が遠すぎて、水が届くはずもなく、上下双方が、そんな遣《や》り取りを楽しんでいた。

太陽の光が特別に熱く、あの若い漁師の欲望をゆで上げていた午前、いつもながら臨時に建てられた娼家は静かだった。

彼が乗船して仕事をしていた船は昨夜、大量の鰹を獲ったが、その重さで船体が沈み、あの暗礁間の深い溝を通過する時、船底をこすり、傷つけてしまった。しかし、それは、この若い漁師にとっては「災い転じて福となる」事件だった。それまで何日か不眠不休の労働が続き、忍耐の限度に来ていたからだ。船底の修理とはいえ、多忙な日々で、休暇を二日とるのも難しかった。一夜明けて第一に頭に浮かんだのは女性のことだった。別に異常なことではないが、身体のなかに不安な内圧が膨れ上がっていた。彼は毎度、漁に出ていく時のことを想い出した。船の舳先《へさき》が丘に沿って港口に入ると、山麓から鶯や燕の鳴く声が伝わり、満船その情緒が漂い、ワイワイとした騒ぎになり、ズッと女性談議に時を移しているが、一たび、無人島近くの海上に着き、船長が捕獲の第一声を発すると、漁師たちの頭から女性たちの姿は遠く消え去り、彼らの作業している情景を見ると、この世界には女性という生物など存在していないかのようだった。このように忙しい時を過ごし、獲物を満載して帰途に就くと、再び一斉に女性の話で持ち切りとなった。年のやや多い漁師たちは公然と何尾かの大きくて肥えた雄鰹《おがつお》の腹を裂き、その白色の内臓を取り出し、一杯に口を開き、血とともに呑み込んだ。漁師なら誰でも知っていることだが、これは最良の強精剤で、坤成《クンチャン》が二つの内臓を呑んだのを見た男は、こう冗談を言った……

「坤成、見たぞ。今晩、お上さん、ついていないな！」

「いや、いや、俺は丘に登って鶯や燕を、モッと美妙に鳴かせたいね」

周りにいた漁師たちは大いに笑った。そして、いつものように強精剤を呑んだ。しかし、年若な阿榕《アロン》は一人船尾にいて、コッソリ何尾かの母鰹の腹を裂いた。最後に一尾の雄鰹を見つけ、眼を閉じて強精剤を呑み込もうとした。悪戦苦闘している最中、同乗の漁師たちが集まってきて、その笑い声が四方八方から彼に襲いかかった。慌てて眼を開いて、皆んなを見た。彼らは、それぞれ言い放った……

「阿榕はホンマにコッソリ三杯半も呷《あお》ったよ！　これから、どこへ行くんかな？」

「阿榕よ！　どうして人には見せず、コッソリ強精剤を呑んだんだ？　アンポンタン、鰹の雌雄《おすめす》は見分けにくい。こんな暗いところじゃ、お前さんが呑んだのは、多分、卵じゃろ」

「ワーイ――おもろうないか？　これからは丘を登って女を探すには及ばない。ここで阿榕を探せばいいってことだ！」と阿榕と年が離れていない一人が笑った。この冗談を繰り返さない者はなく、愉快でたまらないといった風だった。

阿榕の顔は真っ赤になり、素早くその男の前に行き、忽ち取っ組み合いの喧嘩になった。走り出て離そうとする者もあったが、すぐに止める人が現われて言った……

「気にすることはない！ ポチの咬み合いだ」

「そうじゃが、精力があんなに盛んじゃ、船の底に穴が空いてしまうぜ」

皆んなは大きな輪を作り、その中に二人を入れ、ゲームとして鑑賞しようとした。阿榕が倒されて下になると、周りの人たちは笑って言った……やはり阿榕が呑み込んだのは卵の方じゃった。しばらくして阿榕が相手をひっくり返して優勢に立つと、今度は周りの人が言った……阿榕はホンマに強精剤を呑んだんだ。中には近づいて、二人の姿勢を直し、セックスをしているような体形にさせた者もいた。人々は手を打って大笑した。さらには、もう一人の男が慌ただしく水を半分ほど入れた洗面器と、何枚かの衛生紙を持ってきて、二人の傍に置いた。それは女を買ったことのある連中のほとんどを動かし、テンヤワンヤの大笑いとなった。そのため、船も傾いた。船長は号令をかけるように叫んだ……おい！二人を持ち上げて真ん中に置け。クソッ、船が傾いているぞ。皆んなは取っ組み合いをしている二人に近づき、そのままサッと持ち上げて放さなかった。この時、阿榕たちも笑い出し、両人の手もゆるみ、上にいた阿榕が危うく滑り落ちそうになった。この一条の喧嘩も坤成兄貴のこんな言葉で終わりとなった……

「よし、よし、少しは気力は残して置け。二人とも強精剤を、チャンと呑んでるだろうな？」

夕暮れは娼家の最も盛んな時刻だ。船が山麓に着くと、船底が暗礁を擦《こす》った際の恐怖の余震も忽ち消え去った。頭を挙げ、渇望の対象である娼家の辺りに眼をやったが、漁師たちが次々に丘を登っていくのが見えるだけで、娼婦の姿は片鱗もなかった。船の近くの水の上には、娼家から投げ捨てられた、丸めた半裁の衛生紙の塊が温かい海辺の風に吹かれて、満開の百合の花のようにザワザワと顫動《せんどう》していた。阿榕は心内のあの熱くなった欲望に唻《けしか》けられ、頭を下げて娼家の中へ入り、誰を選ぶともなく、そこにいた白梅を見て決めた。彼の強張《こわば》った表情を見て、彼女は、この客は彼女を嫌がらせるようなことはしないと感じ、遠慮深く彼を部屋に案内した……

「どうして？　こんなにいい天気なのに、漁に出ないの？」

「船の底が壊れたんで」彼は、物憂げに答えた。

「壊れた？」白梅は眼を大きく開いて問うた。

「そうだ。昨晩、船底が暗礁に触れてしまったんだ」

「人は？」

「うん、人は皆、無事だった」

白梅は水を汲みに行き、それを紙と一緒に持ってきた。

「あんたは賢いわね。こんな時間に来るのを知ってるなんて」と彼女は言った。

「どうして？」と阿榕はちょっと面食らった。

白梅はハハと笑い、この若者はとろいが、可愛げがあると感じた。この若者はきっと真面目な人で、いやなことをするはずがないと想った。

「うん——」少し経って「何も……」

阿榕は急いでコトをしようとした。

「時間がないの?」

「いや! 船は修理に二日はかかる」

「結婚はしている?」

「まだ」と彼は言った……「結婚していたら、どうしてここに来る?」

「結婚したら、外でデタラメなどしない? わたしは信じていないわ。あんた方、男の人は皆んな腹が黒いから」と彼女は、この若い男をズッと注意深く見ていた。筋肉は逞しく、ムラがなく発達している。彼の力強い腕に、死ぬほど堅く抱きしめられたら、ほとんど窒息するような快感を味わうことができるかも知れない。彼女は彼の手を取って、彼女の身体を撫でさせた。彼は不器用に彼女の身体を撫でた。撫でながら、友人が娼妓には性的な快感がないと話していたのを思い出し、彼女に聞いた……

「人の話では、ここで長く働いている女《ひと》たちには、あのコトの感覚がマヒしているそうですが、ホントですか?」

白梅は彼の幼い話を聞いて、心の奥深くで喜んだ。彼こそ、子供を作る相手となる真面目な男ではないのか? 彼女は質問した……

「それを聞いて、どうするつもりなの?」

「俺は思うんだが、皆さんに何の感覚もなかったとしたら、客の男は滑稽じゃないですか」と彼は笑った。

「何を笑うの？　お客さんがどうしたと言うの？」

「人工授精と言うのを知ってますか？」

「聞いたことがあるわ」

「家《うち》で豚から精液を採《と》るのを見たことがある」と言ってクックッと笑った……「獣医が木の椅子に稲藁を括りつけ、それを麻袋で包み、跳び箱のような木馬の形にし、その端の方に雌豚《めすぶた》の陰液《インイエ》（膣の分泌物）を塗るんだ。すると、連れて来られた雄豚《おすぶた》が、その匂いを嗅ぎつけ、興奮して涎を垂らしながら、木の椅子に飛びつき、懸命にやる。ハッ、ハッ――」と大声で笑った。白梅もその滑稽な姿を想像して笑った。

「侮辱だわ。うちが木馬だと言うの」と白梅は拗《す》ねて見せた。

「俺自身を笑ったんじゃないか？　滑稽な雄豚のようだと……」

白梅は歯並びのいい真っ白な彼の歯、それから清々しい眼差しを見た。そして彼の心の中に善良な気持ちがあるのも見た。この人こそ自分との間に子供を作る人だと自分に告げた。この日はまさに彼女の受胎期のうちだった。彼女は事後、避妊の処置をしないことに決めた。と同時に心の中にムズムズするのを感じた。「いいえ！　うちを木馬のようだと笑ったね」

阿榕は、このからかいに答えず、すぐにでもコトを運ぼうとした。しかし、白梅は愛撫を継続することを望んだ。阿榕は聞いた……

「分かった。けれど、さっきの質問に答えていない。あの感覚はあるんですか？」と彼の顔は引きつり、本能的にツバを呑み込んだ。

「相手が誰かを見てね」と彼女自身も意外に気まずさを感じた。「感情はあるわ。皆んなも感ずると思うわ」

「相手が俺でも?」

「分かりません」その声は小さく、しばらく彼の顔を黙って眺め、彼にコトを運ばせようとしなかった。そして脳裏に彼の姿を深く刻み込んだ。

彼女は聞いた……

「どこに住んでいるの?」

「恒春《ハンチュン》(38)。家は百姓だが、俺は漁師が好きなんだ」

「名前は?」と愛慕の情を込めた眼差しで見、聞いた。

「呉田土《ウーティエンツー》」

彼女は彼の身体の匂いを嗅いだ。彼はゾクッとした。彼女は言った……

「やはり魚臭いわね。少しも土の匂いがない。呉海水《ウーハイシュイ》と呼ぶべきね」

彼は彼女を抱きしめて言った……

「分かった! 俺は呉海水だ。これからは呉田土とは言わない」

彼は感情を込めて真面目に白梅に接吻した。彼女は本当に突き上げてくるものを感じた。彼の肩に手をかけ、コトを運んでよいと暗示した。彼はソッと言った……

「壁にいくつか穴がある」

「皆んな丸めた紙で塞いでいるはずよ」

「ないのもある」

「見る人はいませんよ。他人《ひと》のしているのを見るなんて運の尽《つ》きよ」

「名前は?」

「白梅《パイメイ》」

「おお! 白梅……」彼はしばらくの間、名付けようのない幸福感に浸っていた。彼は上にあって彼女の感覚を気にかけ、ズッと彼女にどうか、どうかと尋ねた。最後に彼は彼女が両眼に一杯涙を溜めているのを見た。

彼はソッと身体を離して横になり、彼女の身体を堅く引き寄せた。白梅がシャクリ上げているのを見て、彼は彼女が満足を得ていないのではないかと自責の念に駆られた。他方、白梅は彼に大きな満足を与えた。これまで、このような満足感をあたえてくれた娼婦はいなかった。しかし、反対に彼女に苦痛をあたえたのではなかったか。彼女を満足させなくては! 次回は必ず時間を、もう少し取ろう。

突然、板壁をコツコツ敲《たた》く音がし、母さんの声が聞こえてきた。

「白梅、どうしたんだ?」と非常にイライラとした様子。

阿榕は小声で白梅に聞いた。

「早くしろと言ってるんじゃないですか?」

「構うことはありません」と言った後で彼女はやや大きな声で外に向かって言った……「お客さんが延長したいと言ってます」

阿榕は、それを聞いて、慌てて言った……

「俺はあの、俺は……」

白梅は彼に目配せをした。

母さんはまたドアを叩いて言った……

「じゃ、もう一枚、札を頂戴」

「ちょっと待って」と白梅が言った。

「さてと、待ってと言われても。忙しくて忘れてしまう」

「分かった！」と言って白梅は枕の下から馬糞紙で作った一枚の札を取り出し、ドアの隙間に挟んで言った……「じゃー！　ここに」

母さんは、それを抜き取って去った。阿榕は好奇心を起こして聞いた……

「何をしたんですか？」

「上前です。札は金の代わりです」と白梅は言い、話題を変えた……「急いでいるんですか？」

「俺は疲れた。二度、する気がない」実際は阿榕は五〇元しか持っておらず、二度コトをするには足りなかった。

「一緒に横になってくれない？」

「俺……」と彼は口籠った……「俺は二回もできない。俺は……」

白梅は親し気に彼の言葉を遮って言った……

「うちを抱いて」心地よさそうに……「しばらく、こんな風にしてくれればいいの」

彼は不器用に白梅を抱いたが、意識は却って醒めてしまった。それは何が何だか分からないところから来るものだった。他方、この一刻は、白梅にとっては重大で、彼女の希望が、ここから始まるかも知れないからだ。形こそないが、本当に希望が静かに彼女の身体の中に潜入してきたかのように感じた。しかし、この種の微妙さや困難さも頭をよぎった。彼女が阿榕の胸の中で慟哭し始めたので、彼は恐れをなした。白梅は彼女の微かな希望が自身の体内に根付くだけではなく、この社会、養女から娼婦に至る専横無比な運命の中に根を張ることを望んだ。また、或る日、その希望が成長していく姿を見ることを望んだ。

坑《カン》底《テイ》

白梅は阿榕が丘を下っていくのを目送した後、以前からの計画に従って荷物をまとめ、母さんに別れを告げた。母さんは一時《いっとき》驚き訝《いぶか》るとともに、さきほど彼女を咎めたのを思い出した。そこで弁解して言った……

「もしお前さんが、うちが札を要求したのを怒っているんなら、間違いよ。これは、この家の決まり。お前さんは、ここでは一番のお姉さん、ほかの誰よりも分かっているはず」

「そういうことでは、ありません」

「では、どうして出ていくのか、分からない」

「何でもありません」彼女には分かっていた。もし彼女が子供を産み育てるためと言ったら、母さんや別のひとでも冗談としか思わないだろう、と。

「なら、変ね！」

「家へ帰って結婚するんです」と彼女は作り話をした。

「そんなこと、これまで聞いたことがない」と母さんは言った……「誰とかね？」

白梅はただ頭を振って笑っているだけだった。

「さきほど来た若い男とかい？」

さて？　答えるとしたら、話を作らなければならない。母さんの詰問を早く逃れるためには、ただ笑って黙って頭を下げる以外にはない。

「へー！　白梅、お前さん、誤魔化そうって言うのかい？　お前さんのためになることを言おうとしているのに……」

母さんのクダクダした冗舌は聞き流して、白梅は風呂敷を提げて外に出た。姉妹たちはそれぞれ戸惑った顔をして彼女を見送った。母さんは最後には、その間に立って嘲るような口調で、大声で叫んだ

……

「皆んな御覧！　わが家の阿梅がお嫁に行くんだとさ」

白梅は涙を一杯溜めながら、歓喜に溢れて丘を下り、漁港の公路局のバス停に向かった。一度も振り返らず、一秒間も歩みを止めなかった。これまでズッと海辺に住んでいたのに、今日初めて海の音を聞いた。ひとしきり心が洗われるようだった。しばらくして一台のバスがやってきて、彼女の過去を灰塵とともに車の後ろに吹き飛ばしてしまった。

この日、幼名を梅子と呼ばれた生家に至る山路の入口に着いたのは、すでに夕暮れになっていた。こ

の二〇数年來、この辺りは何の変化もなかった。小さな土地公廟《びょう》(12)は以前と同じように入口にある九《ジュー》芎樹《ションシュー》（落葉樹）の下にあったが、傍らの脚を置く石は以前に比べてツルツルに光っていた。オデキに塗る鍋蓋《ゴーガイ》草（台湾スミレ）は丘一面に広がっていた。小さい時に、山を下って、この丘の上で灯油を買う銀貨を落としてしまったことを思い出した。半日かけて鍋蓋草を抜きつくしたが、見つからず、遂には泣き出し、土地公廟の中に身を隠し、帰ろうとはしなかった。帰れば、必ず一頓《ひとしき》り痛打されることを知っていたからだ。それを免れるためには、ただ灯油を入れる瓶を、足を置く石に落とし割り、そのカケラで足の裏を傷つけ、血を流させる以外にはないと考えた。こんなふうにすれば母親は自分を打たないだろう。母親は必ず自分を憐れむだろう。いよいよ手に瓶のカケラを持って自分の足裏を見た時、気が臆し、震えた。だが、やはり母親が実際に彼女の血の流れた傷口を見たら、キッといたわりの言葉をかけてくれるに違いないと考えた時、勇気が突然、湧いてきた。自分を傷つけることは恐ろしいことでも、不幸なことでもない。彼女は母親が彼女の足を洗い、傷口に手当てを施し、労《いたわ》わってくれる情景を想像した。すると、心の中に慰めと温かさが湧き出てくるのが感じられた。そこで泣きながら、瓶のカケラで思いっ切り足の裏を裂くと、血がドッと溢れ出た。裂き過ぎだったが、傷口が深ければ深いほど母親の同情をそれだけ引くことができるのではないかと自分を慰めた。実は、彼女も田んぼの泥を傷口に塗って血を止めることを知ってはいたが、より多くの同情を引き出せると考え、傷口から血が流れるままにさせた。彼女は土地公廟の中に身を横たえ、家の人が見つけに来るのを待っていた。しかし、何時間経っても迎えに来る者がなかった。空はすでに暗くなり、恐ろしくなってきた。以前、この山道の入口に鬼火が出た話を聞いたことがあった。想えば想うほど、ただ事ではなく、帰りたいと思うができなかった。足の裏の傷口が確実にひどくなってきた。絶望し始めた時、長兄が彼女を探し当て、彼女を背負って帰路に就いた。道々《みちみち》長兄に経過を話した。長兄は、その間、彼女を慰めくれたが、家に入ると、すべてが予想外で、母親は彼女を憐れむどころか、彼女を思い切り打っただけではなく、晩飯の山芋さえ一本も食べさせてくれなかった。このことがあって三日目、見知らぬ人が来て、彼女を連れ去った。一時期、梅子は、銀貨を失《な》くしたので、母親に嫌われたのではないかと思ったが、それでは理解できないことが残った。それは、彼女がいよいよ連れていかれる時、母親はオイオイ泣きながら、こんな話をしたからだ……梅子、お前はもう八歳になった。どんなことかよく分かるね、お前は利口だから！　すべて家が貧しいからだよ。覚えておくと、よい。これからは山芋を食べることもない。何事も父さんが早く死んでしまって起きたことだから……。あの時の母親に対する怒りは今も消えていない。「では行きなさい」と言われ、見知らぬ人についていったのだった。

阿梅は棚田の石段を上がり、再び細い山道を歩いていった。小さかった時の記憶を辿りながら家に向かった。畑の中で働いている人々は、遠くから当世風の装いをした女性が、この山の中に入ってくるのを眺め、老幼男女を問わず、農具を置き、背を伸ばして注視した。山麓のサツマ芋畑で裸かになっているのは福叔父ではないか？　そうだ！　福叔父に間違いない。その起ち上がった姿は昔のままだ。梅子は手を挙げて叫んだ……

「福叔父さん――サツマ芋の草を取っているんですか？」

福叔父は、その意外に興奮するとともに、戸惑いも感じた。

「おお！　そうだ――お前さんは？　どうして俺を知ってる？」返ってきた声は喜びに震えていた。

梅子は福叔父を喜ばせようと、こう答えた……

「山の入口の祠《ほこら》は、あなた一人の力で建てたものですね。知らない人はいないでしょ?」

「そうや――そうや――二三年も前の昔のことじゃ。一季節のサツマ芋をドンと売って、建て替えようと思っているところじゃ」福叔父はスッカリ愉快になって……「ワッ――お役人さん、この坑底で誰かお探しかな?」

「闇雛松《エンチーソン》の娘ですよ」

「何? 闇雛松の娘がこんなに大きくなった? じゃ、お前は梅子か?」

「そう――梅子よ」

「お! 分からんかった、分からんかった。闇雛松が死んで、どれくらいになるかな?」と間を置いて……「うん大分《だいぶ》になるなあ。祠を立ててから一年後じゃったな、死んだんは。祠の三六〇個の煉瓦を俺のために運んでくれおった」

双方しばらく無言。梅子は言った。

「少ししたら、家《うち》へ来てね」

「はいよ、早く行け。母さんが待っとるぞ」

梅子は数歩もしないうち後ろから随いてくる足音を聞いた。振り返ると、一五、六歳の女の子が立っていた。

「父さんがトランクを持ってやれって」と言って女の子はトランクに手をかけた。

「いいのよ、いいのよ」梅子は振り返り、感激して福叔父を見た。福叔父は遠くの畑から手を挙げて表示した……構わん、持たせろよ、と。トランクは早くも奪われて女の子の肩にあった。二人は歩きはじめた。

「何日、いるの？」と女の子が聞いた。

「帰らないよ」梅子は何事もないように答えた。

「帰らない？」と驚いて……「どうして？」

「休みたいの」梅子は前を見たまま、自分に言い聞かせるように答えた。

小道は山麓の間に延びていた。この辺りは上下ともサツマ芋畑でなく、アカシアの林だった。六、七、八歳の村の子供たちが好奇心に駆られ、上方の林の中を、常に二、三メートルの距離を取って二人に随《つ》いてきた。ちょっと走り、ちょっとは止まってヘラヘラ笑っていた。梅子は、そのなかの鳥の巣を持っている男の子に眼をやり、誰かに似ていると思い、その子に聞いた……

「ひょっとして阿嬌《アチャオ》の子供？」

男の子は驚いた。他の子供たちは笑って言った。そうだ、そうだ。ここにもいるよ。笑っている子供たちの中の一人の女の子が推し出され、笑いながら逃げていった。

「阿嬌には何人、子供がいるの？」

男の子の方が指を六本出した。

梅子はまた、もう一人の男の子の顔に、父親の面影を見た。彼女は近づいて言った……

「阿木《アムー》の子供じゃない？」

その子は恥ずかしそうに皆んなの後ろに隠れ、他の子供たちは、また笑った。

「えっ！　不思議、どうして分かるの？　ホントに面白いな」と一人の子が、そんな風に言った。

「そうね！　また当ててみようか」と梅子は言って一人ひとり子供たちの顔を見ると、子供たちは顔を隠して、笑いながら逃げていった。これらの活発な子供たちを見て、梅子は自分も子供を持とうとしていることを思い出した。しかし心配なのは、彼女の身体の中に子供となるものが形成されているかどうかだった。失敗は許されない！　失敗したのなら、初めからやり直さなければならない。神様よ！　註生娘娘《チョーシャンニャンニャン》[39]よ！　助けて下さい。

梅子の母親が突然、小道に現われた。

「母さん——」梅子はこれ以上、言葉が出なかった。

「福叔父の子供が走ってきて、お前が帰ってきたと知らせてくれたよ」

母親は立ち止まらず、前に足を運び、梅子に近づき、やがて二人は肩を並べて歩き始めた。

「何日、泊まっていくんだい？」

「帰りません」

「帰らない？」母親には意外だった……「どうするつもりなんかね？」

「何も」

二人はしばらく沈黙しながら歩いた。

「最近、家《うち》はどうなってるの？」

「今季のサツマ芋の出来を見ないとね」

「兄さんの腿《もも》は？」

「サツマ芋の出来がよかったら、鋸で截《き》ることになってる」と冷ややかに言った。

「鋸で截る?」梅子は驚いて飛び跳ねた。

「截らないと、長くはないと医者が言ってるんだよ。一昨日、担いで行って、昨日帰ってきた」

梅子は、あの日、自分を背負って山を登った時の長兄の強健だった腿を思い出した。

「お前はここに住むことはできないよ。子供が七人もいて、落ち着いてはおられんからな」

「母さん、わたしに少しばかりお金があります。明日朝早く兄さんを連れて山を下ります!」

この時、母親は涙ながらに言った……

「梅子、兄さんが可愛くないわけじゃ決してないよ。虎はどんなに凶暴でも、自分の子供は食わないと言うでしょ。わたしは、あの子は救えないと思ってる。医者も保証はできないと言っているんだよ。お前は兄さんを救いたいと言ってるが、七人の子供を救う方がいいんじゃないかね」

「母さん、わたしは試してみる」

「お前はヘソ曲がりだね。来年、官庁が、このサツマ芋畑のある林業区を全部回収すると言っているんだよ。どうしたもんかの?」

「林業区を回収して、何をするの?」

「土地はもともと官庁のもので、官庁は草が必要なら草を生やしたらええ」

黙ってトランクを担ぎながら、後ろに随いてきた福叔父の女の子が突然、楽観的な言葉を挟んだ……

「省議員が、わたしたちのために陳情書を出したそうですよ」二人は振り返り、頭を下げてトランクを担いでいる女の子を見た。二人が受けた印象は、その表情とは全く異なっていた。

正面の石壁一面に貼壁蓮《ティエビーリエン》（サボテンの一種）を這わせているのが梅子の生家だった。一頭の黒犬が遠くから凶暴に吠え立て、近づいてきた。

「クロや、何を騒いでいるの。梅子は家の人ですよ！」母親のこの一言で、クロは大人しくなり、サーッと梅子の近くに来て尾を振り、彼女を嗅いだ。母親はまた言った……「この犬はとても面白いよ。去年、家へ来て居着いてしまった。或る時、モノを食わせなかったら、利口で、野鼠を取ってきた。多かったので、家の者も食べた。家の者が獲ってくるのより、どれも肥えていて、大体一キロの重さがあったね。野兎を咥《くわ》えてくるところもあったよ！」

クロは主人が褒めているのを知っているかのようで、主人のところへいそいそと走ってくると、身体を主人の脚に擦りつけた。

「うるさいね、また絡みつく。お前の足を踏みそうだ。叫んでも遅いよ」

すると、クロはサッと飛び上がり、石壁の中へ入っていく二人を先導した。

次の日、漁港では、あの阿榕という名前の漁師が昨日とほぼ同じ時刻に、五本の肥え太った鰹をぶら下げて娼家に行き、白梅を探した。船の修理が終わり、再び仕事に戻ることを伝えようとしてやってきたのだが、意外なことに空振りだった。

「いませんよ」と遣《や》り手婆《てばば》は言った。

「昨日はここに居たが」

「お前さんと結婚すると言って出ていったよ」と答え、笑いながら聞いた……「二人は結婚したんですか？」

「揶揄《からか》わないで下さい。どこへ行ったんですか」と焦《じ》れた。

「こちらが聞きたいよ」

「家はどこなんですか？」

「こちらこそ聞きたいものだよ」

阿榕は渇くような眼差しで、そこにいた娼婦たちを見まわし、顔を背けた。

「どうしたね？　遊ばないで帰るのかい？　遊んでらっしゃい。可愛い雛鶏《ひなどり》をお世話するよ。こんなに若いんだもの、老けたのを探すことはないよ」と遣り手婆は言った。

阿榕は失望して去った。手にしていた五本の鰹が滑り落ちたが、気にもしていなかった。遣り手婆は、それを見て言った。

「小雀、早く外に出て、鰹を拾ってらっしゃい。お昼に戴こうじゃないか」

一〇ヵ月

梅子が坑底の生家に帰ってきて最初にしたことは、長兄の膿んだ太腿《ふともも》を截ることに備えることだった。うんうんと呻吟する声が続く中、突然、哀れな叫び声が上がった……

「阿池《アチー》――阿池――やってくれ。すぐ来て、お父《とう》の腿の上の蒼蠅《あおばえ》を追ってくれ。阿池よ、離れちゃいかん。阿池……」

梅子は急いでやってきて爛れた太腿の膿を吸っていた蒼蠅を追い払い、長兄に言った……

「話をチャンと聞いて。あなたの命のことよ。自分を大切にしなくては、誰にも替わることはできませんよ」

「阿池、この子は変になった。俺を嫌《いや》がっている」と言って泣き出した……「俺には分かっている。家の者は皆んな俺を嫌がっているんだ。後ろで何を言っているのか知っているから」

「あなたに責任がないとは言えないわ。あなたも知っているように、母さんは、あなたのために涙を流し、姉さんは丸で女ではなくなったみたいで、あなたの仕事は皆んな彼女の肩にかかっています。としたら何をしたらいいの？」

「阿池は？　蒼蠅を追ってほしいんだ」

「まだ四歳の子供に何が分かりますか？　地面の上に寝ていたので、さきほど抱き上げて寝台に寝かせました。あなたは――」

「よっ！　蒼蠅！」

梅子は蒼蠅を追いながら言った……

「わたしの話を聞いて。あなたの片方の太腿は使い物にならない上、もしすぐに、この死んだ腿を切り捨てなければ、あなた自身も死んでしまいます」

「俺が今、希望しているのは、蒼蠅が俺を苦しめているのを止めてくれることだけだ。死ぬことなんか、少しも俺は怖くない」ちょっと考えて……「この季節のサツマ芋が収穫できるまでは、多分、持たないだろう」

「お金のことなら、心配しなくていいのよ」

「いや、いや、俺は絶対に、妹のお前の厄介にはなりたくない」と彼は慙愧《ざんき》の思いを込めて言った
……「親爺が死んでからズッと、お前のために、よい暮らしを按配しなけりゃと思ってはいたんだが、いずこも同じ、希望がなかった。こんな役立たずの兄貴を許してくれるか？」

「過ちを犯さない人はいません。もう、このことは言わないことにしましょ」

「よっ！　クソ痛い蒼蠅め！」梅子は話に気を取られて蒼蠅を払うのを忘れていると、突然、長兄が叫んだ。

「決定よ。明日、病院に連れていきます」と彼女はコトを進めようとした。

「いや、いや、俺は生きていても、何の役にも立たん」

「忘れていませんか？　手芸が得意じゃなかった？　竹で椅子や箕《み》や篩《ふるい》、それから色んなものを作ったんじゃない？」

「そう、あんなの作るのは簡単なことだ」と彼の眼差しが明るくなってきた……「梅子、すぐに女房に、谷川の辺りに麻や竹を植えれば間に合うと言っとくれ。清明（四月五日頃）以前に竹を植えるのが一番良い。来年、その竹が良い材料となるんだ」

坑底に帰って一ヵ月、梅子は何に対しても自信を持つようになった。長兄は彼女の勧告を受け入れて太腿を切断しただけではなく、病状も非常に改善された……分けても彼女をもっとも喜ばせたのは月経のことで、月の下り物が無くなったのだ。市の二つの病院の検査を受けたところ、医者はいずれも懐妊の可能性があると言い、一人の医者は、懐妊していれば、来年の正月には生まれるだろうと言った。

五月の太陽は坑底のこの一角には決して差すことがなかった。

或る日の早朝、坑底の木仔叔父《ムーツー》さんと呼ばれる中年の男が城市から一つのニュースを持ち返り、それによって坑底はテンヤワンヤの騒ぎとなった。木仔叔父さんが握っていたのは一枚の新聞紙で、狂ったように興奮、飛んで帰ってきたのだ。彼と出会った者も、それに伝染して、狂ったように坑底の中を右往左往した。

木仔叔父は、まだニュースを聞いていない村人たちの輪の中に立ち、大声で話した……

「お上は来年、山麓の土地を回収しないだけではなく、この土地をすべて俺たちに下付するということだ」

その中には疑う者がいて、聞いた。

「誰が言っているんだ？」

「新聞に書いてあるんだ！」木仔叔父さんは城市の雑貨店の主人が彼のために新聞紙の見出しを朱筆で囲んだものを彼らに見せ、その朱筆で囲まれた文字を、力を込めて指さした。

木仔叔父さんを囲んだ者たちは真剣に朱筆に囲まれた文字を見つめた。その後、一人の男が頭を上げて言った……

「じゃ、本当なんだね!?」

そのほかの者たちも次々と頭を上げて言った……本当なんだ、本当なんだ！　実は、そこには字を読める者は一人もいなかった。

母さんはサツマ芋畑で、このニュースを聞いた後、熊手を放り出して家に帰り、梅子を摑まえて言った……

「わしらは以前と同じじゃない。わしらの土地を見に行こう」

梅子は一時、茫然としたが、母親の説明を聞いて、事情が分かってきた。

母さんは梅子を連れて高い所に登り、山麓にあるサツマ芋畑を見せた。

「御覧！　あの崙頭《ルントウ》から、この谷底までが、わしらのものになるのだよ！」

二人はまた別の山麓の斜面まで歩いた。

「梅子、今、お前が踏んでいる土地も、わしらのもんだ。想像もできなかったことじゃろ。本当にこの下がそうだ。一枝の草に一点の露《つゆ》(40)というが、ホンマじゃ。誰が飢え死にし、誰が豊かになるのか、これは運命によって決まっていることじゃ」

家に帰る途中、母親は突然、沈黙し、しばらくして言った。

「これまでは金も土地もないことを悲しんだが、今は土地があり、問題も起きてきた」

梅子は母親が何を言いたいのか、それとなく分かったが、沈黙を続けた。

「梅子、わしらが土地持ちになったら、男手が必要になることを考えておらんようじゃが」と母親は思いに沈んでいる梅子を見て……「お前も若いからね」

果たして予感通り、母親は遂に、その問題に触れた。梅子も、この機会に、自分がしようとしていることを話すべきではないかと思った。

「母さんの言おうとしていることは、よく分かります。今度帰ってきたのは、一つの計画があるからです」彼女は静かに言った……「実は、わたし、身ごもっているのよ。この静かなところで産もうと考えているのよ」

「相手は誰?」

「それは重要なことじゃありません。その人の力を借りただけで、自分の子供が欲しかったの」

「どうして突然、そんな可笑しなことをしたのかね? 結婚しないで子供を作る、村の人に対して何と説明したら、いいのか?」

「娼婦になるより不名誉なことがある? 他人にとっては、どうでもいいことじゃないですか」

「わしには到底、納得できないよ。子供が欲しいなら、兄さんの所じゃ子供が多くて養い切れないでいるよ。阿池はいい子だと思うよ」

「いや、子供は両親から離してはいけないと思うわ。二人の心を乱してはいけない。阿池を、わが子にしてもいいけれど、あの子の心を乱すことになるはずです」。梅子は母親の真剣になった様子を見て……「母さん、わたしは、以前あなた方が、わたしにしたことを咎めているのじゃありません」

「分かった!」老母は一歩を退いて、自分の考え方を変えようとした。彼女は思い直した……梅子が帰ってきて、わが家にも改善があった。さらに何を求めようとしているのか? 彼女はトツオイツ考えた……

「梅子よ、お前は、わが家に幸運をもたらしただけではなく、この坑底の運勢も、お前のお陰でよくなってきとる!」老母は愉快を感じてきた。

数日後、坑底の人々は皆、梅子の帰還が吉兆だと認めた。丘陵地帯の払い下げという運勢が梅子と連れ立ってきたからだ。同時に彼女の家族に対する責任感や孝行、さらには村人たちに対する熱い誠実さによって尊敬も受けた。

六月は土地に傾けた労力が報われる季節だ。

坑底の土は掘り返され、大きなサツマ芋が次々と掘り出され、人々を歓喜させた。

村人たちはまず山道の入口に大八車を集め、その後、サツマ芋や、その葉類を積んで、早朝、隊を作って二〇キロ先の城市まで運んだ。

梅子の家には男手がなかったが、嫂《あによめ》と年長の三人の子供たちが、男の穿く草鞋《わらじ》をつけて、その隊列に加わった。

この日、帰ってくると、それぞれの家の大八車の上には塩漬けの魚が積まれていた。そのため城市の蒼蠅も多少、この坑底に運ばれてきた。

「糞ッたれ、百姓はホンマに銭《ぜに》にならん！　半殺しだ、一〇〇キロで、たったの四八元じゃ」

「そうだとも！」

「キツイ労働よ」

「見ろ！　塩漬けの魚は二匹で一六元だ。一六元ありゃ俺たちのサツマ芋が一山買えるぞ！」

帰ってきた空車の或るものは二列に並びながら、こんな恨み言を交わしていた。山道の入口に着くと、皆んなは足を休め、タバコを吸い、谷川の水を飲んだ。

「梅子よ、坑底はこんなに苦労が多いのに、どうしてここに帰ってきたんかな？」と福叔父が聞いた。

「いや！　私は、とても良い所だと思ってます」と梅子は答えた。

祠《ほこら》の傍らで休憩していた村人たちが皆、耳を凝らした。

「お前は、こんなに貧しいところなのに、とても良い所じゃというのかね！」と福叔父は真剣な面持ちをして言った……「考えて御覧、一〇〇キロのサツマ芋が四八元にしかならんのだよ。それでも、とても良いとこじゃというんかね？」福叔父との無駄話が、こんな深刻な問題に発展していくとは思っていなかったので、恐れを感じた。この日、彼女は嫂たちと城市に出かけて帰ってきたところで、この問題を考えていた。

「一〇〇キロ四八元という値段は、うちら自身が求めたようなものではないですか」

離れて坐っていた人たちも皆んな集まってきた。発表することは躊躇われたが、迫られる思いで彼女の見方を述べた。

梅子は言葉を続けた……

「今朝、坑底から二〇数台の大八車が出、一、二万キロのサツマ芋が市《いち》にかけられたのではないですか？」

「違う！　三万キロ以上あったぞ！」と中の一人が言った。

「ハイ、三万キロ以上。皆さんも御存知のように、媽祖廟口のサツマ芋市場では、うちら坑底から運んだサツマ芋は全体の七割以上を占めていました」梅子は思っていることを完全に伝えることができないのではないかと恐れたが、周囲を見ると、結論を期待している眼差しが彼女に注がれていたので焦り気味で言った……「うちの考えは、こうです。うちらが運ぶ運ぶサツマ芋を三日か四日に分けて運んで市にかけたら、値段が少しでも上がるのではないか、ということです」続けて急いで言った……「よくは分かりませんが、これが今のうちの考えです」

梅子の予想以上に、村人たちは彼女の話に啓示を得たようで、祠の前で協議をはじめ、今後、三万余キロのサツマ芋を三つに分け、順番に運び出すことにした。

果たして効果があった。二日後、サツマ芋一〇〇キロにつき二四元も騰《あ》がった。

七月は、一人の人間のことで持ち切りだった。

コトはこんな風に始まった。早朝、梅子は起きると間もなく裏庭で吐いた。母親がソッと背後に寄ってきて彼女の背中を軽く打った……

「ホンマじゃ！　ホンマだったんじゃ！」母親の声は高ぶっていたが、少し躊躇《ためらい》もあった。

梅子は喜びの熱い涙を溜めて、ユックリ母親の方を向いて言った……

「確かだと思う」

「そうじゃよ！　確かじゃよ」

梅子の顔には羞《はじら》いを含んだ笑《え》みが浮かんだ……

「母さん、急に醃蘿蔔《ヤンルオボー》(41)を食べたくなった」

「醃蘿蔔？」老母は眼を大きく見開いた……「ううん！　お前は運がついてるよ。去年のものが一瓶ある。カビが生えているかも知れん？　大丈夫、底の方に食べられるのが残っているはず！」と言いながら慌ただしく出ていった。

老母は古い瓶の置いてあるところで一瓶また一瓶、栓を開けては匂いを嗅いだ。焦っている風だった。

「母さん、何を探しているんですか？」と嫂が聞いた。

「去年、余《あま》した醃蘿蔔の瓶をな」

「醃蘿蔔？」と嫂はポカンとして言った。

「梅子がツワリなんじゃよ」

「何ですか？　梅子がツワリ？」

梅子は背後に瓶と瓶が突き当たる澄んだ音を聞きながら、全身が温まるような感じがした。

八月と九月と一〇月は彼らの記憶の中では、一匹の猫が歩み抜けるようだった。

一一月は清潔だった。

毎年、この月は大量の雨水をもたらし、坑底を洗い浄めた。

まず雨が山に休みなく降り、中旬になると風も吹いてくる。坑底の人たちは仕事ができず、家に閉じこもる。坑底の女性たちのほとんどは、この時期に妊娠する。梅子の兄も太ももの傷口が状態もよくなり、嫂も妊娠した。しかし、彼女の内心は後悔で一杯だった。

梅子のお腹《なか》はすでに大きくなり、動きも少し鈍くなった。彼女はお腹の中の希望の塊に小心翼々気を配った。出産に必要なものや赤子の着るものなどすべてを用意した。母親は早くも彼女のために一二羽の鶏を飼い始めた。産後の肥立ちに供するためだった。

或る夜、雨が激しくなり、風も強くなった。全坑底は一晩中、この暴風雨に震えていた。

「これだと、家《うち》の土煉瓦の壁は持たないかも知れん」と長兄は何かを予感したらしく言った。

「そうなら、皆んな八仙桌《パーシエンツォ》(7)の下に入りましょう」と嫂は冷静に言った。

しかし、老母は天よ、地よと叫び始めた。

一家一一人が机の下に潜り込んだ時、ドカンと音がして後ろの壁が崩れ落ちた。竹と茅で葺いた屋根も、それによって斜めになった。

梅子は涙をこらえ、泣き叫ぶ老母を慰めた……

「天を疑うことはできません！　不幸中の幸いですよ。一歩離れるのが遅れたら、皆んな生き埋めになっていたはずよ」

一夜の間に梅子の家だけではなく、全坑底がスッカリ洗い出された。

梅子は他の人のように災難を怨まなかった。身体を無事に保つことができたことに感激していた。依然として無事に子供を産むことが彼女の唯一の希望だった。

一二月は黒い喪章を外して笑顔でやってきた。

坑底の人たちは、自分たちの生活は古屋根を補修することにあるように感じていた。ようやっと、こちらの漏れる個所を見つけて修理すると、今度は、あちらに漏れる個所が見つかる。半日かけて漏れる個所を探し、ようやっと漏れる個所を見つけて修理すると、また別のところに漏れる個所が見つかる。これらの仕事は放棄するわけに行かず、真面目に対処せざるを得ない。本当に難儀な仕事だ。

一一月の山に降る雨が止み、太陽が物憂げに顔を出した。土煉瓦の壁が崩れ落ちた家が一〇数軒に及んでいた。崙腰《リンヤオ》では合作が始まり、自分たちの持っている稲草を切り、泥と混ぜた。或る者は牛を牽いて泥の中に稲草を入れて転がした。或る者は捏《こ》ね、或る者は土煉瓦を作った。一〇数日来、崙腰は坑底中最も賑やかなところとなった。

「このような柔らかな日差しと北風は煉瓦作りに最適な日和《ひより》じゃ。出来上がった土煉瓦にヒビが入らんでな」と、そこにいた大人が子供に言い聞かせた。

そばにいた人が、それをからかって言った。

「が、もっともよいのは、土煉瓦を作らなくてもいいことじゃよ」

「その通りじゃ。家を建てる必要がなければ、土煉瓦を作る必要もないからな」

話はあちこちに飛び、最後は閹鶏《エンチー》叔母さんのことに移った。

「閹鶏叔母さん、梅子のお腹が大分大きくなったが、いつ麻油酒《マヨウチュウ》(42)を飲ませるんだい？」と木仔叔父さんが聞いた。

近くにいた人たちもガヤガヤ話し始めた。

「そうだ！　何時だ？」

「もうすぐよ！」

梅子の母親は村人がこんなにも梅子に関心を持っていることを聞いて、内心嬉しさを感じた。彼女は、今度のことが村人の嘲笑のタネになるのではないかと気がかりだったからだ。

「うちらの暦（旧暦）じゃ一二月じゃよ」と閹鶏叔母さんが言った。

「よー！　それならすぐじゃないか！」

「あの子はとても利口じゃった。神様の御加護で男の子が授かるはずじゃ」とちょっと年の行った者が言った。

「そうじゃよ、長い間見てきたが、こんな利口な子は滅多に居らんな」

「そうじゃろか、年配の方は彼女を悪く言わないから」梅子の母親はひそかに心の中で喜んだ。

「実際、わしたちは賛美しても、賛美し切られないんじゃ」

「男の子だと思うな。お腹が尖ってるからね」と女の一人が言った。

「褒美として男の子を授けるというには公正というものじゃ」

「なぜ、お腹が突き出てくると、男の子が生まれてくるん?」と牛を牽いて泥の塊を転がしていた一二、三歳位の男の子が聞いた。

「子供は、こんな出産の話に口を差し挟むのより、シッカリ牛を牽くのを覚えたらええ」と子供の父親がヤンワリと諭した。

和やかな笑い声の中で閹鶏叔母さんはまた、人がこう言うのを聞いた……「お前さんは幸せだねえ」。今度は土煉瓦を二個余分に持って帰った。喜びは依然として彼女をソワソワさせていた。

「母さん、数を減らさなくては! 年を取っているんだから、腰をやられますよ!」梅子は母親を丸々八個の土煉瓦を担ぎ上げているのを見て、少し心配だった。

「梅子よ、坑底の人は皆んな、お前が男の子を産むのを望んでるよ!」と老母は天秤棒を下ろした。汗を拭き切れず、また言った……「頑張るんだね!」

梅子は苦笑した。これまで男の子を抱きしめるのを想わなかったことがあろうか。だが、誰に助けを求める? 彼女はただ極力、自分を慰めるしかなかった。時が来たら、その時に考えよう。

「きっと生まれてくるのは男の子だと思う。この子は、お腹の中で動きが激しい。左右両方とも動いている。本当に男の子のようよ」突然、話を止めた。そして、お腹が一頻り鼓動するのを感じた……

「母さん、手をここに当てて見て」

母親は手を梅子の腹に当て、眼を見開いて精神を集注した。隣家の動静を盗み聞きするかのようだった。しばらく口を開き、見開いた眼の黒い目玉をちょっと左側に寄せ、またしばらく意識を集中、その後、言った。

「ワッ！　この子は荒《あら》らしい！　男の子でなかったら、どうして、こんなに強く動くかな？」

梅子はジィッと母親の顔を見つめ、その表情を、ノッピキならない土壇場にいるような気持ちで追い、顔一杯に強い願望を浮かべ、途切れ途切れに母親に尋ねた。ホントに？　ホントに？……

「間違いないよ！　梅子」

「男でなくては、男でなくては！」

「男の子に間違いないよ。以前、お前の四人の兄さんを産んだ時と同じだよ」

「わたしを産んだ時は？」と梅子が聞いた。

「お前と姉さんが、お腹にあった時は、静かなコブができたようじゃったな。その時は両方ともキッと女の子が生まれてくると思ったよ。果たして間違いなく、お前たち姉妹が生まれてきたよ」

「そうなら、わたしの生むのは男の子ね？」

「アイ！　何を緊張しているんかね？　男の子が生まれると言うたら生まれる、まさか生むのを止めようというんじゃないよね？」老母の楽観的な語気は梅子に大きな安心をもたらした。「梅子よ！　早く家に戻ろう。感冒に気をつけなくてはね。土煉瓦を一山積み上げたら、わしも早々に帰るから」と言いながら、天秤棒を担いで去っていった。しかし、心の中では、梅子が男の子を産むことができるのか、できないのか、予言は不可能だと分かっていた。実際、梅子がお腹にあった時は動きが激しかった。それから……六人子供を産んだが、梅子の時が最も激しかった。どうしよう？　心ならずも梅子を騙《だま》してしまった！　振り返って見ると、梅子はすでに話そうにも家の外にはいなかった。そこには、一山の湿った柴と、一部の土煉瓦があるだけだった。彼女はフラッとした。気落ちしたのかも知れない。脚《あし》が萎《な》えて泥道を踏み進んだが、自分を踏みつけているかのようだった。前方は二つの山が接するところで、広大な谷間になっていて、何も見えなかったが、深遠な上に深遠、その奥に何かがあるようで、天空を真っすぐ進めば、その一点に到達するのではないか。梅子の母親は眼を凝らして、その一点を見つめた。すると、突然、谷間が明るくなるのを感じた。彼女は神殿の前に来たかのように心を奮い起こし、敬虔に願い求めるような声を出して訴え始めた……

「神様、どうか梅子に男の子を授けて下さい」

正月は、すべての始まりだと言われている。

城市の人を炉端や被窩《ベイオ》(43)の中へ萎縮させる山おろしは、まさに坑底の屋根の上を滑り落ち、谷の入口を経由して城市に迫るもので、もし城市の人が敏感ならば、山から落ちてくる風の中に、坑底の人たちから掠め取った体温を感じただろう。坑底はさながら氷の洞窟だった。

梅子の腰は寒冷前線の襲来のためでは全くなく、だるくて痛かった。すでにお腹の中の赤子が臍落《ほぞお》ちを始めたためで、心配と喜びが半々だった。

「梅子や、お前の子だけは、わしは取り上げることはしないよ」と老母は言った。

梅子はそれを聞いて、秘かに喜んだ。早くから、そのことが気になっていたが、言い出せずにいたからだ。坑底の女たちは皆、自分の家で子供を産んでいるので、その時が来たら、どう説明したらよいかと考えていたのだ。今や、その心配がなくなった。彼女は母親に語りかけた……

「母さん、ここは、こんなに寒いので、街に行って子供を産んだ方がよいと思うんですが」

「わしも、そう思う」

その晩、梅子のお腹に絞るような痛みが来た。長兄は早速、一頂の籠を用意した。彼女が街へ行って子供を産むことが伝わると、数人の村人が駆けつけ、彼女を乗せた籠を担いだ。

夜半の冷たい風が強く吹き、三、四本の松明《たいまつ》の焔は片方に傾き、時には紙芯より低かった。犬の黒耳が先導し、時には前、時には後ろと走った。

長兄は杖をついて風の中に立ち、闇夜の中の松明の焔を目送していた。それはすぐに小さくなり、そして消えた。その情景の厳粛さと盛大さに彼は心を打たれたが、骨の髄から寒気がやってきたのにハッとした。

梅子は街の産科医院に到着したが、二〇分間隔で陣痛が来て、間もなくその間隔が五分となった。医者は、もう直ぐだと言った。看護師が来て出産促進剤を注入して言った……大体三〇分後には。注射を打って間もなく、陣痛の起伏が来て連続して止まなかった。助けられて分娩台の上に載せられた梅子の額には大粒の汗が吹き出し、彼女は造物主が女性に母性を授ける原始の儀式に耐えた。しかし、心の中では、この激痛が却って慰謝となっていた。痛ければ痛いほど、彼女の希望が決して妄想ではなく、実現しようとしている事実であることを感じさせたからだ。

医者は、梅子が両手で分娩台の両側にある把手《とって》をシッカリ摑み、同時に下腹にも力を入れて押し出すように求めるとともに、横にいて彼女を導いた。それはダメ、これはヨイと励ましながら言った……とても上手、もう一回力んで、すぐに子供が出てくるよ。羊水は早くも破れ出ていた。こんふうにして三時間が過ぎ、空が明るくなってきたが、子供はまだ出てこなかった。梅子もスッカリ疲れ果てていた。医者は内心、驚いていた。このような状況なら、当然生まれているはずで、梅子が行なってきたことも申し分ない。他のどんな産婦よりも苦痛に耐え、力を尽くしている。ひょっとしてヘソの緒が子供の首に巻き付いてしまったのかな？　医者は、そう考えた。

ここは小さな病院で、分娩台が一つしかなかった。別の産婦が急に産気づいたので、梅子は助けられて別の部屋に移された。このようにして、二人の産婦が子供を産んだが、梅子だけは依然として下腹に力を入れている段階に留まっていた。

他の新生児が部屋を隔てて泣いているのを聞いて梅子は、全身真っ赤な嬰児を想像した。自分にもこのような赤子が恵まれるに違いないが、こんな困難が待ち構えているとは万々一も想っていなかった。彼女は分娩台に横たわり、また力を尽くして力み、赤子が生まれてくるのを望んだ。医者は彼女の体力を見て、続けて陣痛を促すべきだと考え、再三にわたって陣痛促進剤を打った。そのため引き裂くような痛みが次々に彼女を襲い、梅子はイー、アーと藻搔いた。

医者は言った……「そう、そう、とてもよい。それだ。休むな。それ力《りき》んで」

毎度、力尽きてガックリする時、医者がただ、このように励ましてくれた。そのことによって、グッタリと疲れ果てた身体に気力が満ち溢れた。何度も力んだのは、医者が傍らにいてくれると信じていたからだ。

医者の額にも汗が出てきた。彼はガラス戸棚の前に行き、キチンと並べられている手術道具を望んでポカンとした。彼は躊躇《ためら》ったのだ。彼は内心、この産婦に感服していた。徹頭徹尾、話を聞き、真面目で、陣痛を促すたびに痛苦をエネルギーに変え、懸命に藻掻く。彼女にはまだ意力とエネルギーが残っている。それらが尽きるまで待つことにしよう。そう結論して医者はガラス戸棚を離れ、壁の上の掛け時計を見上げた。頭を振り、すでに六時間が経過していることをシッカリ記憶に留めた。

「親切な先生、助けて下さい。この子を、どうしても産みたいのです」梅子は、か細い声で乞い求めた。

「安心なさい、この子はすぐに産まれますよ」無理に笑顔を作った。

「わたしは生きたい。必ず生きたいんです」

「当然です」と医者は彼女の脈を診た……「今、どんな気分ですか」

「赤ん坊に情けをかけて下さい！」

「あなたなしに、どうして子供が誕生できるんですか？　頭の具合はどうですか？」

「ハッキリしてます！」

「結構です！」医者はまた看護師に促進剤を一本打つように言った。

梅子はまた一頻り長くて重い陣痛に苛《さいな》まれたが、今回も体力を浪費せずに、もがき苦しむ痛みをエネルギーに変えた。彼女は全身、汗まみれで河の中から救い上げられたような様子で、衰弱が大分進んでいるようだった。このような衰弱とハッキリとした意識は人を慄《おのの》かせた。老母はズッと娘に付きっきりで心を痛め、涙が絶えなかった。

「母さん、どうして泣くんですか？　もう希望がないということなの？」と梅子は聞いた。

老母はただ頭を振るだけで、一言も発しなかった。

「先生は？」と梅子は焦《じ》れて聞いた。

医者は再び満顔の笑顔を作って産室に入ってきた。彼は一本注射を打って言った……

「その時がきました。あなたのこれからすることは大いに助けになりますよ。もう一度、グッと力を入れてみて」

まばらに来ていた陣痛がここで激しさを増し、梅子はまたまた力一杯に力んだが、次第にハッキリと気力がなくなってきた。

「分かるでしょ。赤子は出てこなければならない時ですよ。出てくることができないのは、とても苦痛、赤子も出たがっていますよ！　一体、誰が助けるんですか、母親だけです。サア！　力んで」

「イ――」梅子は力んだ。

「よし、もう一度」

「イ――」

「結構、もう直ぐだ」

「梅子……」老母も急いで娘を励まそうと思ったが、口を開けば泣きそうだったので、口を閉じた。

「アッ！　赤ん坊の頭が見えた」

「イ――」と今回は梅子も特別に力を入れ続けた。

「もう一度。とうとう頭が見えたよ。赤ん坊が、母さん、頑張ってと言っているよ。もう一度」医者は梅子に調子を合わせた……「イ――ヨシヨシ」医者は内心、非常につらかった。もともと赤子の頭が見えていなかったからだ。羊水はすでに流れつくした。余す時間は多くない。

「イ――」彼女は全力を尽くした。途轍《とてつ》もなく重い荷物を背負っている象のようだった。象にとって前に向かって一歩を進むのは、そこに手に入れたいもの、一房のバナナがあるからだ。腹を空かせた象は前に進んで、それを獲ろうとするが、食べ物もそれにつれて前に一歩進む。続けて象はそれを追うが、一房のバナナも常に一歩の距離を保って、前に移動する。のちに象は、これが一つの奸計だと知るが、象は自分の一本気の意志が必ず同情を獲得するに違いないと考え、歩むことを止めなかった。梅子の努力はすでに微弱なものになっていたが、なお希望を捨てていなかった。最後には、あの下腹を力む動作は象徴的なものに変わり、意識も次第に薄れてきた。

眼前には一つの花園が開け、梅子は茫然としてその中に入っていった。園丁らしい者が一人いた。男は梅子に勝手に入るな、と厳しく言った。

「うちは昔、ここに花を植えたことがある」

「何という花かね?」

「名前は分からない」

「どんな花かね?」

「つまり、あのような……」

「どんな形かね」

「ううん」

「菊の花のことを言っているのかね?」

「違います!」

「ハマナスかな?」

「違います!」

「じゃ、ここには、あなたの言う花はないよ」

「あります! 昔ここに植えました」

「見たことがないね」

梅子は大声で叫んだ……

「けれど――」

医者は脈を取り、脈拍を数えて、また注射を打ち、梅子の母親に言った……

「子供は無理、母体の方だけは……」

「先生――ご存じないかも知れませんが、この赤子は娘の命です」

医者は、そこに並々ならぬ意思があるのを感じた。

「もちろん、精一杯の努力をします」

医者と看護師はマスクとゴム手袋をした。金属がカチカチ当たる音が産室の静寂を破った。梅子は意識がぼやけていたが、新たな激痛を感じた。眼が醒め、読経中の小坊主が居眠りから覚めた具合で、恥ずかしさを覚え、再び下腹に力を入れた……イ――

「よしよし、もう直ぐだ」医者はすでに赤子の頭を鉗子《かんし》で挟み、梅子がもう一度力むのを待って、赤子を引きずり出そうとしていた。そうなれば、彼女を喜ばせ、これまでの努力が決してムダでないことを感じさせることになるだろう。

「イ――」

医者は、その時、手を引いた……

「おっ――出てきた、出てきた。男の子だよ!」

老母と看護師も重荷を降ろしたように叫んだ。

腹の中から一つの塊が取り出された感覚は情緒のない状態に凝り固まっていたが、嬰児の「オギャー」と叫ぶ声を耳にした途端、過去の一切がホントに過去のものになったと感じた。梅子は非常に冷静だったが、老母は歓《よろこ》びのあまり泣き出した。産室のドアが開けられた。そこには太腿《ふともも》を切断した長兄と嫂と、彼らの子供たちが待っていた。

海を訪ねる日

赤子と一緒に生まれてきた願望がズッと梅子の心の中に鼓動していた。それは問答無用で彼女の心を支配していた。これは彼女自身の願望だったが、彼女の心の中では常に、別の極端な位置に立ち、折合おうとする気配がなかった。彼女の心は、このように藻掻《もが》いていた……

「行こう! 赤子を抱いて漁港に行くんだ」

「魚群はまだ来ていないよ」

「分かってる」

「じゃ、彼、この子の父親に会うことはできないよ」

「分かってる。それは主な目的ではない」

「じゃ、なぜ？」

「彼と偶然遇えるかも知れない」

「遇ったら、どう話す？」

「この子は彼の子供だと言う」

「彼に頼ろうと想っているのかな？」

「決して想っていない！」

「じゃ、どうして？」

「今、彼が漁港にいないことは分かっている。魚群がまだ来ていないからで、まだ恒春にいるはず」

「じゃ、何のために漁港に行くのかね？」

「何のためでもない。遇えないかも知れないけれど、行かなければならないのよ」

「――」

「自分にもハッキリしていない。だから、その願いが何なのか、説明できない」

この願望が生まれてから、梅子はズッと自分にもハッキリさせることができなかった。ただ、それが切実なものであることだけは分かっていた。今や健康も恢復し、その願望が心の中でさらに強烈になっていた。

梅子は子供を抱いて漁港行きの切符を買い、一群の人々と押し合い圧《へ》し合いしながら汽車に乗ろうとした。汽車は来たが、客室には一つの空席もなかった。しかし乗車するほかはなく、漁港行きの切符を握りしめて中に入った。彼女の心は高ぶっていた。どこか寄りかかれるところを探そうとした時、手前にいた二人の客が同時に起ち上がり、彼女に席を譲ろうとした。この一般によくある行為に対して彼女は意外の感に打たれ、呆然とした。一人の女性が歩み寄ってきて、自分が空けた席に梅子の手を引いて坐らせた。相手の眼を正視すると、その女性は親切で善良そのものの微笑を浮かべていた。周りの人に眼を転ずると、見える限りの眼差しも同様に友好的で、これまで生きてきて初めて味わう経験だった。梅子の視界はボンヤリしてきた。かつては彼女と広大な人々の群れとの間には、半ば両者を隔絶する絶縁体があったが、今は存在しなかった。現在、彼女が見ている世界は、彼女を窒息させた牢屋の格子窓を透して見たそれではない。彼女自身が広大な世界の一分子なのだ。梅子は注意深くユックリと譲られた席に腰を下ろした。彼女の身体が座席に触れた刹那、温かなものが心の中に昇ってきた。彼女は思った……これは赤ん坊が自分にくれた贈り物だ。梅子は赤ん坊をヒシと抱きしめてソッと泣いた。

汽車は大里《ターリー》の長いトンネルを抜けると、広大無辺な太平洋の波浪が梅子の視野に入ってきた。彼女は一時《いっとき》、眼を凝らし、手の中の子供を自分の腕に倚《よ》らせて起こし、大海を見させた。子供の眼は丸々と見開いていたが、どんな焦点も結んでいなかった。梅子は海を指さして言った……

御覧！　坊や、これが海だよ！
海の水は塩《しょ》ッぱいよ！　あそこにはたくさん、たくさんの魚が泳いでいるよ。
汽車のように、とっても大きい魚もいれば、
お前の小指のような小さいのもいるよ。

御覧！　あそこには船がいるよ！
漁師は船に乗って魚を獲るよ。
紅《あか》い魚、白い魚、青い魚、黄色い魚、
皆んな皆んな、利口な坊やの食べ物よ。
はい！　お前の父さんはとっても勇敢な漁師だったけれど
或る日、大きな魚を獲りに行って、遠い、遠い海で死んでしまったよ。
お利口な坊や、大きくなっても、漁師になってはいけないよ。
大きな船に乗って、この海を越えて勉強に行くのだよ。
そして、すばらしい人になっておくれ。

梅子はまた祈祷するかのように独《ひと》り言《ごと》した……

「いや、うちのような母親を持つ、この子に将来希望がないとは信じない」彼女の眼はまた潤んだ。

太平洋の波浪は厳冬の柔らかな陽光に照らされてキラキラと輝いていた。汽車はゴトゴトとリズミカルに揺れながら漁港に向かって突き進んで行った。

坊やの大きな人形

外国には職業の一つに「サンドイッチマン」と呼ばれるものがある。小さな町に、或る日、この職業の者が現われた。だが、ここでは、それに相当する名称がなく、これをどう呼んだらいいか、知っている者もいなかった。しばらくして、誰が言い始めたものか、これを「広告屋」と呼ぶようになった。この職業が知られ、名前が付けられると、小さい町では大人も子供も皆「広告屋」と呼ぶようになった。抱っこされている子供でさえ、母親が「ホラ！　広告屋が来たよ！」とあやすと、途端にむずかるのを止めて、頭を上げて辺りを見渡した。

火の球が頭上で回転、人の背に張り付くと、汗が停《とど》まることがない。頭の天辺から足元まで奇怪、一九世紀ヨーロッパの士官のような扮装をした坤樹《クンシュ》は実に耐えがたい、この炎天下にいた。その扮装はとにかく、この炎天下、このような厚ぼったい着物に身をくるんでいるのも特別に人を惹きつけないではいなかった……いずれにせよ、この職業は人の注意を引きつけるのが肝心だ。

顔の化粧は流れる汗で崩れ、溶けかかった蠟人形のようになっていた。鼻孔を塞いでいるヒゲも汗水を一杯に吸い込み、口呼吸をしないではいられなかった。頭上の円筒型の高い帽子につけた羽毛は涼しそうに揺れ動いていた。これまでも軒下に入り込んで炎熱を避けようと思わないことはなかったが、肩の上に映画の広告板を載せているため、そうすることができなかった。最近では、前と後ろの両方にも広告板を下げていた……前の方は百草茶《パイツァオチャ》、(44)後ろの方は回虫薬の広告で、その歩く姿は操り人形のようにギクシャクとしていた。疲れが多ければ多いほど、金になるとすれば、疲れた方がよいことになる。彼はそう思って自らを慰めていた。

この仕事を始めた日から、彼は後悔し、別の仕事を探して働きたいと焦っていた。考えれば考えるほど、この仕事を滑稽に感じ、人が笑わなかったとしても、自分自身を滑稽に思わざるを得なかった……このような精神上の自虐が脳内をグルグル回っていた。とりわけ疲労を感ずる時に強かった。別の仕事を探せ。ひたすら、そんな風に考えながら、一年が過ぎた。

眼前のキラキラと光ったアスファルト道路は熱して、実際、何も眼に入らなかった。やや遠い景色は、黄疸色《おうだんしょく》になった空気のためにボーッと霞んでいた。もはや黄疸色となった空気に眼を凝らして遠くを見ようとはしなかった。万が一、本当に脳内がこのようにキラキラとなったら、すべてが終わりになるのではないか？　彼は自分を死地に陥れようとしている眼前の色彩に懸命に抗おうとした……糞ッたれ！　これは全く人間のすることじゃない。しかし、これは誰がいけないんだ？

「支配人さん、お宅の映画館は新しくできたばかりです。一つどうですか、一ヵ月、効果がなければ、給金は要りません。ポスターでの広告より、私が上演ニュースを身に着けて、個々人の前に立ったら、その方が効果がありませんか？」

「じゃ、その服装というのは？」

（俺の話に動かされたというより、俺の哀れな姿に同情してくれたのかな）

「OKなら、後は自前でやります」

（こんな仕事のために、糞ッ、生まれてこの方、もっとも奮い立つことになって）

「仕事を見つけたな」

（糞ッたれ、阿珠《アチュ》は泣いて喜ぶぞ）

「阿珠よ、子どもを堕ろす必要がなくなった」

（泣くのは当然だ。阿珠はシッカリした女性だ。あんなに泣き崩れて、大きな声を出すのは初めて見たな。彼女は、とても喜んでいるんだ）

考えがここまで来て坤樹は涙が止まらなかった。手で拭き取るわけに行かず、こんなことを考えた……糞ッたれ！　俺が流しているのは汗なのか涙なのか、誰も知るまい。こう考えると、涙がそれに唆《そそのか》されるように不断に溢れ出た。この炎天下でも、彼は両眼から熱い涙がハラハラと流れるのを肌で感ずることができた。涙の湧き出るのを抑えられない感触は、意外にも痛快だった……彼にとっても初めての発見だった。

「坤樹！　自分を見てみろ！　何か鬼のようじゃ！　人のようで人でなく、鬼のようで鬼ではない。お前！　どうして、こんな格好をしているんじゃ!?」

（この仕事を始めて二日目の晩のことだったな……阿珠の言うのには、伯父は昼間、何度か来たとの

ことだ。ちょうど装具を外し終わった時、彼は部屋に入ってきて、こう喚《わめ》きおったけな)

「伯父さん……」

(伯父さんと呼ぶのに値するのか。この糞ったれ伯父野郎!)

「こんな格好して、何が伯父さんだよ!」

「伯父さん、話を……」

「何か言うことがあるんか! 他の仕事がないと言うんか? わしは信じない。辛苦を厭わなければ、他にも仕事があるはずじゃ。お前に言うが、わしの顔に泥を塗るつもりなら、よそへ行くがええ! ここで恥さらしをするな。お前が聞かないなら、今後は、この伯父を、手の平を返した、薄情な人間とは言うな!」

「ズッと到る所、職探しを……」

「何? 到る所を探しに探して、こんなヒドイ糞仕事にありついたんか?!」

「こうするしかなかったんです。あなたにも米を借りられなかったし……」

「何? それは、わしがせねばならんことなんか? それは? わし、わしにゃ余分な米はない。いつも少しずつ買っている身じゃ。何じゃ! これと、お前の糞仕事と、どんな関係があると言うんか?

ムダ口たたくな! お前は!」

(ムダ口? 誰がムダ口をたたいているんだ! 本当にむかつく。伯父さん、伯父さんもどうだと言うんだ? 糞ったれ)

「なら、構わないで下さい? 構わないで、構わないで――」

（ああ、気が違いそうだ）

「畜生だ。申し分ない。お前、この畜生！　わしに逆らおうと言うんか、逆らうと言うんか。今後、わしは坤樹の伯父ではない！　縁を切る！」

「切るなら、どうぞ。あなたのような伯父さんを持ったら最後、餓死してしまう」

（うまく切り返したな。どうして、こんな言葉を思いついたのか？　帰る時、あいつは地団駄踏んで一頻《ひとしき》り怒鳴ったな。翌々日まで仕事に出る気が本当に起こらなかった。伯父さんに咎められたのを恐れたわけではなく、なぜか気持ちが沈んで力が湧いてこなかったからだ。もし阿珠の涙を見て、「阿珠、子どもは堕す必要はないよ」と言ったこと、また堕胎のために用意してあった二袋の柴頭仔《チャイトウズ》[45]も捨ててしまったことに想いが及ばなかったら、気持ちを奮い立たせて、仕事に出かけることはなかったろう）

　考えること、それが坤樹にとって時間をつぶす唯一の方法だった。いや、夜明けから晩まで、この小さな町の大通りから路地まで何十回、毎日グルグル廻る時間は本当に長く、耐えがたかった。寂寞と孤独が自ずから脳の活動を促すことになった……未来のことはほとんど考えず、考えたとしても、数日後の現実問題で、それ以外はほとんどが過去の追憶と、現在の考え方からする批判だった。

　頭上にある火の球を背に受けながら、アスファルト道路を離れたが、手前には黄疸色の空気が薄っすらと漂い、全く消えていなかった。彼はゲッソリした気分で、その中に包まれているのを感じ、それが彼をイラつかせた。このような情緒は、毎日、夜明け方に受ける感覚にちょっと似ていた……ベッドに横になったたまま、曙光が壁の隙間から漏れ出てくるのを見ると、辺りは暗く、ヒッソリしたままだが、あの家特有のジメジメした臭いが漂い始める。彼の気分は忽ち安静から恐怖に変わる。一種の習慣的な現象だが、毎日、新しい事件が起きたかのように思えた。本当に毎月の収入は決してよいとは言えない。他の仕事に比べれば、それほど悪くはないし。仕事は無味乾燥で滑稽、全く気が違いそうになる。だが、今、家には、これしきの金もない。ギリギリの生活も維持できない。どうする？……最後は自分を説き伏せ、落ち着かず、或る種の慚愧を覚えながら起き上がった。阿珠の小さな鏡台の前に坐り、抽斗《ひきだし》から白粉を取り出し、鏡を覗き、顔を塗りつぶした。鏡を見ると、顔半分に凄然《せいぜん》とした苦笑が浮かんでいた。脳内には、白い茫々とした波濤が踊っていた。

彼は身体の中に最早一滴の水もないと想った。これまでこんなに渇きを経験したことがなかった。育《イー》英《イン》国民学校脇の花街《はなまち》では娼婦たちが寝巻姿で下駄をつっかけ、屋台を囲んで間食をしていた。或る者は家の前に坐って白粉を塗り、或る者はボーッと入口の柱に靠《もた》れていた。中には小型の漫画本を食い入るように見ている者もいて、屈託のない様子だった。その花街の中には何軒かの家屋があり、堅く門を閉ざすか、或いは入口に柵を設け、正面の壁には眼の覚めるような真っ赤な文字で大きく「平家《ピンジャ》（普通の家）」と書かれていた。

「おや！　広告屋が来たよ」と屋台を囲んでいる娼婦の一人が言った。他の者も次々に振り向いて坤樹の頭上の広告を見た。

彼は機械的に屋台に近づいていく。

「ねぇ！　楽宮《ルーコン》では何をやってるの？」と一人の娼婦が、彼が来たのを待って言った。

しかし、彼は何も言わず去っていった。

「何か神経を病んでいるみたい。一度も口を利いたことがないよ」と、もう一人が、坤樹に話しかけた娼婦に対して言って笑った。

「口が利けないのかしら？」娼婦たちは話した。

「誰か彼のこと、知ってる？」

「笑うのも見たことがないわ。顔が永遠に固まってしまったようよ」

彼女たちの話はすべて耳に入っていた。

「ねぇ！　広告屋さん、遊びにお出でよ！　待ってるから」一人の娼婦の声が彼を追いかけてきた。

笑い声が起こり、こう言った者もいた……

「もし本当に来たら、お前さんは驚いて死んでしまうかもね」

遠ざかったところで、彼はその娼婦がまた挑発的な勧誘の言葉を発するのを聞いた。路地の出口で、彼は笑った。

行くとも、金が出来たら必ず行くぞ。仙楽《シェンルー》の入口の柱にボーッと靠《もた》れていた、あの娘を探しに行くぞ。

彼はそんなことを想っていた。

花街を通り抜ける時、一時《いっとき》、彼は疲れを忘れた。

人家《じんか》の時計を見ると、早くも三時一五分になっていた。彼は駅に行き、北から来る旅客の前に立たなければならなかった……これは支配人との約束で、工場や中学校帰りの労働者や生徒を待って広告をしなければならなかった。

時間はコントロールしてあったので、早足で行く必要もなければ、近回りをする必要もなく、東明里《トンミンリ》を通り、曲がって駅前通りに出ると、下車した乗客がガヤガヤ出てきて、大通りの左側を進んでくるのが見えた……これは計算済のことで、太陽の光は依然として焼き芋が出来るほどに熱いので、下車した乗客は急いで空き地を通って、すぐに運送会社の軒下に入っていった。何人かの外から来た乗客を除けば、彼に対して興味を持つ者は皆無だった。もし、これらの何人かのウブで好奇な眼が、彼を強く励ましてくれるのでなかったら、本当に何をしてよいか分からなかった……彼は、その人が誰であっても外からやってきた者か、町の人なのか、把握していた。それどころか、町の人が何時、どこに姿を現わすのかも、ほとんど言い当てることができた。

当然、これら何人かのウブな眼だけでは、メシの種にはならないことを、遅かれ早かれ支配人も気がつくに違いない。彼は眼前の反応を見ながら、意気消沈した。

（他に何か考えなくてはな）

この時、彼の心は混乱を極めた。

「見ろ！　見ろ！」

（最初の頃、路上の人々は、こんな風に驚き、本当に鬼を見ているようだった）

「あいつは誰だ？」

「どこから来たのか？」

「この町の人か？」

「違うだろう！」

「や！　楽宮劇場の広告だ」

「一体、どこの人間かな？」

（本当におかしい。俺が何をしているのかに注意しろ！　どうしてあまり広告を見ようとしないのか？あの時は俺に対する興味は本当に大きく、俺は彼らの謎だった。今や彼らは俺が坤樹のヤツであることを知っている。謎が解けてしまったので、相手にもしない。糞ッたれ、これは一体どういうことだ。広告はいつも変わっているではないか？　冷酷にして好奇の目はなおキラキラ光ったままだ！）

いずれにせよ、このような職業は人の注意を引くとともに冷笑を受ける。坤樹においても同様で、苦悩のタネだ。

彼は駅のところで一回転し、フワフワと駅前道路に回り込んだ。心内の冷たさと体外の熱さとが調和できないまま彼に戦いを挑んでいたが、彼の反抗はただ心の中での呪詛に止《とど》まるだけだった。五、六メートル以上に及ぶ、あの黄疸色の空気がまたボヤーッと現われ、口が渇き、ノドが裂けそうだった。家が彼を強力に吸引し、急いで家に帰った。

（そんなはずはない。昨晩のことがあったから、今日は茶を入れてくれなかったのかな？　ああ！お昼、飯を食べに戻らなかったのは、あまり良くなかったな。午前中一度、茶を飲みに帰ればよかった。阿珠はきっとさらに誤解を深くしているだろう。糞ッたれ、死んじまえ！）

「あなたは一体、何をプリプリして私に当たってるの。どうかちょっと小さい声で言って。阿龍《アロン》は眠ってるのよ」

（彼女に当たり散らすべきではなかった。これはすべて、あのケチ野郎がいけない。服装を変えてくれと提案したら、取り合わずに言った……「それは、お前さんのすることだろ！」　俺のすること？本当に犬の小便だ！　消防服に手を加えた、この代物は、もう人の興味を惹《ひ》かなくなったし、この炎天下に着ていられるもんじゃないよ！）

「大声は俺の地声だ！」

（チェッ！　言い過ぎた。しかし、この腹立ちはどうしたらいい？　俺も疲れ果てた。阿珠は本当にアホウだ。どうして俺のことを気遣ってくれないのか。それどころか俺に食ってかかる）

「本当に人を責めようとしてるの？」

「そうだとも！」

（くたばれ、阿珠、俺には、そんな気はない）

「本当なの？」

「もちろんだ！」ノドを震わせて叫んだ……「黙れ！　俺は！　俺は殴るぞ！」とコブシを固く握り締め、テーブルをドンと強く打った。

（どうやら効果があったようだ。阿珠は口を噤んだが、俺は彼女の勝気なのを本当に恐れていた。抑え切れず阿珠を殴るに違いないと思ったが、全くその気がなかった。阿龍を起こしてしまったのは、いけなかった。泣いている阿龍をシッカリ抱きしめている阿珠の姿を見ると、本当に可憐だった。ノドがたまらない。今日は茶が飲めそうもないな？　自業自得というものだ！　いや、ホントにノドが渇いたな）

坤樹は道中、昨晩のことを考えているうち、知らぬ間に家の前まで来ていた。ハッと現実に戻った。ドアは閉まっていた。足で蹴ると、板のドアはサッと開いた。広告板を放り出し、帽子を脇に抱えて中に入った。食卓には竹かごが伏せてあり、傍には湯沸かしがあり、その口には大きな緑色のプラスチックのコップが掛けられていた。彼女が用意してくれていたのだ！　温かいものが胸に流れ、穏やかな気分になった。茶を一杯に入れ、ノドを潤した。これは、阿珠が今夏から始めたもので、毎日、彼のために作った薑母茶《チェンムーチャ》だ。(46)中には黒砂糖も入っていた。坤樹が家の前を通り過ぎる時、いつでも飲めるようにしてあった。人から掌母茶が疲労に利くと聞いたからだった。彼は渇きをまだ感じていたので、二杯目も満たしたが、同時に疑問が生まれてきた。普段は茶を飲みに帰った時、阿珠がいないのは別にどうということもないが、昨晩、理屈の通らない癇癪を起こしてしまったあとなので、焦慮と不安に見舞われたのだ。彼は茶を飲むのを止め、竹かごをとり、鍋の蓋も開けてみた。御飯には全く手がつけてなく、その上、寝台には阿龍も眠っておらず、阿珠が人様のために洗濯した衣服もキレイに畳まれていた。どこへ行ったのだろうか？

阿珠は、夫が朝御飯も食べずに出ていったので、ズッと気がかりだった。もともと彼に御飯を食べさせたかったのだが、躊躇しているうちに、坤樹は早くも大通りに出てしまっていた。そのため二人は一言も言葉を交わすことができなかった。阿珠は何時ものように阿龍を背負って人の家に衣服を洗うために外に出たが、心安からず、どうしていいか分からなかった。力を入れて水の中の衣服を揉んだので身体が左右に揺れた。阿龍は握った石鹼箱を満足にしゃぶることができず、箱を投げ出し、声を出して泣き始めた。阿珠はなお衣服を揉むのを止めなかった。子供はさらに大声を出して泣いたが、聞こえていないようだった……阿珠はこれまで阿龍を、このように哀れっぽく泣かせ、放って置くことはなかった。

「阿珠」と蛇口の上の方の便所の窓から女主《おんなあるじ》が声を掛けた。

彼女は依然として洗濯に没頭していた。

「阿珠」と、いつも穏やかな女主だったが、声を荒げないわけには行かなかった。

阿珠は驚いて手を止め、起ち上がった。今度は女主の言葉をハッキリ耳にするとともに、阿龍が泣き叫んでいるのに気付いた。湿った手で阿龍の尻を優しく叩きながら、顔をひねって女主を見た。

「子供が背中で身も世もなく泣いているのを知らなかったのかね？」ちょっと責めている気配が感じられたが、口調はいつものように優しかった。

「この子は」実際、阿珠には継ぐ言葉がなかった。「この子には石鹼箱を持たせたのですが。泣くなんて！」と左肩を落として子供を見た。すぐに地上に落ちている石鹼箱を見つけ、身を伏せて拾い、盥の中に入れて濯《ゆす》ぎ、ちょっと振り、阿龍に持たせた。阿珠は蹲《うずくま》り、また衣服を手に取り、揉もうとした時、女主が言った。

「手にしている紗《しゃ》、新しく買ったもの。やさしく揉んでね」

実際、どんな風に衣服を洗っていたものか、阿珠には記憶がなかったが、女主の注意は言うまでもないことで、余計なことだと思った。

何とか洗い終わった衣服を陰干しにした後、彼女は阿龍を背負い、慌ただしく外へ出た。市場を抜け、繁華街の道路の片側を走り、イラついた両眼で辺り隈なく探したが、坤樹の姿をどこにも見つけることができなかった。切羽詰まった中で彼が現われそうな街路に見当をつけ、最後に町役場に至る民権路《ミンチエンルー》で、遠くに坤樹が高々と頭上に広告板を掲げているのを見ることができた。彼女は興奮して前に向かって、また走り、結果、坤樹の後ろ姿が丸々視野の中に入った。彼女は左肩を落とし、阿龍の頭に彼女の顔をつけて言った。

「阿龍、御覧！　父さんは、あの中よ」坤樹を指さす手は、その声と同様、開けっ広げなものではなく、控えめで委縮した気配を帯びていた。距離が遠すぎて、阿龍には何のことか分からなかった。彼女は路傍に立って坤樹の後ろ姿が交差点に消えていくのを見送った。この時、心配が、ホンの少し軽くなるのを感じた。坤樹が今、何を考えているのか、全く分からなかった。御飯を食べていかなかったのは、何を語っているのか？　しかし、見たところ、いつもと同じように広告板を掲げて歩いている……その点だけは彼女を安心させた。しかし、これと、これまでの心配とが入り混じり、最初の恐れより、さらに気がかりが複雑となり、脳がはち切れそうになった。坤樹の姿を見て、阿珠の気持は少しばかり晴れたものの、依然としてイラつくものがあった。彼女は、もう一軒、洗濯を頼まれた家に行くため、戻らなければならなかった。

その洗濯を終えて家に帰り、壺を開けてみたが、茶葉は少しも減っていなかっただけではなく、お粥も手つかずのままだった。これは坤樹が、その後、家に戻ってこなかったことを証明している。そこにはきっと何かあると彼女は思った。もともと眠っている阿龍を下ろしたかったのだが、それはできず、また慌ただしくドアをパタンと閉めて、外に走り去った。

頭上の火の球は猛烈に燃え始め、路上を行く人の大部分は、それぞれに軒下に熱さを避けていた。そのため阿珠は坤樹を探すのが、この上なく容易だった。路上に立って両端を見たところ、すぐにこの道路には彼のいないことが分かった。今度は、阿珠は中正北路《チョンチャンペイルー》の製材工場の近くで彼を発見した。ちょうど媽祖廟《マーツーミャオ》(2)に向かっているところだった。彼女は七、八軒ほどの距離を置いてコッソリ後をつけ、彼が振り返るのを恐れて、注意深く足を運んだ。後ろ姿からは何の異常も認められなかったので、今度は何度か軒下の柱に隠れて坤樹から三軒ほどの後ろから観察したが、やはり異常な点は認められなかった。しかし、坤樹が御飯も食べず、茶も飲んでいないというのは不安だった。依然として自分が観察した結果を信ずることができず、きっと二人の間に何かがあると思い込み、二人の間に何かが発生しようとしているのではないかと心配になった。この時、阿珠は突然、坤樹を正面から見たいと思った。坤樹の顔を見れば、それがハッキリするかも知れないと考えついたのだ。それで彼女は交差点のところまで随いていき、坤樹が曲がらないで直進するのを見たので、彼女は小走りして何本かの道を横切り、媽祖廟付近の屋台の背後に隠れ、坤樹がやってくるのを待った。彼女の緊張は坤樹が近づくに従ってますます高まり、ちょうど彼女自身が願っていた瞬間が来た時、傍人が驚くのを構わず、屋台の下に素早く蹲《うずくま》り、頭を横にして、彼女の脇をサッと通り過ぎる坤樹を見た。この瞬間、彼女は炎熱に耐えかねた坤樹の横顔を見ることができた。その流汗の跡は彼女に、自身の額にも絶えず汗が噴き出ているのを気づかせた。阿龍も全身汗まみれとなっていた。

一個の核心を包んでいた心配のいくらかが、今回の尾行によって除かれ、核心に近づくことになったが、却って敏感に、少しでも触れると苦痛となった。阿珠はそこで、自身ではハッキリさせることのできない解決を昼食の時に期待することにした。彼女は最後の家の衣服を洗った後、家に帰り、昼食の用意をし、阿龍に乳を飲ませながら、坤樹が帰ってくるのを待った。しかし、しばらく待ったが、坤樹が門を入ってくる気配がないので、彼女は再び極度の不安に襲われた。

彼女は阿龍を背負って家を出、今度は公園の中の道路で坤樹を探し当てた。本当に勇気を奮い起こし、近づいて家に帰って御飯を食べるように懇願しようとした。しかし、ホンの少し歩いたところで勇気が全くなくなってしまった。そこで、ただ一定の距離を保って黙々と傷ついた心を抱いて坤樹の後をついていくしかなかった。大通りから大通りへ、路地から路地へと歩きながら、彼女は自分を責め続けた。昨晩、ホントに口答えすべきではなかった。そのため彼は今日、こんなに辛い労働をしている。二度の食事も摂らず、茶さえも飲まず、この炎天下を歩き続けている……彼女は涙を流し、数歩、足を運んでは、おんぶ布の端で涙を拭わなければならなかった。

最後に坤樹が、わが家に行く道に曲がり込んで行くのを見ると、彼女は興奮し、ちょっと緊張した。彼女は早速、先回りして別の道から家のもう一方の路地に出た。そこから坤樹が家に入っていく様子だけではなく、食事を摂るかどうかも見渡せるからだった。坤樹はやってきた。遂に家の前に立った。夫が家に入ったのを眼にした時、阿珠の眼から、さらに多くの涙が流れ出た。彼女は両手で顔を覆い、頭を路地口の壁に持たせ、気持ちをリラックスさせるほかはなかった。部屋の中の坤樹の一挙一動がスッカリ見えた。彼女は坤樹の心理を推し量って見た。彼女がいなくてイラついている様子だ。そう思うと、少し幸福な気分となった。

坤樹が部屋の中で訝《いぶか》しく感じ、イラついて外に出ようとした時、阿珠が阿龍を背負い、頭を下げてサッと入ってきた。阿珠が向き合いながら、夫が茶を飲んでいるのを盗み見して喜んでいた時間は、まさに坤樹が訝しく思っていた時間だった。妻子が帰ってきたのを見たのと、他方、夫が茶を飲んでいるのを見たのとは、二人から同時に心の重荷を降ろさせたようだった。阿珠はなお頭を下げたまま、急いで食卓に伏せてあった竹かごを取り、坤樹のために飯をよそった。坤樹は前と後ろの広告板を外して近くに放り出し、胸のボタンも外し、坐って茶碗と箸を取り、黙々と食べ始めた。阿珠も自分のために飯をよそい、坤樹と向き合って箸をつけた。二人ともズッと沈黙したままで、部屋の中は、餌を与えられた豚が発するような咀嚼する音が聞こえるだけだった。坤樹が起ち上がって飯をよそうと、阿珠は素早く頭を挙げて彼の後ろ姿を見、また素早く頭を下げて飯を掻き込んだ。阿珠が起ち上がると、今度は坤樹が素早く彼女の後姿を見、彼女が振り向く前に、視線を他に移した。坤樹はついに沈黙に耐えかねた……

「阿龍は睡っているかな?」彼は阿龍が母親の背中で寝ているのは知っていた。

「睡ってます」彼女はまだ頭を下げたままだった。

また、しばらく沈黙。

坤樹は阿珠を見たが、彼女が頭を上げると見るや、すぐに視線を移した。そして、言った。

「今朝早く紅瓦《あかかわら》の鍛冶屋が火事になったのを知っているかな?」

「知ってます」

これでまた坤樹の言葉は途切れた。しばらくして

「昼前、米粉《ビーフン》工場近くの路上で二人の子供が死んでいたよ」

「えっ!」と彼女は顔をキッと上げたが、坤樹が茶碗から顔を上げようとするのを見て、すぐに頭を下げてしまった。「どうして死んだの?」内心は切に知りたいと思っていたが、口調は最初の驚嘆から来る激しさがなかった。

「米を運ぶ牛車から米袋が滑り落ちて、後ろにぶら下がっていた子供を圧《お》し殺してしまったのさ」

坤樹は、この仕事に就いてからは、阿珠専属の地方新聞記者のようなものになっていた。毎日、この

小さな町で気付いたことを一部始終、話した。時には号外もあった。例えば、或る時、彼は公園路で天主教会の通用口から道路まで長蛇の列ができているのを見て、わざわざ急いで家に帰り、阿珠に天主教会で小麦粉の救済を行なっているのを知らせた。晩に戻ってくると、小麦粉二袋と粉乳一缶が食卓の上にキチンと置かれていた。

バツの悪さのために話は弾まなかったが、どうやら和やかに意志が通ずるようになった。坤樹は胸のボタンをはめ、道具をまとめた。沈黙に耐え切れず言った……

「阿龍は睡っているかな?」

(何を言っているのだ。分かってることじゃないか!)

「睡ってます」と彼女は言った。

だが、坤樹は自分の言葉が気になって、阿珠の返事が耳に入らなかった。慌てて外へ出て、振り返らなかったが、阿珠は門口に立ち、背負った阿龍を揺らしながら、尻を軽く叩き、夫の消え去っていくのを見送った。和解の時間は三〇分ほどに過ぎず、しかも、二人の視線は真面《まとも》には交わらなかった。

農会の米倉は壁が高いだけではなく、長々と続き、人に異様な感じを与えた。この辺りの空気は、この巨大な壁によって巻き上がり、また向かい側の小さな家は、スッポリ影になっていた。坤樹の足はまさにそこに向かっていたが、彼の精神状態は良好で、前方はズッと先まで、あの黄疸色の帯は見えず、感覚がマヒした腕も回復して、頭上に掲げた広告板の重さも感ずるようになっていた。空の色の具合を見たが、晩にはまだ間があり、恨めしかった。実際、彼は早く家に帰って休みたかったのだ。彼には経験があった。休みさえすれば、二人の間の齟齬《そご》がすっかり解消するはずだ。実際、どうやら夫妻間の齟齬を解消するための付帯物であるかのようだ。どういうわけか、その齟齬が一定の程度に達すると、性欲が勃然として起きてくるのだ。こんな真昼間に、と坤樹は呪詛した。倉庫の周りには雀がチュンチュンと囀《さえず》り、彼は少年時代の頃を思い出した。あの時は、あの小さな家はなく、そこは空き地で、いつも何人かの友達とやってきて雀を狙ったものだった……当時、彼はパチンコが上手だった。電線に停まっていた何羽かの雀の内の一羽が首をかしげて彼を見た。彼の方も首をちょっと傾けて上を眺めたが、歩みを止めなかった。仰いだ頭と眼球の角度は、一歩歩く毎に変化した。そこへ突然、後方から人が近寄ってくる足音を聞き、驚いて頭を回した。以前、倉庫番の老人に対して身構えたのと同じだなと思い、苦笑いをした。あの老人は、彼がここに来てパチンコを始めて間もなく死んでしまった。死体は倉庫脇の井戸の傍らで発見された。考えに耽っているうち、電線の上に停まっていた雀たちはすでに後方に退いていた。

道端で土いじりをしていた一群の子供たちが、彼を見ると、遊びを止めて、キャッキャッ言いながら彼の周りに駆けてきたが、警戒して一定の距離を保って随《つ》いてきた。中には彼の前に出て真正面から彼を見、後ずさりしていく者もいた。阿龍が生まれない前は、子供たちが纏わりついてくるのを煩《わずら》わしく感じたが、今は違って彼らに向かってお道化た顔を作って見せた。それは子供たちを喜ばせただけではなく、彼自身もとても愉快だった。阿龍をあやして笑わせる時も毎度、こんな感じを受けたと言ってよかった。

「阿龍、阿龍——」

「自分で歩いて御覧。甘えてはダメ」

「阿龍、バイ、バイ……」

彼らはほとんど毎日、こんな風にして出口で別れる。阿龍は坤樹が出かけるのを見ると、泣き叫んで止まない。時には母親の懐の中で後ろに身をよじり、手を出して仕事に行く父親を引き留めようとした。そのような時は、坤樹は往々阿珠に「子供はあなたの子よ。帰ってきたら、会えるわよ」などと言われて始めて意を決して外へ出ていくのを常とした。

（この子は、こんなに俺が好きなんだ）

坤樹は十分に満足した。この仕事のお陰で阿龍を手に入れることができたのだし、また、その阿龍がいるからこそ、この辛い仕事にも耐えることができるというものだ。

「何と！ あなたは阿龍が本当にあなたのことを好きだと思っているの？ この子が本当に好きだと思っているのは、あなたのその姿なのよ！」

（俺は、もう少しで阿珠の言葉を聞き間違えるところだった）

「あなたが朝出かける時には、この子は睡っているか、わたしが背負って洗濯に出かけているかのどちらかよ。眼が醒めている時は、大半、あなたは扮装している。夕方、あなたが家に戻ってくる時には、もう寝てしまってるのよ」

（そんなことはない。段々人見知りが強くなっているんだ）

「あなたが扮装して、お道化た顔をするのが好きなのよ。言い換えれば、あなたは、あの子にとって大きい人形なのよ」

（ああ、俺は阿龍の大きな人形、大きな人形なのか⁉）

あの真正面に来て後ずさりしていった子供が、俺を指さして大きな声を立てたことがあったな……

「アハハ、皆んな早く来てみろよ。広告屋が笑ったぞ。眼と口とがひん曲がってる！」

後ろにいた何人かの子供たちも正面まで走ってきて俺を見たなぁ。

（俺は大きな人形、大きな人形だったんだ）

彼は笑った。影が前方に長々と落ち、頭上に看板も掲げているので、人間のようには見えない。街の子供たちは彼の影を踏んで遊び始めたが、その中の一人の子供の母親が遠くから叫んだので、この子だけはすぐに踏むのを止め、名残り惜しそうな眼をして彼を見送り、また羨ましそうな眼で他の子供たちを見た。坤樹は心中ひそかに阿珠の賢さを称賛し、彼女の比喩を嚙みしめた……「大きな人形、大きな人形」

「龍年生まれだから、阿龍という名前がよくはない？」

（阿珠は学校に行っていたら、成績がよかっただろう。しかし、そうだったら、坤樹の妻などにはならなかっただろう）

「許阿龍《シーアロン》です」

「この龍ですか？」

（戸籍課のやつはホントに、俺が字に疎《うと》いから替わって記入するのを求めているのが分かっているくせに、大きな声で聞きやがった）

「鼠《シュー》、牛《ニュー》、虎《フー》、兎《ツー》、龍《ロン》の龍です」

「六月生まれなのに、どうして早くに届けなかったんですか？」

「三ヵ月を超えても届け出がないと、一五元の罰金です」

「出生届を出すことすら、知らなかったんです」

「知らない？　お二人は、どうして子供を産むことは知っていたんですか？」

（冷やかしが過ぎるよ。大声だから、役所内にいた連中の皆んなが俺を笑いやがった）

中学生たちは学校が退けたようだ。少なくとも彼らは一般の人よりも好奇心があり、広告板の映画の題名を読んだ。なかには、それを話題にし、坤樹に向かって言う者もいた……「効果があるのかな？　先生も観ることを許していませんよ！」彼の言わんとしていることが、よく分からなかったが、非常に愉快だった。中学生たちのカバンを見ると、パンパンに膨れ上がっていた。坤樹は心から敬服した。

（わが家は三代、学校に行っていない。まさか阿龍が行けないことはあるまい！　心配なのはスクスク育ってくれるかどうかだ。話では、入学するには金がたくさんいるとのことだ！　彼らはホントに幸福な連中だ！）

二列に並んだユーカリの街路樹の片側は、その影がまだらに路上に映り、その端にある工業地区から出てきた人たちは中学生のような活気はなく、満面に疲労の色を浮かべ、黙々と足を運んでいた。談笑する者たちがいても、その声は小さく、力がなかった。この仕事に就く前、坤樹も製紙工場や製材所、肥料工場などに応募したことがあった。毎日、決まった時間に、この爽やかなユーカリの街路樹を通って家に帰り、休息できる、これらの人たちの職業が羨ましかった。それに、日曜日というものさえある。どうして就職を断られたのか、全く分からなかった。いろいろ検討したことがあった。もちろん、解答は出なかった。

「家族は何人ですか？」

「俺と妻の二人です。両親は早くに亡くなって、俺の……」

「ハイ、ハイ、分かりました」

（本当に不思議だ！　何が分かったというのか？　まだ言い終わっていないというのに。糞ッたれ！

半日並んで、ようやく順番が来たかと思ったら、質問はこれポッチか？　人によっては、質問さえない。ただ頷いて一笑するだけ、それに対して応募者は希望が叶《かな》ったという表情を見せて、お仕舞いだ）

黄昏になった。

坤樹は海に落ちていく太陽を横目にチラッと見て、何となく愉快になってきた。楽宮劇場の前に来ると、支配人が外でショーウインドーを見ていたが、顔をこちらに向けて言った……

「ちょうどよいところに帰ってきた。探していたんだ」

坤樹にとっては尋常のことではない。驚いて、不安な気持で聞いた……

「何ですか？」

「相談したいことがある」

何だろうと支配人の口調と冷淡な表情に頭が一時、錯乱した。注意深く広告板をショーウインドーの空いたところに立て掛け、前後《まえうし》ろの広告も肩から外し、山高帽を胸に抱えたが、その手は少し震えていた。彼は少しでも時間を延ばそうと思ったが、やれることは皆、してしまったので、口を利かなければならなくなった。憂慮は深く、支配人の方に身体を向けたが、湿ったのちに乾いた頭髪はペッタリ頭皮に張り付き、額と頬骨に塗られていた白粉はそれぞれ眉毛と頬の窪みに流れ落ち、露出した皮膚は肌理が粗く、病を患っているかのようだった。最後に彼は無意識に鼻毛も外し、眼を見張って立ち竦《すく》んだ。何とも形容しがたい怪奇な人形さながらだった。

　支配人は彼に尋ねた……

「今の広告だが、効果があると思うかね？」

「そ、それは……」と坤樹は急のことで、言葉が出てこなかった。

（バレたか。お仕舞いだ！）

「やり方を変えた方がいいんじゃないかね？」

「そうだと思います」と考えもせず答えた。

（糞ッ、お仕舞いなら、それで結構！　こんな仕事、何の役にも立ちゃしない）

「三輪自転車は漕げるかね？」

「三輪自転車？」とガックリと来た。

（これはまずい！）

坤樹は言った……「俺、俺はあまり上手じゃないんで」

「難しいことはない。一、二度騎《の》れば、慣れるよ」

「はい」

「宣伝の方法を三輪自転車に変えたい。今後は三輪自転車を漕ぐ以外に、これまで通り終業まで手伝ってほしい。手当はこれまでと同じということで」

「結構です！」

（ほい！　緊張するなぁ！　お仕舞いと思ったよ）

「明日朝、販売店に一緒に行こう。騎《の》って帰ってきてくれ」

「これは、もう要りませんか？」と彼は立て掛けてあった広告板を指さした。それを使って、また扮装する必要があるのか、という意味だった。

支配人は聞こえなかったというフリをして、行ってしまった。

（バーカ！　聞く必要もないのに）

可笑しかった。しかし、どうして可笑しいのか、彼にもハッキリしなかった。彼は大きく口を開けて、しかし声を出さずに笑った。家に帰る途中、ノンビリと道具を肩にしていたので、却って道行く人は何事かと驚いて彼を注視した。山高帽を脇に抱えている姿も町の人々には見たこともない風景だった。

「見ろ！　これは最後のチャンスだぞ」愉快極まりなく、飛び上がらんばかりの思いだった。

本当にたわいもない仕事だ！と彼は想った。小さい時、どこから来たか分からない巡回映画を観た記憶がある。そうだ、教会の巡回映画だった。教会の前で、阿星《アシン》たちとユーカリの樹に攀《よ》じ登って観たのだが、その中に、自分がやったような扮装をした広告屋のスナップがあった……それに何人かの子供たちが纏《まと》わりついていた。その印象は子供たちにとっては深刻で、その後、子供たちも、そんな扮装をして遊ぶようになった。ところが、大人になって、意外にも、それが遊戯ではなくて、仕事になるとは。

本当に可笑しなことだよ。

「糞ッたれ！　あんな短いスナップが結局、糞ッこんな結末になっちゃって、糞可笑しいよ」と坤樹は道々、ブツブツ独り言が止まらなかった。

往時の一幕一幕が何度も思い出された。

「阿珠、もし仕事が見つからなかったら、お腹の子は堕さないとね、柴頭仔がこれだけあれば、妊娠一ヵ月なら効果があるそうだよ。怖がることはない。皆んな血の水になって流れてしまうそうだよ」

（危ないところだった！）

「阿珠よ、子供を堕す必要がなくなったよ」

（とすると、あの時、攀じ登って野外映画を観なかったら、阿龍も問題にならなかったかもな！　幸いにも俺はユーカリの樹に攀じ登って観たということだ）

奇怪《きかい》なことに、これまで投げ出そうと想っていながら、投げ出せず、毎日呪っていたこの仕事が今や少しばかり敬愛すべきものに思えてきた。しかし、敬愛は敬愛だが、この心からの新しい喜びは、それらの気持ちに比べてもっと強烈だった。

「坤樹、お帰りなさーい！」路上に立って遠くから夫が帰ってくるのを見た阿珠は普段とは違う興奮ぶりで叫んだ。

坤樹は非常に驚いた。どうして彼女が知っているのか想像も付かなかった。もし今度のことがなかったら、阿珠がこんなに熱っぽく語りかけるはずがない。全く突然で大胆過ぎると思った……普段、こんな場面に出会《でく》わしたら、顔が真っ赤になってしまっただろう。

坤樹が近寄り、口を利くには距離があると思っていた時、阿珠の方が先に口を開いた……

「運が向いてきたようね」阿珠は、洗いざらい言わなくては気が済まないという口ぶりだった。坤樹は本当に跳びあがらんばかりに驚いた。彼女は続けて言った……「三輪自転車は大丈夫？　でも漕げなくても構わないわ。一、二度、漕げば、すぐ慣れるから。金池《チンチー》が自転車を譲ってくれそうよ。詳しいことは……」

ここまで聞いて坤樹には事情がハッキリ呑み込めてきた。坤樹は思い切り阿珠を揶揄《からか》いたいと思った……


「何もかも分かってるよ」

「帰ってきた様子を見て、そうだと思ったわ。では、どうお思いですか？　わたしはいいと思いますが！」

「いいことはいいけれど――」彼は危うく自分を有頂天にさせた話を、そのままに口にしてしまうところだったが、止めた。

阿珠は不安になって聞いた……

「何か問題があるの？」

「もし支配人が、その話を気に入らなかったら、金池の好意を受けちゃいけないと思うんだ」

「なぜですか？」

「思ってもみろよ。あの仕事がなかったら、ホントに想像もできなかったことだが、阿龍も産めなかったかも知れない。今、他の仕事が見つかったからと言って、現在の仕事を放り出したら、大変な間違いを犯すことになるんじゃないかな！」これは全く今、思いついたばかりの科白《せりふ》だった。しかし、それを言い終わって、すぐにそれが厳粛で重大な意味を持っていることに気付き、真面目になった。阿珠は、彼の言葉を理解したというより、その態度に恐れをなしたと言った方がよかったかも知れない。彼女は見るからに失望したが、一つのことだけが彼女を支え、口を閉じたまま坤樹について家の中に入っていった。困惑した情緒の中で、坤樹に対して改めて尊敬の念が起きるのを感じた。阿龍のことに触れたので、容易に坤樹の作り話を受け入れた可能性がある。

晩御飯は、何時《いつ》もと変わらないペースで進んだが、違っていたのは坤樹がズッと神妙に阿珠に視線を注いでいるだけで、口を開かないことだった。阿珠はちょっと奇怪に感じたが、気持ちはとても安らかで、夫の眼差しに、それとなく善意から来る微笑のようなものが漂っているのを感じていた。阿珠は心の中で、三輪自転車を漕ぐ生活の段取りまで話してしまったように感じ、夫に対して妻らしい配慮を欠くことになったのではないかと強い自責の念に捕われた。坤樹は、この素晴らしいニュースを、映画が終わるまで胸に収め、家に帰った時、自分に告げようとしていたのではなかったのか。彼は御飯を食べ終わると、熟睡している阿龍を見に行った。

「この子は一日中、睡ってるね」

「よく睡ってくれて、ありがたいわ。でないと、何もできません。註生娘娘《チューシャンニャンニャン》[39]のお陰です。こんなよい子を授けてくれて」

彼は仕事のため劇場に出かけた。

彼は機を見て事の次第を阿珠に明かすことができなかったのを後悔した。劇場が跳ねるまでの三時間を耐えられない長さに感じた。外の人にとっては平凡な小事かも知れない。しかし、坤樹にとっては到底、平気を装ってはいられず、何かが溢れ出て息を詰まらせるようだった。

（身体を洗っている時、すんでのところで話すところだったな。話せばよくはなかったか？）

「どうして帽子をペシャンコにしてしまったの」あの時、阿珠は聞いた。

(阿珠はもともと賢い。嗅ぎつけたんだ)

「おう！　そうだったか？」

「もとに戻しましょうか？」

「しなくていいよ」

(彼女は穴の空くほどジィッと帽子を見ていた。何か秘密があるかのように)

「そうだね、元に戻して置いてくれ」

「あなたはどうして、こんなに不注意なの。帽子をこんなクシャクシャにして」

(思い切って言ったらよかった。チェッ！　ホントに)

このように過去のことをゴチャゴチャ考えることが、すでに彼の習慣になっていた。その習慣を努力して直そうとしてもムダだった。

彼は作業室にボンヤリと坐り、過去の生活のアレコレを想い起こしていた。当時において痛苦や苦悩と感じたものも、今や脳裏の中では笑いの対象になっていた。

「坤樹」彼はまだ放心したまま、動かなかった。

「坤樹」と、より大きな声。

彼は驚いて身を捩《よじ》り、バツの悪そうな顔を晒《さら》して支配人を見た。

「もう幕だ。非常口を開けたら。駐輪場を手伝ってくれ」

長い一日がようやっと終わった。これまでのように疲労を感じなかった。家に帰ると、阿珠が阿龍を抱いて外を歩いていた。

「どうした、まだ眠らないのかい?」

「家の中がとても暑くて、なかなか眠らないの」

「来い。阿龍——父さんが抱っこしてやる」

阿珠は子供を渡し、その後に随いて家の中に入っていった。だが、あろうことか突然、阿龍が泣き始め、どんなに揺っても、なぜか効果がなく、泣き声がますます大きくなった。

「おバカさん、父さんに抱かれるのが、どうしてイヤなんだ? 父さんが嫌いになったんか? よい子だ。泣くな、泣くな」

阿龍は大声で泣き叫ぶだけではなく、藻掻《もが》きながら、身体を後ろに反らそうとした。朝、坤樹が扮装して出かける時、阿珠の腕の中で藻掻きながら、坤樹の方へ身体を寄せようとしたのと同様な姿だった。

「悪い子、悪い子、父さんが抱いているのに、なぜ泣くんだ。父さんが嫌いになったんか? おバカさん、父さんだよ! 父さんだよ!」坤樹は繰り返し阿龍に思い出させようとしているようだった……「父さんだよ、父さんが阿龍を抱っこしているんだよ、御覧!」と言ってアカンベェをした。また「メロメロ」と奇声を発したが、何の効き目もなかった。阿龍は可憐に泣くばかりだった。

「こっちへ寄越して」

坤樹は子供を阿珠に返したが、心が忽ち沈み込んだ。阿珠の小さな鏡台の前に行き、坐って躊躇《ためら》いがちに抽斗を開け、白粉を取り出し、深々と鏡を覗き込み、ユックリと顔を塗り始めた。

「気がおかしくなったの! 顔を作ってどうする気なの?」阿珠は夫の挙動に本当に驚いた。

しばらく沈黙が続いた。

「俺」と何かに耐えているのか、坤樹の声は震えを帯びていた……「俺、俺、俺は……」

今や先生

蚊仔坑《ウェンツァイカン》の三山国王廟《サンシャングォワンミャオ》(47)は決して大きくなく、さらに言えば堂々としてもおらず、この小さい山村に釣り合っていた。廟は早くからボロボロで、隣接の古い農舎、老猫や老犬、それから老人たち、すべてに亙《わた》って釣り合いが取れていた。全村、一年中、侘《わび》しいながら調和的な空気が立ち籠め、それなりに悠然自得の態《てい》を成していた。

三山国王廟は、この小さな山村の文化センターと言ってよく、蒸し暑い夏の盛りは庭のガジュマルの樹の下で、寒さの厳しい冬の日は廟の横屋で、子供たちがやってきては、いつも未来への時を過ごし、ワイワイ笑ったり泣いたりしていた。老人たちも、それに劣らず、ここに集まってきては、辛かった昔をユックリ反芻して咀嚼、いくらか煮詰まった誇りや溜息を吐き出していた。

廟に上がる小さな石段には、午後三時頃の秋の陽が射《さ》していたが、石段を降りてきた銀髪の頭を背後から照らし、一筋の閃光となり、一つの塊になっていた老人たちの間に落ちた。

「今やが来たよ」

石段の反対側の板の腰掛に坐っていた老人の一人が顔を上げ、事もなげに言った。

他の老人たちも顔を横に向けたり、振り返ったりして、石段の方を見たが、また何事もなかったように元の姿勢に戻った。今やが何時も坐る席にいた者がちょっと移動して彼の席を作った。

「昼、一杯多く飲み過ぎたんで大分寝過ぎた」そう言いながら、手にしていた新聞で腰掛の埃《ほこり》を払った。

「果報じゃ、よく眠った。わしは毎晩、横になると、両目がドアノッカーのように光っとる。それで三更《さんこう》になれば、蟻の屁《へ》も聞こえんようになるんじゃ」

「わしゃあ違う。おかしなことじゃが、椅子に座ると、眠ろうとは思わんのに、すぐに寝てしまう。ウトウト、椅子から滑り落ちてしまう……」

「そうよ。言うな、みんな年を取ったということじゃよ」

「……」

一三人の老人が、それぞれ一言《ひとこと》、誰でも経験があることなので、大いに同感した。

「おい！　誰か新聞を持っとらんか？」今やは膝の上に古新聞を広げ、両手でソッと皺を延ばした。

「街に行って、少しばかり持って帰ったんじゃ。これは金髪の孫がくれたもので、最後の一枚じゃ」

台湾には百万部以上の発行部数を持つ新聞社が何社かあるが、この小さな山村に配達されることはなく、ここの老人たちも気にも掛けていないので、新聞の発行日などは大したことではなかった。彼らの古い新聞の出所《でどこ》は、山の下にある雑貨屋から買ってきた物を包んだものでなければ、街へ行った者が序《つい》でに鉄道駅に行き、拾い集めて持って帰ったものだった。

長年来、三山国王廟の老人たちは、他の片田舎の年寄りたちと同様、一個所に集まって喜びを共にし、古今東西にわたって雑談、時を過ごしていたが、別のところには見られない日課があった。それは、今やが皆んなに新聞を読んで聞かせることだった。実際、決してそれを彼に求めたり、迫った者はなく、また報酬をチラつかせて、やらせたものでもなかった。ただ今やが中年の時、息切れする重い心臓病に罹り、十分な休養を取った時、手持無沙汰を解消するために、老父の友人たちに読み聞かせたのが始まりだった。まさか、それが今日まで続くとは、予想だにもしていなかったことで、自身もすでに七五、六歳となってしまった。依然として村内の何人かの老友たちに聞かせているのだが、その数は以前と比べて少なくなっていた。長い時間を経過するうち、読む方も皆んなに読み聞かせないと気分がスッキリせず、また聞く方も読み聞かせられないと気が晴れないというようになり、外見は淡々としているが、内側は濃密な関係になっていた。そのため「今や」という名前も、この小さな山村社会にスッカリ定着してしまい、彼の本名などは、どうでもよく、興味を持つ人もなく、恐らく知っている人も少なく、恐らく知りたいと思う人もいないに違いない。そもそも、「今や」という言葉は初めて新聞を読み聞かせた日から始まったもので、それ以来、本名に取って代わってしまった次第だ。

当時、彼は日本統治時代の小学校の小使いだったが、村で唯一字の読める人間だった。最初のうちは心の緊張をほぐすため、「今や」と前置きして新聞を読むことにしたのだが、それ以後、ほとんど例外はなく、いつも第一声は「今や」で、「今や」と言わないと、後が続かなかった。ひどい時には一小項目、一段落毎に「今や」と言わないと言葉が出てこなかった。その上、新聞を読む過程で、活字の国語

(北京語)を、村の老人たちに分かるように閩南語《ミンナン》に直さなければならないのだが、これは容易とは言えず、いつもスラスラとは行かなかった。しかし、言葉を切ろうとせず、「今や……今や……今やぁ」と言って間合いを稼いだ。ちょうどレコードを再生する時、針が跳ぶような具合だった。文字がハッキリしなかったり、読めない場合も、同様だった。こんなわけで「今や」は彼の本名と取って代わってしまった。完全に彼の名前になってしまったが、同一個人の身の上にあっても、表現される生命力は同じではなく、存亡がある。

「今やよ、棉被松《ミエンペイソン》の息子は福州人の息子を迎え、鶏頭を斬って誓いを立てたというが、今やどうなっとるんかいのう?」

「お前さんたちが新しい新聞をくれんから、分からん」今やは掛けていた老眼鏡を外して皆んなの方を向いて言った。

「後で聞いたんじゃが、斬ったそうじゃよ。城隍廟《チャンファンミャオ》(48)で斬ったそうじゃ」

「別に大したことじゃあなかろう。選挙が終わって大分《だいぶ》経っておる」

「ホントの話、どがいな誓いを立てるにせよ、鶏頭はやたらに斬るもんじゃあない!」一番年かさの阿草《アツァオ》が、土龍《ツーロン》が鶏頭を斬る重大性を軽視するのを深く恐れて、強調して言った……「わしは見たことがある。小さい時のことじゃが、下の部落の嫁が姑を毒を使わんで殺したんじゃ。証拠を押さえられたんじゃが、認めなかったんよ。その日、姑は、地面に跪き、髪を振り乱して香を焚き、天地に告げ、嫁を呼んで鶏頭を斬ったんじゃが、嫁は身を硬うして応じんかった。ところが鶏頭を斬った翌日、姑は死んでしもうた。死体には眼玉がのうて、両方とも鳥がつついてしもうたんじゃな。顔や全身にも傷があったが、皆んな鳥が引っ掻いたもので、もっと奇怪だったのは、翌々日、眼窩《がんか》や引っ掻いた痕に蛆虫《うじむし》が一杯蠢《うごめ》いていたことじゃ」

太陽はまだ沈んでいなかったが、旧廟とガジュマルの樹蔭《こかげ》には、一頻《ひとしき》り陰気な風が吹き、関節に傷がある老人は痺《しび》れを感じた。息を殺していた金髪《チンファー》が口籠りながら聞いた……

「阿草さん、鶏頭が斬り捨てられた後、鶏はどこへ持っていったんですか?」

「怒られたいんか……」

皆んなドッと笑ったので、大声の坤山《クンシャン》が金髪に返した言葉の半分が聞き取れなかった。ガジュマルの樹影の外の太陽の輻射《ふくしゃ》は年寄りたちを温め、彼らの身体や舌もほぐれ、口も滑らかにしていた。

「じゃが、現在は鶏頭を斬っても、本当に効果がなくなっとる。あれらの選挙の候補者らは、ややもすりゃあ人を迎えて鶏を斬っておる。もしわしなら、わしもやるな!」

「皆んなは、なんで今や鶏頭を斬るのが効果がないんか、分かっとるのかね?」今やは新聞紙を筒状にして、手に指揮棒のように持って質問した。

「お前さんは知っとるんか?」

今やは詹阿発《チャンアファー》を見据えた……「わしに質問する気か? わし今やはまさに適任者じゃぞ!」心に押さえきれない喜びがあった。昨晩、一晩中考えた末、なぜ現在、鶏頭を斬ることが効果がないのかの道理を発見し、廟に来る道を急ぎながら、発表する機会を得たいと思っていたからだ。今や、その機会が到来したのだ。「わしの考えでは、今や鶏頭を斬っても効果がないんは、つまり斬りに斬り、どがいに斬っても、斬るのは皆、アメリカ産の卵と飼料から育った鶏じゃからだ。今や誰も地鶏を斬ろうとしておらん」彼は一気に語り終わろうとしたのだが、息切れして後に続く一句が出てこなかった。何度かパクパクした後、「今、今、今や、そ、そこに希望がある……」彼は右手を使って左の胸を押さえた。心臓が尋常ではない鼓動を打ち、それ以上の動きに出ることができなかった。

「ううん、一理あるな」

「その、その……」金髪は我慢ができず口を開いたが、傍にいた坤山がチョッカイを出した。

「お前さんはまだ、あの鶏のことを言っとるんかね？」

「そう――　その……」

金髪の言葉は、また皆んなの哄笑を引き起こした。年寄りの中には笑いながら涙を流す者もいた。なかには手で口に溜まった涎を拭う者もいた。

ただ一人笑わなかったのは金髪で、鶏の行方を尋ねることが、どうして笑いの対象になるのか、サッパリ理解できなかった。鶏肉を食べたいという気持が少しでも彼にあったわけではない。ただ、首を刎ねられた鶏がどこへ持ち去られたのか、それを知りたいだけだった。というのは、鶏が地上に押さえ付けられたところまでは想像できたが、サッと首を刎ねられた後、鶏はどこに行ったのか？　誰が持っていったのか？　食べたのか？　捨てられたのか？　捨てるとしたら、どこに？　これら一連の疑問が、ひとたび始まると、かつて窮迫したことのある彼を執拗に捉えて離さなかったのだ。

「金髪よ、わしは今や、お前さんに尋ねる。もう長い間、鶏の肉を食べては居らんのかの？　今や、お前さんの前に《鶏》《チー(49)》を置くよ。ホラ、まだやることができるんか？」と、あとの「鶏」の字は北京語を使って言った。

年寄りたちは、短い数分の間に三回、大笑いした。笑い疲れたが、収穫があったような愉快さを感じていた。

「金髪よ、邪魔しないでくれ。改めて今やに聞きたいことはないんか？」

金髪はただ懊悩、言葉もなかったが、阿発の丁寧な挨拶を怨む気分も喉元に昇ってきたが、声にならない前に、阿発が先んじて口を開いた。

「口を！　口を！　口を閉じよ！」彼は金髪の口が合わさったのを見て、今やに言った……「今や、お前さんの番だよ」

「今や……どこまで話したかの？」

「米国の卵から孵《かえ》った鶏……」

「そうじゃ！　皆さんが聞きたいと思っとることはな。つまり鶏が頭を斬られる。そこで鶏の霊が枉死城《スチャン》(50)に闖入して訴えるが、地蔵菩薩様は鼻の高い米国の鶏が何を言うとるんか分からん。米国の鶏の方も言葉が分からんから、当然、菩薩様から助命の札を手に入れることができん。じゃからな、米国の鶏の首を刎ねても効果がないということなんじゃ。これは一説じゃ」。彼は金髪を見、金髪がまた口を開いて皆んなを爆笑させるかも知れないと思い、そこで話を一旦切り、また大声で続けた……「わしには、もう一説ある。今や米国の鶏は皆んな卵を産む白い鶏じゃが、頭を斬って誓いを立てる鶏は雄《おす》でなければならんことになっておるが、雄は霊となって助命に行くと凶悪になる。今や雌鶏が出番じゃないんか？」

この論点に対しては大多数の者が懐疑的な眼差しを露わにしたので、今やは再び大きな声を出して言った……

「新聞によれば、新聞……」心臓が飛び上がるのを感じて、自然に右手で左胸を抑えた。

長い間、老人たちに新聞を読み聞かせた経験では、ただ「新聞によれば」と言えば、彼らは無条件に信じた。そのため、彼はいつも自分の見解を、新聞の権威を借りることによって組み上げていた。しかし、ハッキリしていたのは、彼が意見の発表を愛し、批評を愛し、自分が最も道理を重んじていると見られたいということだった。争論中も、他の人に道理を重んずるよう促すことを最も愛していた。

「話は筋が通らなくてはいかん。そんなら例を挙げてみようか。わが家の長男の文龍《ウェンロン》が大人になろうとした時、家の者が二羽の雄鶏を使って九層塔《ジョウツアンタ》(51)を作ったが、一本の毛も生えてこんかった。後で知ったことじゃが、飼料を食べた雄鶏は効果がなかったが、地鶏の雄と来たら、何と一羽を食べただけなのに、声がすぐ割れ、大人びてきたんじゃな。今やだ、これこそ、よい証明ではないんか。鶏の頭を刎ねる場合、地鶏を使わにゃあ効き目がないんと違うか?」

今やが、その生活体験と、知り得た知識や民俗信仰から常識的なロジックを用いて組み立てたものを、普段からやっている新聞読み聞かせの手口を使って開陳したので、問答無用、三山国王廟辺の人々は、今やの説に道理があると確信した模様だった。

「へい! やっぱり鶏頭を斬って誓いを立てるのは効き目があるんじゃ」

「試《ため》すまでもないことじゃ」

周りの者の言葉は皆、今やの話に服しないものはなかった。このような雰囲気は、今やにとってみれば、心地よく、満ち足りたものだった。その時、金髪は皆んなの無防備に乗じて、何度も抑えてきた言葉を発した。

「ホントに誰も知らないんですか？」と彼は依然として、首を刎ねられた鳥が、どこへ待ち去られたのか、という疑問から離れることができなかったのだ。

今度は今やさえも笑った。話したいことはすべて話し終えていたからだ。

「金髪の言うことも、もっともじゃ！　今や首無し鶏がどこへ持ち去られたか知っておる者がいたら、早く彼に教えたらええ。そうでないと、今や心も弾まんじゃろう」

金髪は言葉の中に別の意味があるとは思わず、今やが彼の気持ちを代弁してくれたものだと思った……

「そう、そう、そうです。そういう意味合いです！」金髪の延びやかな様子は、こらえてきた尿をサァーッと狙い定めたところに放し当てたという具合いだった。

金髪の緊張が解けると、皆んなはさらに溶け合ったような感じとなり、この時また、今やの性格として、ごく自然に新聞紙を読み、皆んなの中心になりたいという欲望が起きてきた。筒状に巻かれた新聞を再び平らに延ばし、丸い老眼鏡を掛け、二、三何度空咳《からぜき》をした……

「今や！」と言ったが、人の注意を引かなかったようなので、もう一度咳払いをした。「今や……」今度は彼の言葉を聞いているようなので、頭を下げ、読み始めた。「今や福谷村《フーグー》の村民黄某《ホワン》──、つまり福谷村の黄という姓の人が飼育せる牛が昨日、頭が象に似たる子牛を産めり。分かったかな？　おお！黄という姓の男が飼っていた牛が昨日、一頭、子牛を産んだが、形が牛のようではなく、小さな象のようだったと言うんじゃ。声を立ててはいかん。まだ、先がある。今や、この子牛、飼い主の懇切なる世話を受けたにもかかわらず、可惜《あたら》その翌々日、死亡せり……」

この記事はもともと埋め草的な小ニュースだったが、そこにいた老人たちには大きな興味を引き起こした。

「福谷村？」

「福谷村は、わしらの蚊仔坑《ウエンツァイカン》ではないんか？」

「そうじゃとも！　蚊仔坑は福谷村じゃ！」

「他のところに福谷村と呼ぶ村があったかいのう？」

「そうじゃ！　ここに間違いない。今や、すんでのところで忘れるところじゃった。ホントに皆んな注意が足らんかったなあ」

彼らは、こんな辺鄙な地方のことが新聞に載るなんて夢にも思っていなかった。これは彼らにとって小さなニュースながら、大きな事件だった。棚から牡丹餅《ぼたもち》で、にわかに信じられなかった。

「蚊仔坑？」最年長の阿草が言った……「蚊仔坑？　他にそういうところがあるとは、わしは知らん。もし蚊仔坑なら、何でも分かっておる。この土地のことなら、誰でも知っていよう。新聞の日付は何時じゃ？」

今やも啞然とした。もし福谷村で起きたことなら、彼も皆んなと同様、知り尽くしているはずだ。こんな事件が発生したなんて、記憶の中のどこにもなかった。しかし、長い間、新聞を代読してきたので、慣れから記憶に間違いがあるかも知れないと思い、新聞の日付をみた……

「一〇月二一日だ」

「今日は何日だ？」

誰もすぐに言える者はいなかった。

「今日は農暦（陰暦）の三日だ。すると、すると？……」

「大分、前のことじゃないかな。双十節《じゅっせつ》(52)の直後じゃな」

「糞ッ何時なんじゃ。糞ッ今日は何日なんじゃ」坤山は言った……「わしは、この蚊仔坑を一歩も出たことがない。もし蚊仔坑で、こがいなことがあったら、わしが知らんわけはない。他の者《もん》も知らんと言うなら、奇っ怪なことじゃないかな？」

今やは皆んなを眺めると、疑惑の眼差しが彼に向けられているのを知った。

「ちょっと待てよ。蚊仔坑の最も大きい家族は廟口の詹《ツアン》姓で、次は埤仔口《ピーツァイコウ》の張《チャン》姓、苦楝脚《クートンチャオ》の林《リン》姓じゃ。坑頂に残っている住居に黄姓は一軒もない」と阿草は今やを睨んで言った。「母牛《ははうし》のことじゃったら、誰も知らん者は居らん、三頭しか居らず、うち二頭はわしら詹家のもので、もう一頭は坑頂で飼われておる。ほかに、もう一頭飼っとる者がおるんかな？」

今やにも分かっていた。しかし、皆んなが懐疑的な眼差しで彼を睨んでいるので、彼も同様の懐疑を示そうと思ったのだが、新聞の不確かな主張に戻った。彼が二、三〇年来、新聞を人に読み聞かせることによって築き上げた、この小村での社会的地位と声望は、これまで、こんな異常な事態にぶつかったことはなかった。彼は皆んなの反応を読み違え、そのことによって皆んなが自分に反対の立場を選んだと考えるに至った。それは彼に緊張をもたらし、心臓が加速度的に躍り、呼吸も乱れ、喘息の発作が起きそうな按配だった。

「騙《かた》りじゃ！　蚊仔坑の母牛が小さな象を産んだなんて？」金髪の言葉は噴き出るようだった。今度は皆んなは笑わなかった。金髪の叫びは、彼らの言葉でもあったからだ。

今やは、金髪を見て、彼のような何の知識もない人間に大きな顔をさせてはならぬと思い、新聞紙を力一杯に敲《たた》き、大声で叫んだ……

「新聞に書いてあることだ！　皆さんは信じられんのか？」

今やの声が大きかったのか、それとも「新聞に書いてあることだ」ということを改めて意識したものか、攻撃的な懐疑的な態度を示していた皆んなは忽ち畏縮、ヒッソリと疑惑の表情を浮かべるに至った。片時、静けさが訪れ、ただ弾かれて破れた新聞紙の一方が、今やの下げた左手に摑まえられ、地面に垂れて風に吹かれて翻っていた。

その場にいた人たちは皆、今やが喘息の発作に苦しんでいるのを気遣い、この小さな記事から起きた争論を早く終わらせようとしたが、今やは自説にこだわった。

「皆さん、今やぁ、太陽はまだ山に沈んではおらん。皆んなで一緒に坑頂に登り、母牛か小さな象を産んだかどうか、見ようじゃないかな？」今やは皆んなが疲れ切った笑いを浮かべるのを見て……「新聞が書いておることですぞ！」

太陽は坑頂の辺りから落ちようとしていたが、今やに率いられた老人たちはアカシアの林の中の小道を、坑頂を目指して登っていった。

太陽は落ちれば落ちるほど大きくなったが、年寄りたちの足並みはバラバラに崩れていた。

太陽は低くなればなるほど紅くなったが、今やと言えば最後尾に落ち、一本のアカシアの樹に摑まりながら、ゼイゼイと息を詰まらせていた。金髪は足を停め、気遣って彼を見下ろし、声を掛けようと思ったが、言葉が出なかった。今やの身体が縮んだので、金髪は急いで駆け寄ったが、間に合わず、今やはアカシアの樹から手を放し、フワッと地上に崩れ落ちた。今やが最後に見たものは、金髪の巨大な姿だった。

声の大きい坤山が一番先に坑頂に着いた。彼は、ほとんど光芒を失った落日を見、顔を下に向けて叫んだ……

「着いたぞ——」

下の方からは金髪の深刻な声が返ってきた……

「今や、死んだ——」

辺りはシーンと静まり返っていた。

「今や、死んだ——」

花の名前を知りたい

　このように感覚的に詩情や画意を伝えるような題名は通常、多愁多感な女性作家が慣用するスタイルに属する。彼女たちは、このような題名を使って、単に文章を綴るだけではなく、題目と作者名とを連結させることによって多くの若い読者を惹きつけ、官能的な効果を生み出し愛好者とさせるのだ。しかし、わたしにとっては、このような題名を使うとなると、まず自分に逆らい、全く似つかわしくないと感じてしまうのだ。題名を変えたらどうかと思うが、書こうとする内容に従うなら、この「花の名前を知りたい」という題目より適当なものはない。とはいえ、その決定的な効果を考えれば、大いにビクビクせざるを得ない。恐れるのは、読者が、この題名と、女性ではない作者の名前を見て「まあ！　面妖《めんよう》、むかつく！」というかも知れないことだ。私のこのような心配が、自分から悩みを求める類《たぐい》のものだとは思わない。必ず、あり得《う》ることだ。世の中には、この種の悪ふざけや、陰険さからくる冷やかしというものもあるからだ。このような題名を使いこなせる者もいれば、使いこなせない人もいるだろう。男女にも尋常でも、普通でもない者がいるではないか。一人の男性作家として、わたしは抗議したい。結果がどうであれ、私はこの題目を使わないわけにはいかない。

事実はこうだ。私はホントに、ある場所で、ある一本の花の名前を知りたいと思ったのだ。その日はチェルーダ台風が通過した後で、わたしは空き部屋を処分するために宜蘭《イラン》に帰ったのだが、その途中、蘭陽《ランヤン》の(3)濁水渓《ツオシュイシー》の河口の堤防に出、小説のロケーションにどうかと車から降りた。ちょうど黄昏時《たそがれどき》で、堤防上の歩道には往き交う人も少なかった。辺りを眺めていたが、ふと路傍に咲いていた野花に吸いつけられた。私は数歩進んで、しゃがみ込んで仔細に観察した。この花は遠くから見るより近くで見る方が人をウットリさせることに気付いた。ただ私には、この人をウットリさせる姿を絵に描こうとは思わなかった。このように人をいとおしい気持にさせる風格は一枚の絵のようで、捉えようのない、生動する生命と同様、それを再現できるとは思えなかったからだ。これは見て飽きず、足がマヒしなかったら、わたしは起ち上がろうとはしなかっただろう。眺め渡すと、同じような花が堤防の斜面のあちらこちらに点々と咲いているのが見えた。爬藤類《バータンレイ》の中型の乳白色の花だった。この時、心のなかに、その美しさを喜ぶ気持のほかに、満ち足りぬものもあった。このあたりの雑草、たとえば、起馬鞭《チーマービエン》、雷公草《レイゴンツアオ》（壺草）、牛圳叢《ニューチャンツォン》、臭頭香《チョウトウシャン》（除草剤に使われる）など、その名前を口にしてみたが、ただこの草だけ浮かんでこなかった。気は焦るが、答えはなかなか出てこない。ほどなく中学生が数人、自転車に乗って通りかかった。彼らを引き停《と》めて聞いてみたが、一人も知らなかった。

「君たちは、ここの人じゃないのか？」

「ここの者です」

わたしは、ついでに他の雑草の名前を聞いてみた。しかし、住んでいる場所の草の名前も答えられなかった。彼らは皆、土地の農家の子弟だ。私は一杯に膨《ふく》れ上がったカバンを背負って遠ざかっていく彼らの姿を見送り、心に黄昏時の憂鬱が残った。

その後、公務員風の青年が通りかかった。彼も土地の人だったが、この花の名前を知らなかった。この種の花を見たことがあるかと聞くと、見たことはあるようだと答えた。彼は話題を持ちかけられたとは思っていないようで、足を停めなかった。お礼を言ったが、遠ざかったあと、不可解そうに振り返って私を見た。

しばらくして、集落の方からモダンな服装をした、若い女性が自転車に乗って現われた。止めようとしたが、自転車から降りず、速度だけを落とした。これには、ある程度の技術が必要だ。手前にある花が何という名前かと、わたしが質問をした途端、彼女は身を前に傾け、力を込めてペダルを踏み、自転車を発進させた。彼女の気持をはかりかねたが、振り向きざま、さも不愉快そうな顔をして、わたしを見、ひとこと言葉を投げつけて去っていった。「くだらない、××男!」と言ったようだった。「くだらない」の五音ははっきり聞こえたが、何々男というのは何なのか。彼女に何か失礼なことを言ったのか、なぜ彼女は怒って人を罵ったのか、わたしには思い当たるところがなかった。周りを見ると、空はもう暗く、眼を凝らして見たが、どこにも人影がない。そうか、わたしは、なぜ彼女が私を罵ったのか、理由が分かった。彼女は私を変態者だと考え、性的な嫌《いや》がらせを受けたと思ったのかも知れない。かなり可能性が高い。もちろん、私は野花の名前を聞いたに過ぎない。しかし、相手がどんなに聡明であっても、邪推によって生まれる回答は「くだらない」でしかないのか。

この花の名前をはっきりさせることができないので、心が満たされなかった。私の想像では、こんなに美しい花なら、きっとそれにふさわしい名前があるはずだ。好奇心は収まらず、太陽がスッカリ沈むまでは、ここを離れまいと決めた。

わたしは外から人影が近づいてくるのを見た。一人のお婆さんで、一杯に膨らんだビニール袋を下げ、後ろには渋々と足を運んでいる六、七歳の男の子を連れ、その子に話しかけているのが聞こえた……

「……これからは、お前を連れて来ん。こがいに大きゅうなったんじゃ。わしを背負わんとは、何というこっちゃ。まだ背負うてくれ、言うんか」と言いながら、わたしの眼の前に来た。わたしが見ているのを見て、お老婆さんは言った……「人が笑うとるがね。早う歩かんか、早う、先に往《い》んで、戻ってきたと言うんじゃよ」

「お婆さん、お孫さんですか?」

「そうじゃが。三番目のな。牛のようじゃ。牛孫じゃ」彼女は子供の方を見ながら、わたしに向かって言った。「人を探して居なさるんかのう?」

「いや、お婆さんに、お聞《き》きしたいことが……」

「もう遅いけえ、うちへ来んさい。その堤防の下じゃで」彼女は私の話に耳を傾けず、子供に向かって言った。「グズグズしとるんなら、水鬼《シュイグイ》(24)に捕《とら》えてもらわんと」

子供はコンコンと湧き上がるような堤防内の水を見ながら、堤防に沿い、お婆さんを通り越して去っていった。

「この牛は、何も怖がらんがの、鬼だけは怖がっとる」とお婆さんは笑った。

「お婆さん、この花は何という名前ですか」と地面を指した。

「おう！　これはのう、クズ花と言うんじゃ」

彼女はハッキリ見ていないようなので、わたしはしゃがんで花を指差し、もう一度、尋ねてみた……

「いえ、この花です」

「そうよ。クズ花じゃ」と言って頷《うなず》いた。

私にはまだ信じられなかった。

「以前は、何と言ってたんですか？」

「わしが小さい時もな、クズ花、言うとったな。以前のことは知らん」

「この花には、何か効用があるんですか？」こんなに美しい花だから、必ず何らかの効用があるに違いないと思い、重ねて聞いてみた。

「どがいな効用？　それはない。本体の籐《とう》にはトゲがあっての。畑の中にも外にも生えてきおるんで、見たら、抜き捨てとるが」

私は意外に感じ、驚いた。

子供はすでに三、四〇メートル先に達し、お婆さんに早く来るように促している。

「孫が呼んどる。どうじゃね、うちへ来て飯《めし》を食って往《い》んだら。そこじゃで」と言って歩き始めた。

「お婆さんは、以前からここに住んでいるんですか？」

「そうじゃ、わしはズッと東港嘴《トンガンツイ》の人間じゃ。来《き》んさいや。うちへ来て飯を腹に入れたら――」と立ち止まって誠意をもって繰り返した。

「ありがとう、ありがとうございます」

落日は山頭にぶつかり、二人の影が大海原《おおうなばら》の水平線の上を歩いているかのようだった。この風景は、わたしを感動させ、辺りを何度も振り返って見た。

わたしは、こうして花の名前に行きついた。その名前は「クズ花」。このような極めて意外な結末は、わたしの独りよがりの考え方がもたらしたもので、それはいつも極端からもう一つの極端に、わたしを向かわせずにはいない。わたしは黄昏の野ッ原に立ち、何本かの煙草を吸い、沈思に落ち込まざるを得なかった。

お婆さんの少女時代まで遡る必要はない。少し前の台湾の農業社会を取ってみよ、その時代には「流行《リューシン》」・「休間活動《シューチェンフォトン》（レジャー）」・「精緻文《チンチーウェン》（高級文化）」などという名詞はなかった。社会の基層をなす大衆は依然として労働を「骨力《クーリー》」、出稼ぎを「出外討吃《チューワイタオチー》」[53]あるいは「賺吃《ツァンチー》」[54]、努力を「打拚《ターピン》」などと言った。これらの言葉から当時の生活形態を知るのは難しくなかった。衣食を満たすことはホントに容易ではなかった。だから、どこの家庭でも、子供が大きくなれば、直ちに農業生産に投入した。すべての生産の面で誰が能力が高いのか……最も重い物を担ぐことができる者、最も早く稲を刈ることができる者が強者だ。その能力が低ければ、まさに弱者だ。ブラブラしていて生産に従事しない者、他人の利益を自分の物にしようとする者はすべて「クズ」と呼ばれた。あの一朶《いちだ》の美しい花が「クズ花」と呼ばれるのも、これと同様な理屈によるものなのだろうか。

この結論に達した時、太陽が山に落ちる前、あのモダンな服装をした若い娘が振り返って私を罵った時、ハッキリ聞き取れなかった二つの言葉が突然、理解できた。その部分を補ってみれば、わたしを罵った言葉以外ではなかった……「くだらない！　クズ男《おとこ》！」。まさか私の一朶の花に対する好奇心と愛着とを、類は類を呼ぶものとスッパ抜いたのだろうか？

わたしは、そこに佇《たたず》み、残された数本の煙草も吸い、最後の短くなった、吸いかけの一本を、闇に閉ざされた渓流に向かって投げた。一本の紅色の線を描いて、それは消えた。「花の名前を知りたい」、これこそホントにロマンチックと言うべきではないのか。

死んだり生き返ったり

病気ではない。もう年なので、処置なしとの病院の判断だった。医者たちは、特に田舎の年寄りたちは部落の外で死ぬのを望まないということを知っていた。時間が残されていないのなら、早く家に返った方がよい。そういうわけで、彼女を送っていった救急車は、ぶつくさ言いながら、年寄りを山の上に送り返した。

八九歳になる粉娘《ファンニャン》は、現世《げんせ》の謝《シエ》家では最高の年長者で、世代も一番上だった。家で臨終を迎えて一昼夜が経っていた。親族が集まってくるのを待っているかのようで、医者が診断したようには早くは逝《ゆ》かなかった。親族はまだ全員ではなかったが、大人と子供、合わせて四八人が各地から急いで帰ってきていた。これは彼らにとっては、大変なことだった。多くの者がこれまで何年も、新年や節句の時でさえ、それぞれ事情があって山に帰り、先祖を拝んでいなかった。今回は、これを機会に、自分を育ててくれた山地を心に刻みたいと思い、帰ってきた者もいた。ほかに国外に出ていて、国際電話で連絡してきた者もいた。

用意された麻の喪服には、何着か表が眼の覚めるような紅色のものがあった。先祖として四代前の人も五代前と同様、天寿を全うしたものだと言ってよい。雰囲気がチョッとそれらしくないのは無理もないことで、粉娘と一緒に暮らしていた末っ子の炎坤《ヤンクン》と、他家に嫁に行った六人の娘は悲傷遣《や》る方ない様子だったが、多くの人々はそれほどでもなく薄められ、陰気な感じを与えていないからだった。顔をつき合わせることが難しかったので、多くの者は外の樟《くす》の樹の下で談笑し、若いのは竹囲いの外に出て風景を見、写真を撮ったりしていたのだ。炎坤は家の中に入ったり出たりして、遠くから帰ってきた親族をあちら、こちらと案内していた。また老母の様子を見ようとして家の中に入ったが、今度は手前の幕を開いて飛び上がらんばかりに驚いた。粉娘が彼に向って「お腹がすいた」と叫んだからだ。外にいた者たちも驚いて家の中に入り、粉娘を囲んだ。

粉娘は助け起こされて坐った。そして多くの子供や孫たちが彼女の傍に集まっているのを見て、興奮して言った……「シッカリ食べたかの？」皆んなはそれを聞くと、事の意外に笑った。当然、彼らは愉快を感じたが、ちょっと名付けがたい可笑しみを感じた。

炎坤は彼女の認識力を試そうとして言った。「俺、俺は誰？」。

「お前か、お前は愚坤《イークン》、知らん者《もん》はおるまい」と皆んなはドッと大笑いした。彼らは続けて彼女を試問した。名前を聞いたり、親戚関係について質問したが、すぐに回答があり、拍手と笑い声が起こった。しかし、半分以上の人については、傍から彼女に教える者もいたが、答えられないものは答えられなかった。曾孫《ひまご》の一人が彼女の前に連れて来られたが、粉娘を見て泣き始め、国語（北京語）で言った……

「家に帰りたい。ここに居たくない」。粉娘は言った……「この子は何を言うとるんかのう？　わしにゃあチイとも分からん」。結局は彼女はたくさんの子を産んだこと、自分が年取って記憶力も衰えたことを恨んだ。

その日、集まってきた者たちは、車を運転して帰るか、この町最後の列車を乗って帰るかしたが、一緒に連れてきた子供たちが山の上で蚊に刺されたのを怨んでいた。集まってきた者は皆んな帰っていった。昨日は、一頭の老いた忠犬が次々にやってきた、騒々しい見知らぬ人々に対して猛烈に吠え立て、警告を発したが、何人かの子供を驚かせ、泣かせたため、主人から何度か棍棒で打たれた。彼らが主人の親戚であることを、どうして知ろうか？　犬は竹藪の中に身を隠したが、家の中に異様さを感じなくなると、尻尾を振りながら家の中に入っていった。頭はまだ混乱していたが、眼を上げて主人を見つめた。主人も彼を見たが、昨日のことは忘れているようだった。主人はテレビを消した。山の上の竹囲いの家はまた世と隔絶してしまった。

翌日の夜明け、空はなお暗く、光りが僅かに差そうとしていた。粉娘の身体は弱っていたが、竹垣や壁を伝って歩き、神明《シャンミン》（神）、公媽《ゴンマ》（先祖）の香炉に線香を立てた。彼女は広間前方の籐椅子に坐ったものの、台所に行って茶をたて、それを供える力がなく、心残りを感じていた。昨日のことを想った……ありゃあ昨日《きのう》のことじゃあなかったんかのう？　ハッキリ思い出せなかったが、確信があった。家《うち》の者《もん》が大人も子供も皆んな山の上に帰ってきおったな。彼女の心は興奮し、少なくとも、このような情景を確実に夢に見たと思った。

炎坤は寝室に老母がいなかったので、広間に足を踏み入れた途端、飛び上がらんばかりに驚いた。

「母さん！」と彼は一声叫んで近寄った。

「すぐ台所に行って茶を立ててくれんか。神明、公媽の香炉に線香は立てたんじゃが、茶は淹れとらん。わしは神明、公媽に、家族皆んなが帰ってきた、と話したんよ。それから神明、公媽に、家族が安泰、大金が手に入るよう、また子供らがスクスク育って大学に入れるように、お願いしたんよ」

炎坤は横長の木製の椅子を並べ、両側の香炉に差した線香の歪みを直して言った……「母さん、動いちゃあダメだよ。線香は、俺が面倒を見るから」と彼は八仙桌《パーシエンツォ》(7)や紅大閣桌《ホンタグツォ》(55)をチラと見て、衰弱した老母がどう香炉に線香が立てられたものか、信じられなかった。

「神明、公媽に知らせたんよ。家族皆んなが帰ってきたと……」

「そりゃあさっきも言《ゆ》うたが」

「そうかのう！」粉娘には思い出せなかった。

炎坤は茶をたてに行った。粉娘は両手を籐椅子の肘《ひじ》に投げ、大人しく坐り、ニコニコしながら、観音佛や祖媽《ツーマ》、祖婆《ツーポー》(56)や土地神の群像を描いた掛図を眺めていた。そして、彼女の生命と同じような赤い線香の火が、暗い広間の中でユックリ微かな光を放ち、室内に充満する香りが、縷々とした、か細い煙とともに屋外に流れ、濛々とした陽の光と渾然一体となっていくのを見送っていた。

二週間を待たずして粉娘は人事不省に陥り、病院に急送された。医者は、この前の危篤状態からかなりに日が経っていることに、意外で不思議と驚いた。しかし、今度も医者は早くに家に戻った方がよい、ヒョッとすると自宅での死別に間に合わないかも知れないと言った。

粉娘はまた広間の前方に寝かされた。救急車に同乗してきた医者は彼女の脈拍を取り、聴診器で胸の鼓動を聞き、電灯を使って彼女の眼孔を見て言った……「間もなくです」

炎坤は人に頼んで娘の学んでいる高中学校に行かせ、汽車で娘を連れて帰らせ、親戚に電話を掛けさせた。大部分の親戚は炎坤と直接に話すことを求めた。

「前と同じじゃあないんかね?」

「子としては当然、そう望んではおりますが、今度も医者は間もなくと言うとります。俺もそう思います。天は人の願いを聞き入れませんから」と炎坤は言った。相手が言葉を濁したので、炎坤は続けて言った。「お前さんは内孫だが、父親はおらん。きっと帰ってこなければな。前は皆んなが帰ってきたんで、年寄りは嬉しくて毎日、おらんで居ったよ」

ほとんどの者がやはり炎坤と通話することを求めたが、すべてに同様な受け答えをした。相手方はすぐに帰ることは難しいと言うか、言葉を濁した。結果としては六人の、老女と言っていい娘たちが全員帰ってきた。まだ生存している三人の息子も帰ってきた。内孫《うちまご》、外孫《そとまご》は帰ってこない者が多く、曾孫《ひまご》はまだ年歯《としは》がゆかず、母親の世話が必要だというので、すべて戻ってこなかった。

それから一昼夜、炎坤は老母の脈拍と心臓の鼓動がすでにないことを確かめた後、道士《タオシ》（道教の僧）を呼んで葬儀を始めた。ところが、銅鑼《どら》や太鼓の音が響き渡ると、道士は粉娘を蔽っていた白い布が地上に半ば垂れ下がり、身体も意外に横ざまになっているのを発見し、炎坤を呼んだ。粉娘は彼を見て、また「腹がへった」と叫んだ。そこで炎坤たちは慌ただしく足元の水や碗や、砂を盛った香炉、さらには冥紙《ミンチー》（霊前で焼く紙）や背後の道士壇《タオシータン》（道士の坐る台）まで、すべてを取り払った。樟《くす》の樹《き》の下で談笑していた親戚、少なくとも一九人いたが、彼らは全員部屋の中に入ってきて粉娘を見た。坐らせられた粉娘は、彼らをユックリと見渡し、その顔に疑心が浮かんでいるのを読み取り、申し訳なさそうに皆んなに向かって言った……「すまんねえ。皆んなにムダッ走《ばし》りをさせてしもうた。わしはホンマに逝ったんじゃ。逝ったら、お前さんたちの査甫祖《チャーフーズ》(57)に出会《でお》うてな。そしたら、言うたんじゃ。今月は鬼月《クイイエ》(58)、悪い月じゃ、お前は何しに来たんじゃ、とな」粉娘は本当に冥土に行ったことを証明しようとして、また言った……「わしはな、阿蕊婆《アシンポー》(59)にも出会うたんじゃ。そしたら、こう言うたんじゃ。家の雨漏りが、ひどい。曾孫《ひまご》が今度、産まれることがあったら、三ツ口となるのが避けられんのではとな……」彼女を囲んだ者たちは、さらに疑わしそうな目つきをした。それは粉娘をイライラさせた。彼女は宣誓をするかのような口調で言った。「もうじき、もうじきに、わしは逝くで。もうじきにな」。最後の一句――「もうじきにな」はほとんど聞こえなかった。言い終わると、顔の上に一抹の疲れた笑みがサッと掠《かす》め、再び口を利くことがなかった。

人工寿命同窓会

1

「人は老いると子供になる」というが、八三歳になった楊徳立《ヤンターリィ》も全くその例に漏れない。この二、三ヵ月の間、三回、緊急診療を受け、その中、一度は集中治療室に送られ、三日を過ごしている。大小様々な病気を抱えているが、その中では心臓の欠陥が致命的だった。こんな情況なのに、彼は田舎に行き、明後日に開かれる「同窓会」に出たいと大騒ぎをしていた。日本統治時代は、同学は「同窓」と呼ばれていたので、台湾光復後は、このような言い方は、まだ光復が訪れていないような印象をあたえた。

「父さん、同窓会に出席することには反対ではないけれど、台北から宜蘭《イラン》の田舎まで行くのは、身体に……」子供の話がまだ終わっていないのに、老人は声を尖らせて言った……

「わし、わしは命が長うないことは知っとる。何で、何で、わしが楽しいと思うことをさせんのじゃ?」老人が声を絞って切れ切れに話す言葉は一層、子供たちに不安をあたえ、心臓の発作が起きるのでないかと恐れた。

「分かり、分かりました。明日、うちが一緒に付いていくけえもう止めてつかあさい」。老人の伴侶が傍にいた子供たちに目配せをして言った。

楊老人は同窓会に出席したいという当初の目的を勝ち取ったので、情緒は段々と安らかになっていった。もともと同窓会への出席が彼にとって、どんなに重要なのかを説明しようとしていたのだが、呼吸を整えるうち、伴侶と子供たちが皆、客間を出ていってしまったので、そこには彼と印傭《インヤン》(60)のメイシーとが残されることになった。老人はメイシーに語りかけるほかはなかった。……台湾が光復したのは、わしら同窓生が小学校六年を卒業した年で、クラスの生徒の大部分は貧しい農家の子供で、わが家もそうじゃった。あれから二五年、皆んな独立して一家の主となったんで、昔、級長じゃった廖錫煌《リャオシーホワン》が第一回目の同窓会を呼びかけたんじゃ。特に日本に出かけていって、六年生の担任だった前田豊先生と奥さんの智子さんを招待したんじゃ。こんな特別な活動をして二五年間、一度も集まったことがない六一人の全同窓生に声を掛けた結果、外地におった七人も皆んな帰ってきたんよ。老人は話しながら、彼女の笑顔が楽し気なものから強張《こわば》ったものに変化したのを見、自分の話を彼女が摑みかねているのを知った。その通りで、主人の話は、聞いてもほとんど理解できなかったが、唯一の聴衆が彼女であることから、礼儀正しく相手を見、極力耳を傾けていたのだ。幸いにも、その自らに強張った笑顔は老人の自尊心を傷つけずに終わった。

夕方になると、楊老人は車椅子に坐り、気晴らしにメイシーに推させて公園に行こうとして、伴侶に小遣い銭をくれと言った。伴侶は二百元を渡そうとしたが、その手に五百元札があるのを見ると、手を伸ばして抜き取った。伴侶はムッとして聞いた。

「おや、こがいな仰山のお金、何に使うんですか?」

「メイシーに茶菓を振舞ったことはないんか?」

「連れ添って五、六〇年になりますが、何時公園に散歩に出かけて、物を買《こ》うて、わたしに食べさせたことがありますか?」

「以前は、以前……」老人が言いたかったのは、こうだ……以前は金もなかったし、ヒマもなかった、と。それを言い出したら、キリがないと思ったので、話を途中で打ち切り、印傭のメイシーに言った。

「メイシー、出かけようや!」彼女は車椅子の取っ手を握りながら、不愉快そうにしている女主人を見て、どうしたらよいかと迷っていると、楊老人は命令口調でメイシーに出発を促した。彼女が車椅子を玄関まで推し出したところで、家の中でゴチャゴチャ言っているのが聞こえてきた。他方、楊老人がブツブツ言っているのも耳に入ってきたが、両方とも何を言っているのか分からなかった。

太陽はすでに西に傾き、公園の周りの地区の老人たちが出てきて、お決まりの活動を始める時間になっていた。時間が来ると、車椅子に坐った老人たちが一〇数人ほど集まってきた。女性がほとんどで、男は三人だけ、なかでは楊老人がやや健康で、車椅子から降りて活動することができたが、別の二人は車椅子に靠《もた》れたままだった。この一時《ひととき》は印傭たちにとっては最高に楽しい時間で、老人たちを、お決まりの場所に運んだ後、彼女らも近くの石の腰掛に集まり、お喋りしたり、携帯電話を操っていた。

2

楊徳立老人はガジュマルの老樹の下に坐り、家から引きずってきたゴタゴタが微風に吹かれて消え去っていくと、彼の念頭に迫ってきたのは、明日の同窓会のことで、思い出されるのは同窓たちと一緒に過ごした時のエピソードで、その一つ一つが歴々と心に浮かんできた。六一人の同窓のうち、四三人は名前を言うことができた。そのことは、いくらか慰安をあたえたが、それから以上の人や事物については、却って忘れてしまったことが少なくない。何と七〇年前の記憶は実に豊富だった。他人が見ると、ノンビリと坐り、眼を閉じて神経を休ませているような具合だったが、その脳裏のスクリーンには、過ぎ去った日々のことが巻き戻されていた。メイシーは時々老人の様子に注意を払ったが、ただ、その顔の表情には、海の漣《さざなみ》のような微かな波動がサッと、あるいは一頻《ひとしき》り現われているだけだった。

前田豊先生夫妻は二五年前、台湾から日本に帰り、再び台湾にやってきたのだが、呼ばれて昔教えた冬山郷《トンシャン》に来てみると、彼の生徒や地方の名士たちが、媽祖《マーツー》(2)をお迎えでもするように至るところで二人を歓待した。

楊徳立が真っ先に思い出したのは、宜蘭駅で前田先生夫妻を迎えた時、皆んなが抱き合い、笑顔ながら満面涙、涙となった光景だった。生徒よりも二〇歳ほど年上の先生夫妻も、生徒たちに劣らず感動を隠さなかった。この間、言葉は非常に少なく、先生はただ背をかがめ、しきりに頷《うなず》き、口では日本語で「済みません、済みません。恐れ入ります」を連発していた。先生を囲んだ一団は、先生の手を握るか、手を掛けて、「先生、先生」あるいは「会いたかったです、会いたかったです」と叫んで止まなかった……誰かが校歌を歌い始めると、忽ち全員が興奮して大合唱となり、情緒は高揚して軍歌を歌うような調子となり、学校のためなら一戦、何も惜しいものはないという風だった。

その時、石の腰掛に坐ってスマホを操っていたメイシーはたまたま頭を上げて老人の様子を見たのだが、老人は閉じた眼に涙を含み、頬骨は隆起、唇は反り、涎が垂れそうになっていた。本来なら老人に加減を聞くのだが、上に反った唇を注視し、老人が夢の中で何を見たか分からないが、少なくとも悪夢ではなく、感動的な夢を見たなら、それが成就したのだと推理した。そこで携帯電話を触《さわ》るのを止め、ひたすら老人の様子を窺《うか》がった。

しばらくすると、老人の口が微かに開き、両唇とも微かに動いた……老人は大勢の旧友たちが謝春《シェチュン》雄《ション》家の六連《リューリエン》料理店に集まり、老師を歓迎して最初の同窓会を開いた時の情景を見ていたのだ。皆んなは酒を飲み、意外にも最後は大声で日本の軍歌を歌い始め、それは校歌を歌うのよりも激しく、前田先生は面映《おもは》ゆく、歌わないように求めたが、彼らは依然として高唱して止まなかった。楊老人は眼を閉じて回想に耽っているうち、ごく自然に眠りに入った。回想のような、夢のような境地の中で、老人の脳裏に結ばれた景象は先生と同窓のことから離れなかったが、乱雑で小間切れになっていた。

熱烈な歓迎を受けた前田夫妻は内心、非常な矛盾を感じていた。敗戦後、大部分の日本人は再び軍歌を歌おうとはしなかった。しかし、台湾に来てみると過去の日本の教育を受けた人々が意外にも軍歌を、このように力をいれて歌って何とも感じていない。彼らが学校で学んでいた時、いわゆる「国語」は日本語だった。もし生徒たちが方言を使うことがあったら、頬にビンタを喰らうという体罰を受けたものだった。或る同窓が横槍を出して先生に尋ねた……

「先生、先生、先生は覚えとりますか?」

大きな声だったので、皆んなは静かにして彼の声を聞いた。彼が言うのには、昔、彼のクラスの一二人が台湾語を使ったので、下校前、先生が彼らを横二列に並べ、前列の者は後ろ向きにさせ、両列の者を向き合わせた。彼もその一人だったが、先生は、わしらに、互いにビンタを食らわせるよう命じました……そこで、まず前列の者が後列の者にビンタを食らわせ、次に後列の者が前列の者にビンタを食らわせた。こんな風に順番に食らわせ、先生が「止め！」と言うまで続きました。前田夫妻は聞いていられず、堪え難そうに「済みません」を連発、もうこれ以上、続けないように求めた。しかし、皆んなはただ盛り上がり、ドッと大笑いが起こり、先生の不安やお詫びの気持ちを掻き消してしまった。皆んなの喜ぶ笑い声が、それとなく話し手を鼓舞し、さらに続けて言った。最初、前列の何人かが軽く相手を打ったので、先生はそれを見て怒り、それらの生徒たちに対して、こう言《ゆ》うたんじゃ。「お前らは、ビンタがどうゆうもんか知らんようだ。見ろ！　先生が教えてやる」そう言いながら、先生は一人また一人、力一杯にビンタを食らわせたんじゃ……

興味深いのは過去のことが、一定の歳月を経ると、被害者にとっても笑い話のようなものとなることだ。加害者の先生にとっては不安のタネだったが、咎めを受けなかっただけではなく、その反対に熱烈な歓迎を受けたのだ。先生夫妻は頻《しき》りに頭を下げて謝罪の意を示しながら、ひそかに顔を見合わせて苦笑いするほかはなかった。生徒たちはそれぞれ勇み立って意見を言おうとするため、勢い大きな声となった。楊老人はまだ半ば眠っていたが、こんなことを言う者がいたことを想い出した……「おかしかったですよ、先生。台湾が光復した後、わしらは国語を話せませんでした。もう一つの国語の中国語を話さにゃあならんかったんです。学校じゃあ台湾語を使うことができず、台湾語を使う者は皆んな罰を受け、板を首に掛けたんですよ」。楊老人は思わず笑うとともに、眼が醒めた。彼も当時、いつも罰を受け、「我説了《ウオシュオラ》台湾語《タイワンイー》（わたしは台湾語を話しました）」と書いた板を首にぶら下げたからだ。

「お爺さん、何か御用ですか？」とメイシーが聞いた。老人の眼に彼女の姿がボンヤリと現われた。

「お爺さん、お爺さん、何か御用ですか？」

「何か？」ちょっと置いて「わしは眠って居った。何《なん》ぞ言《ゆ》うたかいのう？」

「いいえ、笑ったようですから」

「そうか、面白い夢を見とったんよ。小学校の頃のことでな。お前さんに言うても、分からんじゃろうがのう」

老人が眠っていた時、彼女は石の腰掛のところに集まってきていた他の印傭たちに、雑談の中で明日、同窓会に参加する老人と一緒に宜蘭に行くことを話していた。それはメイシーを喜ばせたが、他の印傭たちを羨《うらや》ましがらせた。

「メイシー、お前さんの小学校の先生はインドネシア人じゃろう」

「そうです、インドネシア人です」と彼女は快活に答えた。

「爺さんの小学校の時の先生は日本人じゃった。日本人の先生は凶暴で、何かにつけて、わしら生徒を殴ったんじゃ。怖ろしかったがのう。じゃが、それから二五年、第一回目の同窓会を開くというんで、その先生夫妻を招待したんじゃが、皆んな二人を熱烈歓迎して、何日か、いろんなところにも案内し、帰る時にゃあ皆んなで金を出し合《お》うて、奥さんには金の首飾り、先生にゃあ〈前田豊〉と彫った印鑑にも使える金の指輪を送ったんじゃ。それで、いよいよ別れる時にゃあ先生と抱き合い、泣き悲しんだんじゃ……」と老人はメイシーが分かろうが分かるまいが、言うべきことは言わなければならないという風だった。彼は笑った。メイシーも釣られて笑ったが、少々腑に落ちないところが残った。どうして凶暴に生徒を殴った先生を旧生徒たちが歓迎し、貴重な贈り物さえするのか？　愛想笑いをしたものの、ホントにおかしなことだと思った。

3

楊老人が公園に散歩に行った後、家族はなお明日の同窓会のことで悩んでいた。同伴者と六〇歳になる嫁の二人は協議を重ねたが、老人を説得させる方法を見出すことができなかった。彼らは年寄りから最後の言葉――「お前らは、わしが死んだら困る言うて脅しておるが、心臓病より怖いのは、わしに気を揉ませることじゃ」と言われるのを恐れた。結局、二人は宜蘭の冬山《トンシャン》の六連料理店に電話をかけ、同窓の謝春雄を呼び出すほかはなかった。

六連料理店はすでに三代目で、その看板の六連は台湾正統の六つの味という意味で、春雄の息子によって経営されていた。この二代目春雄の時代に第一回目の同窓会が開かれ、以後、三ヵ月に一回のペースで四、五回ほど持たれたのだが、ちょっと頻繁すぎるというので、半年に一回ということになった。しかし出席者は多くが県外に出なかった者たちだったので、その後は一年に一回となった。それでも次第に参加者が少なくなり、範囲をクラスから学年に広げるほかはなかった。以来、同期四クラスの卒業生たちによって、辛うじて三大テーブルを埋めることができた。その上、謝春雄を幹事にすることによって会費を半減させることができたので、会場を変えないで済んだ。六連料理店も三代目、許春雄もすでに七二歳になっていた。会費は依然として半額に抑えられていたが、人数の方は減少し、二二人になっていた。二つの大テーブルを満たすだけだったが、雰囲気は淋《さび》しいものではなかった。しかし、それから数年すると、伴侶を含めて、ようやく二つの大テーブルを満たすことができ、それから、さらに何年かすると、伴侶だけではなく、印傭を含めて参加者が一六人という有様になった。

「春雄さん、トックリの連れ合いです」彼女は夫の徳立を日本語のあだ名で呼んだ。トックリとは日本語で小さな酒の瓶《びん》のことだ。

「おっ、トックリの奥さん、明日は皆さん、こちらに来《こ》られるんですよねえ。大体、一一、二人、集まることになっとります。ちょっと早う来てお茶でも飲みながら、話でもせんですか。一年も会うとりませんね」

「そうです。一年もお会いしていません。この一年、トックリの心臓が大分弱っとります」と楊老人の伴侶は何度か病院に駆け込んだ夫の深刻な病状を知ってもらうとともに、彼から夫が参加を止めるよう説得してくれないかと求めた。「私が電話したことは、絶対に言わんでください……」

「分かりました。ただ……」

「ホントのことを言うとります。旅行に耐えられません。わたしも弱っとります」

「分かります、分かります。じゃが、トックリ君は、あなたも御存知のように、反対すりゃあするほど参加すると言い張るでしょう。そして、プンプンするでしょう。こりゃあ、よけいに心臓にようないです」

「分かっとります。それじゃあ、どうしたら、ええでしょうか?」

「来《こ》させたら、どうですか。汽車でお出でになったら、急行で。冬山は普通しか停まりませんから、羅東《ルオトン》で下車して下さい。ダイヤを見て、孫を迎えにやらせますよ」

「やきもきしとります。どうしたら、ええもんか。御存知のように、普悠瑪《プーヨウマ》号と太魯閣《タイルーグー》号（ともに東回りの特急列車）は両方とも切符を手に入れることができません。国光《グオグアン》号（特急バス）さえ運がようなくては切符が手に入りません。そうですねえ、あの人と離れたところで携帯を使って、あなたに連絡します」

しばらくして楊老人は点心を食べた後、メイシーと帰ってきた。お土産に八個のネギ餅を持ってきたが、残った百元はメイシーにあたえた。楊老人は機嫌がよく、出かける時の不愉快そうな様子は全く感じられなかった。

「メイシーよ、ネギ餅を女房のところへ持っていき。皆んなで食べようや、出来立てじゃ言うて、呼んできんさい」

家の者は楊老人が機嫌がよいのを見て、明日の同窓会のことは言い出せなかった。老人の方は頭が明日の同窓会のことで一杯で、客間に坐り、皆んなに客間に来てネギ餅を食べるように促した。同伴者と息子夫婦と孫三人が顔を揃えた。孫の大きい方の二人はすでに結婚、もう一人の小さい方はまだ高校三年生だったが、週末だったので、皆んな在宅していた。老人は、これはよい機会と口を開いた……

「明日、わしは同窓会に参加する。得難い機会じゃけえのう。わしらより遅く卒業した連中の同窓会は開いたり、開かんかったりで安定しておらんが、わしら四二期の同窓会だけは毎年、開いとるんじゃ。携帯を貸せ。今、六連料理店の元主人と話してみる」同伴者は飛び上がらんばかりに驚き、急いで言った。「携帯の通話は高うつくけえ、固定電話で」と言いながら、茶卓用の椅子から電話機を取り上げ、老人に替わって呼び出した。

「もしもし六連か。元主人を呼んでくれ」しばらくして「春雄か、トックリじゃ。明日は何人集まるかのう?」

「おっ、トックリか。明日は一二人じゃ、お前をふくめて一三人、大テーブル、満席で賑やかになるぞ。明日は汽車に乗って早めに来いや。始まる前、茶でも飲んで、話でもしようや」

「汽車じゃあ行かん。自動車で……」

「おいおい、心臓病があるんじゃろうが、運転はダメで」

「言葉が短かかったのう」と笑いながら「分かっとる。子供に運転させていくということじゃよ」

「ホンマじゃな、冗談は止せ」

「誰がお前に冗談を言うか。じゃあ明日な」。なお思い出したことがあって「もしもし、わしは、お前んとこの〈正統台湾味〉の八宝芋泥《パーバオイーニー》(61)と芋薺丸子《ピーチーワンズ》(62)を食べたいんじゃが、今も作っとるかのう?」

「問題ない。OKじゃ」

楊老人は電話を終え、皆が物言いたげで戸惑っている様子を見て言った……「安心せい、わしは運転するつもりはない」。息子を見て「お前が運転せい。母さんと、それからメイシーにも来てもらう。車椅子は畳んで後ろに積めばええ」

同伴者は息子に目配せして言った……「分かりました。そのように」

4

翌日、楊徳立一家四人は午後四時半に六連料理店に着いた。謝春雄はすでに地元の林水木《リンシュイムー》・廖渓水《リャオシーシュイ》・林重徳《リンチョンター》・陳炎山《チャンエンシャン》の四人の同窓に連絡、彼らは早くから来て茶を飲んでいた。直前に至るまで春雄は電話をかけ続けたが、結局、集まったのは、この四人だけだった。もう一人、林文通《リンウェントン》が遅れてくるとのことで、春雄は電話を切らず、笑いながら皆んなに言った……「文通とこの上《かみ》さんは文通より五歳上で八八歳じゃが、文通は入り婿なんで、頭が上がらん。上さんは同窓会に印傭を連れていくのが気に入らんそうじゃが、文通は印傭を連れて参加したいと思っとる。それで、今、揉めとるようじゃ」

「そうか、上さんが焼き餅を焼いとるんじゃな。わしらは幾つになったかのう。焼くこともあるまい？」と同窓の廖渓水が言った。

「ああ？　分かっとらんな。話だと、家に居る時、アイツの眼はいつも印傭の姿を追うて居るそうじゃ。これは、どうということもないが、車椅子を離れる時じゃ。印傭に推させて散歩に出るんじゃが、その時、必ず一〇本の指で印傭の手を押さえる、というんじゃ」皆んなが笑い終わるのを待って春雄はさらに続けた……「わしらの大姉御《おおあねご》は、そこで声を出して、〈文通は老いても修まらず（文通老不修）〉と宣《のたま》うんじゃそうじゃ」

アハハ、アハハ……老いても修まらんか、アハハ。皆んなが笑い、唸《うな》った。徳立の上さんは徳立を見、笑いながら言った……「ホントですねえ。男の人は老いれば老いるほど、素行が修まりませんねえ」

「おや、トックリ君のこと言うとるんですか。お願いじゃ、ほかの人にまで話を持っていかんようにな」

「ホントのことです」と徳立の上さんは笑って言った。

「老いて修まらずか？　皆、年取った。一人また一人と往《い》ぬる。まだ生きとるわしらが、修まらんなら、どうなる？」

「へい、難題だのう」

「難題？　他の人は知らん。わしらには飯《めし》の足しにもならんな」

春雄は重徳に捕《つか》まるのを恐れて話題を変えた。猫頭牌愛好好《マオトウパイアイハオハオ》(63)の広告を眼にしても、「ところで許多福《シィトオフー》は中風を病んで一年、半身不随となり、尿失禁になっとるそうじゃ。そこで上さんが、ながら、あがいにのぼせ上がり、向うもお前さんを愛しとるんなら、その女にキレイにしてもらろうたらええじゃないですか、と罵っておるそうじゃ」

「わしも知っとる。酷《ひど》い話じゃ！」

「お前さんも多福さんとお仲間だったんでしょ。酷いか酷うないか、多福さんは外でデタラメやりました。お上《かみ》さんが、どんなに苦しんだか、知っとるんですか？」と炎山の伴侶が言った。それを皮切りに三人の上さんたちが口を揃え、笑いながら、男たちの吐き気のするような瘡蓋《かさぶた》には触れず、適度に嫌がらせを言った。

そこへ文通が伴侶と、話題に上った印傭のリーシャを連れて入ってきた。皆んなの注意を引いたのは、文通の後ろにいた上さんの出で立ちで、盛大な宴会に参加するような御粧《おめか》し、珍しい珠玉をつけた首飾りや腕輪、それにダイヤモンドをはめた指輪など、眼にまぶしかった。その後ろに控えた印傭のリーシャも人々の関心を引いた。彼女は、どんなふうに文通をトリコにしてしまったのか？

「林の奥さん、今日のヒロインですなあ」

「ヒロイン、どういたしまして。これらの衣服や首飾りは普段は身に着けてはおりません。死に装束にするものです」。ちょっと夫を見て「皆さんの同窓の文通は、わたしが何を着て、何を身につけているのか、全く関心がありません。彼と来たら……」。何か言おうとしたが、止めたようだった。皆は自然、文通に眼をやると、彼は苦笑いをしながら、頭を揺らしていた。

春雄は流石《さすが》に商売人、料理店を経営して久しく、多くのことに立会い、人情世故に通じていると言ってよかった。話題を切り換えないと、上さんたちの手に落ち、多年の苦痛をスッカリ吐き出さなければ終わらず、それが同窓たちを耐え難くさせ、家に帰ってから一悶着が起きないとは限らない、と思い至り、彼は言った……

「今日は、もともと一三人、集まるはずだったんじゃが、連絡をとってから数日、そのうち六人が来《こ》れんようになりました。高血圧だとか糖尿病、それから脊髄軟骨の摩損とか白内障、また付き人がおらんとかで！　不思議なことじゃあない。ホンマにわしらのような年齢《とし》になればな」

「不思議じゃあない、不思議じゃあない。年を取るいうことは一種の病気じゃ。老人病じゃ」

「もし老人病なら、老樹の根が枯れるということじゃ。老人の大方は、わしらと同《おん》じじゃ。一人として病《やまい》のないものは居らん。なんぼかの病に悩んでおるはずじゃ」

話題は一転して病気のことになり、そこにいた男女両性の老人たちの話題となった。やがて個々人の具合《ぐあい》についてのお喋りになり、尽きなかった。どの神を拝めばよいか、どの民間の処方あるいは病院がよいか、それから、どの病には、どの医者がよいか、また普段は何を食べたらよいか、何を食べたらいけないか、次には運動の話になった。手をブラブラふること、太極拳、ウォーキングなど。

「薬はやはり医者の処方に従うべきじゃな。いちばんようないのは、人の言葉に従うことじゃ。特に民間の処方がようない。一等ようないのは、仲がええ友人が好意から薬やサプリメントを送ってくることじゃ。すげにはできんから、口に入れることになる。それで命を落とした者がどれほどおるか」と楊徳立は同窓たちに同意を求めた。

「実際にな、病院がくれる薬も多くて飲み切れん」

「じゃからな、わしらの生命《いのち》は人工寿命じゃという者がおるよ！」と渓水が感慨深げに言った。

「ううん！　ホンマに人工寿命じゃ。そこまで想い到らんかったが、分かる」

あちらでううん、こちらでううんと、ほとんど同時に嘆声が上がり、やがてしばらく沈黙に陥った。

開会の直前になって、茶と菓子で腹が一杯になり、もうこれ以上食べられないという者が出てきた。その他の人も、それを聞いて、自分も腹が大分膨れているのを感じた。彼らはそれぞれ、これは美味《うま》いと言いながら饅頭《まんじゅう》や、芋頭糕《イートウガオ》(64)に古風な味をした海山醬《ハイシャンチェン》(65)をサッと含ませたものを口に絶やさなかったので、当然のことだった。

「そうか！　料理はもう出来上がっておる。どうしたらええかのう？」と謝春雄は言った。

「トックリは台北じゃから、やや遠い。他《ほか》の者《もん》は残って食べていったら、どうじゃ？」

「いや、ダメじゃ。実際、ものすごう疲れた。わしは皆んなと会いとうてやってきた。それで、皆んなと会《お》うて、愉快にお喋りすることができた。これが肝心で、皆んなも食べるために来たわけじゃあるまい？　今日は顔を合わせ、タップリ過ぎ去った昔のことを語り合《お》うた。ホンマに幸福じゃった」

六連の元支配人はもうこれ以上留めるのは無理と見て言った……「分かった。最後に皆んなにお願いしたい。料理は皆の分、パックした。トックリが特別に注文した八宝芋泥と芋薺丸子も、すべて用意したよ」

各自それぞれ料理を入れたパックを受け取った後、炎山君が記念の集合写真を撮ることを提案した。携帯を持っている者は皆んな、春雄の息子、現在の六連料理店の現支配人に渡し、皆に替《か》わって写真を撮ってもらおうとしたが、息子は自分の携帯で写真を撮り、皆の携帯に送ることを提案した。皆が二人の印傭を除いて、六連料理店の屏風の前に並んだ時、謝春雄が言った……「皆さん、写真を撮る時、親指を立て、人工寿命同窓会、万歳！と言うてくれ」。皆は笑い出した。携帯を持って写真を撮ろうとした者が叫んだ……「一、二、三！」皆んな、笑いながら親指を立てて叫んだ。

「人工寿命同窓会、万歳！」

児童劇　小李子は大騙りではない　筋書

第一場　天への感謝

武陵という小さい山村では、毎年、春になると、一二人の子供を選び、村の長老が彼等を連れて山に登り、大空に向かって感謝を表し、春雨が、これからの一年、田や畑を潤してくれることを祈る。「一切、準備が整いました」と彼等が歌うと、果たして雷声が轟き、春雨がにわかに降り注いだ。

第二場　魚や海老の舞

春雨が降り注いで喜んだのは人間だけではない。川の魚やエビも喜び、跳ねたり踊ったり。お化け鰻も出てきた。

第三場　市場に行く

たくさんの雨は人々に豊かな実りをもたらし、市場には各種の屋台が出、売り声が絶え間ない。そこへ人々が一人の人間を持ち上げ、「どいた、どいた」と叫んで走ってきた。出てきたお化け鰻に手を食いちぎられたというのだ。人々が驚き慌《あわ》てた。

そのため県の役人は銅鑼《どら》をたたきながら「長官様が懸賞をお出しになった。生け捕りでも死んでいても、お化け鰻を捕まえた者には銀三百両を取らす」と触れ回った。群衆は手をたたいて喜んだ。

第四場　漁　労

小李子《シャオリーズ》は普段《ふだん》、お爺さんと船を操って川の魚を捕っているが、この日、何回も網をかけたが、一匹も捕れなかった。彼は、これはお化け鰻の出現と関係があるのではないかと考えたが、まだ幼くて、お化け鰻を捕りに行くことができないのを残念に思った。

第五場　慌てる母親

川にまた、お化け鰻が現われ、村人は緊張した。或る時、一人の母親が三人の子供を見失い、あちこち大声をあげて走り回り、子供を探した。

第六場　道士の妖怪退治

お化け鰻のため村人は道士に妖怪退治を頼んだ。しかし、このならず者は、自分自身をも安全に保てなかった。虚《うつ》ろな声を挙げて剣を抜き、妖怪を斬った際、ウッカリ川の中に入り、水に巻き込まれてしまったのだ。村人は、お化け鰻が害を加え、道士を殺してしまったと考え、チリヂリに逃げ帰ってしまった。ただ小李子だけが居残って彼を救おうとした。

第七場　路に迷う

小李子は竿を使って船を操り、現場に戻り、道士を捜しているうち、全く見たことがないところに出てしまった。道に迷ってしまったのだ。だが、川の流れのつきる辺りに洞窟があるのを発見した。

第八場　桃花源

小李子が、その洞窟をくぐると、そこは桃花源《タオホワユエン》（桃源郷）といわれるところだった。彼と出会った桃花源の子供たちは彼を見ると、もう我慢ができないという感じで大笑いした。服装が彼らと全く変わっていたからだ。

彼は家に早く帰ろうと思ったが、くぐり抜けてきた洞窟を見つけ出すことができなかった。桃花源の子供たちは、そこに外界と交通できる洞窟があるということを信じなかった。彼等は一緒に村に行き、何でも知っている大長老に尋ねたらどうかと勧めた。

第九場　川浚え

小李子が桃花源に入り込んだ後、武陵と周辺の人たちは慌てた。お爺さんと村人たちは皆んな彼がお化け鰻に捕まえられたに違いないと考え、全村挙げて長竿を使って隈なく川浚《かわざら》えをした。彼らは夜明けから暗くなるまで捜したが、何の痕跡も見つけ出せなかった。

第一〇場　諦めないお爺さん

全村挙げての捜索も小李子を見つけ出せなかった。しかし、お爺さんは諦めなかった。五日間、食べず眠らず、それでも疲れ切った身体を引きずるようにして、またまた長い竿を持って小李子を捜しに出かけた。

第一一場　さようなら桃花源

小李子は桃花源で楽しい日々を過ごしたが、内心穏やかではなく、どうしても帰りたいと言った。年取ったお爺さんのことが心配だったのだ。村人は、それを聞いて深く感動し、大長老は「この世に二つとない桃花源も小李子のお爺さんには及ばなかった。仙境のように美しい桃花源も武陵には及ばなかった」と言った。

小李子と桃花源の友達は恋々として別れがたかった。

第一二場　招　魂

小李子を捜すこと半月、見つけ出せなかったお爺さんは、孫の服だけを持って川の畔に行き、死者の霊魂を呼び戻そうとした。意外や意外、お爺さんの哀切な叫び声にかすかに応えるものがあった。お爺さんは恐ろしく思ったり喜んだり。武陵に急ぎ帰ろうとしていた小李子が途中でお爺さんの声と出会ったという次第。

第一三場　県庁に行く

お爺さんは孫を連れ、県庁に行き、長官を訪ね、耳寄りな情報を申し上げた。長官は小李子の話を聞き終わると、彼らに褒美として銀五〇両を与えた。そして、すぐに役人たちに命じて船を用意させ、桃花源を探しに出かけさせた。

小李子は家に帰る途中、障害児の愛笑瘋《アイシャオフェン》に出会った。彼女は、彼に「あたいも、あんたを捜したよ。

そいでね、トウトウお化け鰻が隠れてるところを見つけたよ」と言った。それは小李子を、さらに面白がせた。

第一四場　お化け鰻を飼う

二人は笊に一杯死んだ鵞鳥《がちょう》や鴨を入れ、それで、お化け鰻を飼うことにした。桃花源の大長老が小李子に「お化け鰻などおらぬ。大鰻じゃ。大鰻は住むところが決まっていて、動物の死体で餌付けをすれば大人しくなり、友達にもなる」と教えたためだ。

第一五場　長官は激怒

小李子の言葉にしたがって、長官は半月の間、仙境のように美しい桃花源を探したが、見つけ出せず、それどころか病気にもなったので、帰館すると、早速、小李子とお爺さんを呼び出し、腹立ち紛れに小李子に五〇回の杖刑《じょうけい》を命じた。役人の高く振り上げた棒があわや小李子のお尻に振り下ろされようとした瞬間、長官は「止めろ」と叫び、「それでは死んでしまう」と役人を激しく叱り、子供用の細い竹の鞭を持ってこさせた。

第一六場　小李子は大騙り

村人が皆で「小李子は大騙《おおかた》り」と囃《はや》し立てたので、小李子は無実を証明しようと愛笑瘋と相談、飼い馴らしたお化け鰻を川の蛇籠《じゃかご》の中に誘い込み、皆に見せたが、彼らは二人が捕まえたとは信じなかった。お爺さんは、お化け鰻を持っていって賞金をもらえと説いたが、小李子は答えず、川に放った。長官も知らせを聞いて、やってきたが、後の祭り。また小李子の悪戯《いたずら》と大いに罵った。すると、ちょうどその時、長官の罵声に応ずるように、お化け鰻が水の中に現われ、天上からはヒラヒラと桃の花びらが……。一時、皆んなポカンとする。結局、皆んな小李子の話を信ぜざるをえなかった。しかし、桃花源は他の場所を探してもムダ。それは、私たちの心の中にある。皆んな、そのことが分かり、感動して小李子と合唱して幕。

聞いて！　私は、あなたに言いたい。あの麗《うるわ》しい桃花源はどこにある、と。
聞いて！　あの麗しい桃花源は私の心の中に、あなたの心の中にある。
麗しい桃花源は私たちの村の中にある。
麗しい桃花源は私たちの希望の中にある。
聞いて！　私は、あなたに言いたい。あの不思議なお化け鰻はどこにいる、と。
聞いて！　あの不思議なお化け鰻は天地の中に、大自然の中にいる。
あの不思議なお化け鰻は私たちの村の中にいる。

あの不思議なお化け鰻は私たちの愛護を受けている。
聞いて！　あの不思議なお化け鰻は、あなたと私、私たち皆んなの生命の中にいる。

（以上は台湾省政府教育庁発行の小冊子「台湾省第四届音楽芸術季系列之一一
児童劇：新桃花源記　演出・黄大魚児童劇団」中の「場景」部分を訳したもの）

インタビュー①

龍眼の熟する季節

コミュニティの崩壊

黄春明　私の書くものにどうして、よく爺さんと孫が出てくるかと言うとね、今の若者は自分の周りの環境について知らないでしょ。農村に暮らしていたなら、昔は三代同居ですよ。お父さんとお母さんは赤ちゃんが生まれた後も田んぼに行って仕事をする。本当に孫を育てたのは爺さんと婆さんですよ。子供と、爺さん婆さんの生活があって初めて言葉がある。地元の言葉がね。地元の生活、習慣、文化がある。爺さん婆さんが先生ですよ。それがあったからこそ知らず知らずのうちに土地への感情も芽生えてくる。人格成長にとって、これはとても大事なことですよ。

例えば私、黄春明がね、故郷について語るなら、五時間でも一〇時間でも話せる。あの川にはどんな魚が泳いでいて、どういう方法で獲って食べたとか、詳しく話せる。どこにどんな木があってどういう名前で、どんな鳥が飛んできて何を食べるか、泣き声はどうか、今の子供はほとんど知らないでしょ。

これは大事なことですよ。

西田勝　そう、知らないですね。鳥も魚も近くにいないし、教えてくれる人もいませんし。

黄　私の小説に爺さん、婆さんがよく登場するのは、そのことを強調したいからです。農業社会が崩壊し、都会に出稼ぎに行かなければならなくなった。一番小さい社会というのは農村の部落ですよ。家庭ではない。部落と部落、村と村、共同体、コミュニティですね。しかし、今はそのコミュニティが崩壊してしまった。コミュニティが壊れたまま、大きくなった社会が病気なのは当然ですよ。こんな社会で子供が成長したなら、十何歳で、もう人格というものが失くなってしまう。人を殺す。子供も人間の品位というものをスッカリ失くしてしまう。それも環境の問題ですよ。幼稚園の頃はエンゼル、天使の目をしているのに、一〇年経つとサタン、悪魔になってしまう。どうしてですか、環境ですよ。この社会の反映ですよ。

西田　日本でもエンゼルの目をしているのは三歳位までですね。『聯合報』の児童文学賞の選評を読むと、あなたは子供の未来を大切にしなくてはいけないと書いていますね。

黄　そうです。台湾でも自然破壊が凄まじい。ちょっと雨が降ると、土石流《どせきりゅう》で家屋が押し流される。子供の犯罪率も高くなって、犯罪年齢が低下したのも自然の生態を破壊したことと無関係ではないですよ。

西田　そうですね。あなたは自然環境の破壊より社会環境の破壊の方がもっと凄まじいと言ってますね。

黄　資本主義というものは資源を取って、物を作って、売る。大衆社会を作って消費して、また生産し、利潤を追求して、と限りがない。だから社会主義や共産主義もいいところがあると思いますね。革命の理論は正しいのに、建国するとオカシクなりますね。

「国家」は不要

西田　「国家」の問題です。「国家」を持つと、そういうふうになりやすい。

黄　「国家」はいらないね。

西田　そうです。「国家」があると、どうしても腐敗が生ずる。自分の保身しか考えない役人が一杯出てくる。民衆の方を見ないで上の御機嫌ばかり窺っている。資本主義国家はマネー、マネーと金のことばかり、それを子供も学習する。昔はあなたの言う通り、お爺さんやお婆さんがいて、「寄らば大樹の蔭」というような旧弊なことも教えるが、「人に迷惑をかけるな」とか、虫を殺すと「虫も生き物だよ」と言って人間として生きる生き方の基本となるものも教えました。

　ところで、私は昨年（一九九七年）九月、北京で中国共産老幹部の張香山《チャンシアンシャン》さんとお会いした時、台湾を解放しないと、中国革命は完結しないでしょうが、台湾は別の民族となっているから独立させた方がいいのではないか、それが不可能なら、中国も広すぎるから一〇くらいに分けて、連邦国家 United States of China に、台湾もその一つにした方がいいんじゃないですかと言ったんです。私はグローバル・ローカリストなので、全世界が三千人くらいの単位のコミュニティで構成されるのがいいと思っていますから、過渡的なものとして、そんなふうにしたら、と言いましたら、「うーん」と唸《うな》っていました。

小さいコミュニティが世界の中心にならなければいけないという考え方で、私は限りなく黄春明さんの考えに近いと思います。

黄　そうね。

西田　小さくないと本当の理想の政治ができませんよ。三千人規模だと地域の代表が同じホールに集まることができるし、自治体の長にも簡単に会える。過渡的には三万人単位でもいい。三万人くらいなら、市長にも簡単に会える。それ以上だと、市長は大統領のようになってしまって、壁が厚くなって会うのも容易ではない。

「呼びかけ」を持った文学

黄　先生がやっている、民と民との外交が一番いいね。やっぱり小さいのがいいですよ。それでね、いま私が子供に対して書いているものでは、日本語では「呼びかけ」かなあ。母親が「春明、どこにいるのー、帰ってきてちょうだーい」。あれ何と言いますか？

西田　「呼びかけ」ですね。

黄　私はね、子供の頃、自殺したいと思ってる時期がありました。幼い時に母をなくし継母《ままはは》とうまくいかなかった。

西田　継母の継子《ままこ》いじめですか。日本では歌舞伎や新派劇の大きなテーマですが、それで自殺したいと思ったんですか。

黄　私はね、成長の過程でとっても苦しかった。学校でも、いい生徒ではなかった。暴れるとか、喧嘩するとか、退学させられるとか。隣近所では「黄春明《ホワンチュンミン》と友達になると悪い子になるから、友達になってはいけない」と言われた。お父さんにも殴られた。だから私ね、少年時代は悲しくて切なくて、自分が世界で一番かわいそうな子供に思えてね。私が死ねば、お父さんも泣くだろうと思ってね。よし、そんな悪いお父さんは泣かせてやろうと思うと、死ぬ勇気が出てくる。継母は、私か死んだら隣近所の人から「継子をいじめて。なんてひどい母親だ」って批判されるでしょう。それを考えると死ぬ勇気が力一杯湧いてきてね、こわくない。でも、爺さんのことを考えるとね……爺さんは私が死んだら悲しんで泣くだろう。年取った爺さんのことを考えると、泣かせるのはかわいそうで死ねなくなる。年取った爺さんが私の心に呼びかけてくるんです。「春明やーい！　帰ってきておくれー！」って。資本主義化された社会、台湾に生まれた人は、ちょっと立ち止まって、静かにその「呼びかけ」に耳を傾けて欲しいと思います。帰ることはできないかもしれないけれど。

私はその「呼びかけ」をね、一九三七年のスペインの内戦、フランコと人民解放軍の戦いを書いたもの(66)にも使いましたよ。スペインのフランス国境に近い地方がフランコ軍に落ち、人民解放軍はピレネー山脈を越えてフランスの方に逃げていったが、フランスに入ることができない。フランスはドイツ軍が怖い。進むことも退くこともできない。雪が深くてとても寒い。そこで、火を焚いてみんなで囲んで——悲しいです——皆んなで歌を歌いました。スペインのお母さんの「呼びかけ」ですね。あなたの歌はどこの村の歌、あなたの歌はどこの町の歌と、スペインのあちらこちらの地方の歌をそれぞれに歌ったけれど、最後の人は、何も歌えなかった。でも、火が消えてなくなろうとする時、湖を見て歌い始めた。その歌は誰も聞いたことがなかった。「あなたの故郷はどこ」って聞くと、「この山の下です」と答えた。「そこは、今どうなっているのか」と聞くと、「逃げてきた時はフランコ軍とドイツ軍に占領されていた」と答えるんですね。

彼の話を聞いていた隊長は、「進むことも退くこともできないなら、われわれは山を降りて戦おうではないか」と言う。そして暁を迎えた時、死んだ同志たちの鉄砲も担いで山を降りていったんです。おしまいには戦いの中で皆んな死んでしまうんですけれども、彼らがもし山を降りて戦わなかったら、スペイン人民戦線の中で「解放の精神」という生命が残らなかったでしょう。死んでも生きる道を「呼びかけ」たんですね。

西田　現代日本の文学には人に、そのような勇気を与えるような「呼びかけ」を持った文学はほとんどない。そういう作家もほとんどいない。

黄　現代はそういう文学を必要としないみたいね。ロシア文学、たとえば、ドストエフスキーのエッセイとか小説を読んでいると泣きそうになる。寝る前に、ああ神様ありがたい。こんないい作家を世に送って下さり、私の生活は豊かになりました、力も出てきました、と祈って感謝したい気持ちになります。ドストエフスキーを読んでいると、自分が作家として恥ずかしくなる。どうしてあんなに大きくなれないのかと。台湾でも多くの作家が世に出ては死んでいるけれども、台湾社会はあまり変わらないね。何かが少なくなったという感じする。

西田　台湾には、あなたがいるから大丈夫ですよ。

黄　いや、いや私はダメ。文学者として私は余りマジメでないね。いろいろなことをやってる。社会を大きなテーマにしてね。あっちを向いたり、こっちを向いたり、いつも闘ってる。ドン・キホーテね。

西田 ドン・キホーテが必要ですよ。世の中には計算ばかりしている現実派のサンチョ・パンサが多いですから。バカなことをするドン・キホーテがいなくちゃダメですよ。私もドン・キホーテの片割れですよ。自分の本職をそっちのけにして、あちらこちらに飛び回って、しなくてもいいことばかりしている。

黄 先生もドン・キホーテね、わかる（笑）。私ね、社会運動をやってきて思ったことがありますよ。大人に向かってやるのは、ちょっとムダかなと。大人が変わるのは大変。大切なのは子供。頭が柔らかい子供の時、正しいものを提供しなければ将来が大変。核武器（核兵器）や核電（原発）反対も、子供に歌や劇、物語、遊びなどを工夫し、そういうものを通じて訴えるのがいいと思いますよ。

農村の老人たち

西田 才能がないからなあ。でも、ないなりに挑戦しましょうか。

黄 やりましょうよ！　それをやったらね、もっと若くなりますよ。

西田 もう、ゴミ捨て場行きですからね（笑）。ところで最近はどんな小説を書いているんですか。

黄 一人婆さんが山に住んでいたんだけれどね、病気になって町の病院に運ばれていくが、もう命が長くないから、家に帰って葬式の準備をしたら、よいと言われて、山に戻ってくる。よその町にいる息子や孫たち、親戚たちが大勢呼び集まってくるが、婆さんは一日経つと元気になってしまった。皆んなホッとしてそれぞれのところへ帰っていった。ところが二週間すると、婆さんが危ないという連絡が親戚中に伝えられたが、今度は前ほど大勢は帰ってこなかった。皆んなが集まると、何と婆さんはまた元気になり、皆んなに言います。「今月は死ぬにはあまり都合のいい月ではないので、死ねなかった」と。それで「すみません。来月か再来月、きっと本当に死にますから、勘弁して下さい」と謝るんです。本当にへんてこな話なんですけれど。[67]

もう一つは「蠅を打つ」[68]。爺さんは農村の百姓だったんだけれど、子供が田畑を売り飛ばしてしまったので、土地を失って、都会のスラムのようなところに住んでいる。もう歳で仕事もないから毎日、青蠅をたたいているという話です。悲しくて切ない。

西田 現代作家の作品の傾向はどうですか。やはり社会に背を向けた作品が多いですか。

黄 今日（一九九八年一二月三一日）、例の『聯合報』主催の新人作家賞の授章式で、審査員の一人の陳映真さんは「今の若者は幸福ですね。ちょっと何か書けばすぐに賞がもらえる。私や黄春明さんの時代は原稿料もなく、自分たちで同人誌を作って、腹を縛って書いたものですよ」と話してます。

西田 「腹を縛って」というのは、どういうことですか？ 腹が空《す》くからバンドでしめて、ということですか。

「道路清掃人夫の子供」が処女作

黄 そうです。私は一八歳の時、「春鈴《チュンリン》」という名前で「道路清掃人夫の子供（清道伕的孩子）」という短編を書いた。その少年は小学校の四年生で、とても聡明で勉強もできたけれど、暴れ者でね。先生が或る日、少年に罰として教室の掃除をさせ、それが終わると便所の掃除もさせた。少年は考えた。お父さんは、なぜ街の道路の掃除をしているんだろう。何か悪いことをしたため、罰を受けたんだろうか。少年は淋しい気持ちで家に帰った。夕方になって清掃人夫のお父さんが、ゴミを空っぽにした荷車を曳いて坂道を登って帰ってきます。少年は毎日、坂を下りてお父さんが荷車を曳き上げるのを手伝います。その日、お父さんは楽しかった。溝を掃除した時にお金を拾ったと言って少年にくれた。しかし、その夜、少年は眠れなかった。眠ると同級生たちの顔が次第に大きく見えてきて、「やい、なんだ、お前の父ちゃんはクズ拾いかあ」とかなんとかバカにして嘲けっている。同級生のお父さんは銀行に勤めたり、市場で魚を売ったりしてる。だから弁当箱の中は魚もたくさんある。皆んなボクのお父さんよりいい仕事をしてると思えて眠れなかった。翌朝、学校に行った。けれど学校の門を見ると、怖くなって逃げてしまった。同級生たちが自分をあざ笑っているような気がしてね。

陳映真さんは私のこの小説を例に引いてね、「当時の若者は自分のことばかりでなく、自分を取り巻く他人の生活をジッと観察して書いた」と言いました。今の若者たちは、どうですか。自分の身体のこと、自分のセックスに対する気持ち、あるいはセックスの後の疲れとか、酒を飲みにパブに行って、ミュージックを聴いて、誰々の音楽がどうだとかこうだとか、それだけでしょ。自分のことだけ。社会や彼を取りまく人間のことは全然、視野にないね。あるのは機械とかコンピューターだけ。

デビュー作は「『城仔』下車」

西田　今の日本も同じですよ。「道路清掃人夫の子供」という作品が文壇デビュー作ですか。

黄　最初の作品だけど、文壇デビュー作ではない。文壇にデビューした作品は「『城仔《チャンズ》』下車（「城仔落車」）」という作品。「城仔」は地名です。婆さんが寒い日の夕方、カリエスで背の曲がった孫の少年を連れ、城仔へ行くため宜蘭《イラン》からバスに乗ります。婆さんは遠くからやってきたので地理が分からない。城仔で降りなければならないが、いくつ乗れば着くか分からない。それで隣の乗客に尋ねると、二つ三つ先だという答え。その客は或る停留所で降りた。車内は話声もなく、乗り降りする客もない。バスは橋頭《チャオトウ》に着いてまた発車した。婆さんは、「もう城仔に着いたか」と車掌の姉さんに聞くと、城仔はもうとっくに通り過ぎたと答える。婆さんは「しまった！　降りる、降りる、降ろしてくれ」って悲鳴のような声で叫んだが、途中下車できず、次の停留所で降りた。実は城仔で少年の母親と会うことになってたんです。母親は売春婦をしながら少年の養育費を稼いでいたんだけれど、ヤッと外省人の軍人と結婚することになり、少年と婆さんを引きとって暮らすということになった。だけど、その軍人が、このカリエスの孫を見たら引きとってくれるかどうか、婆さんは心配だった。外は暗くて風が強い。人気《ひとけ》もない。しかも知らない土地に取り残されて。約束の時間までにどうやっていけばいいのか。少年は冷たい風が吹きつけるので身体が痛く、歩けないと言って泣く。婆さんも死にたい気持ち。「下車」という北京語ではなく、「落車」という方言をそのままタイトルに使ったのは、婆さんの「降りるっ」という悲痛な叫び、これが耳に残って、これを大事にしたかったからです。

西田　小説は人気のない、強風の中で降ろされたところで終わってるんですか。

黄　いやぁ、二人をその場へ残したままだったら、私も不安で眠れないよ。そこへトラックに乗った運ちゃんがやってきて、同じ階級だから同情してね。二人を城仔まで連れていきました。

西田　そうですか。あなたの温かい心がそうさせたんですね。ところで、これからはどういう小説を書きたいと思ってるんですか。

「龍眼の季節」という題で

黄　私の生活を小説で書きたい。母が死んだ時、私は八歳、弟は六歳でした。埋葬する時、一緒に山に行くと、その側に桑の木がたくさんあった。桑の葉もね。「ああっ」つて心が嬉しかったよ。その頃、家で蚕を飼ってましたから。弟に「ホラ見て、桑の木があんなにたくさんあるよ」と。翌日、母のお墓のところまで弟と桑の葉を摘みに行った。家の人たちから見ると私と弟は可哀想です。母親を亡くしたんですから。下に妹が三人もいた。

それで家の人や親戚たちは息子二人がいなくなったというので血相を変えて探し回った。私と弟は、お母さんのお墓の側で桑の葉を摘むのに夢中、子どもには時間の観念がないからね。帰りたくなった時はもう夕暮れ。帰り道を急ぐと、折角、摘んだ桑の葉が少しずつ掌から落ちて、おしまいにはなくなってしまったので泣いてしまった。家では婆さんが気違いのようになって孫を捜してた。「お前たち、一体こんな時間までどこに行ってたんだ」と言うから「母さんの墓に行ってた」と答えると、婆さんは感動して泣いてね。幼い子が、お母さんの墓まで行って泣いて帰ってきたと言ってね。

西田　状況がちょっと違いますが、リルケの『マルテの手記』の結末と似ていますね。

黄　「龍眼の季節」という題を考えています。

西田　お母さんが死んで本当に悲しくはなかったんですか。死ぬってことがよくわかっていなかった？

黄　そう。話を少し前に戻しますと、お母さんが死んだ日は家の周りが藁縄《わらなわ》で囲まれ、消毒水をかけられていました。コレラだったから。その前、お母さんが危篤だというので朝から親戚がたくさん集まってきてね。婆さんに「お腹が空いた」と言ってもかまってもらえなかった。仕方なく弟とパイナップルの缶詰を開けて食べたりして、寺に行きました。龍眼《りゅうがん》の種を拾いに。寺には年寄りが集まっていた。年寄りの話は子供にはわからないけど、その側に行ったのは、爺さんたちが龍眼を食べては種を出すでしょ。その種の周りにはまだ実がついているから。それを私が拾って食べると、弟も拾って食べた。お腹が空いてたからね。母親が危篤だというのに、二人の息子がいなくなったというので、やはり親戚の人が捜しに来て「お母さんが死ぬというのに何をしてるか」って力一杯引っ張られて家へ連れていかれた。

私は少しも悲しくない。家に着くと、暗い部屋の中から「ああ、帰ってきた」と一斉に皆んなの声がしました。お母さんは大分弱っていてね。弟に手を差しのべて「いい子にしなさいね。お母さんは今から……」とか言ってね。次は私の番で、お母さんがまだ話さない前に、「母ちゃん、見て、こんなに龍眼の種拾ったよ」と言った。周りは「コイツ、お母さんが死ぬというのに、なに龍眼の種を拾ったなんてバカが」って（笑）、もっとひどく泣かされました。

その後、五、六分してお母さんが死にました。「お利口にして、弟と仲良くして、いい兄ちゃんになってね」とか、これまで聞いたことのない話ばかりでした。

小学校三年生の時ですね。担任の先生が休みで他の先生が教室にやってきました。私がボンヤリしていると、友達が「黄春明さんのお母さんは死んだんだよ」と言った。先生は知らなくてすまなかったという態度で、いつ死んだかと訊ねた。私は何月何日に死んだかと問われても分からない。だから「龍眼がたくさん生《な》っていた時」と答えた。私に同情して優しくなっていた先生が、私が母親が死んだ日を「龍眼がたくさん生っていた時」としか答えられなかったので怒った。「なんて情けない。お前、お正月がいつか分かるか。国の誕生日がいつか分かるか。お母さんが死んだ日は、これと同じように大事なんだぞ。どうして忘れたんだ」って叱られたんですよ。

西田　何月何日、というより「龍眼がたくさん生っていた時」の方がずっと詩的なのに。小説のタイトルのつけ方、あなたは上手ですね。作家には、たとえば日本の島崎藤村のように四角四面、真面目過ぎて下手な人もいます。

大晦日から正月にかけて飛び飛びでしたが、とてもいい話をしていただいて、ありがとうございました。来年はぜひ、日本に……また一緒に旅行しましょう。

（このインタビューは一九九八年一二月三一日、台北士林区の黄春明さん宅と、翌年一月三日、台北駅前の華華大飯店とで二回にわたって行なわれたものをつなげたもの。構成は谷本澄子さん）

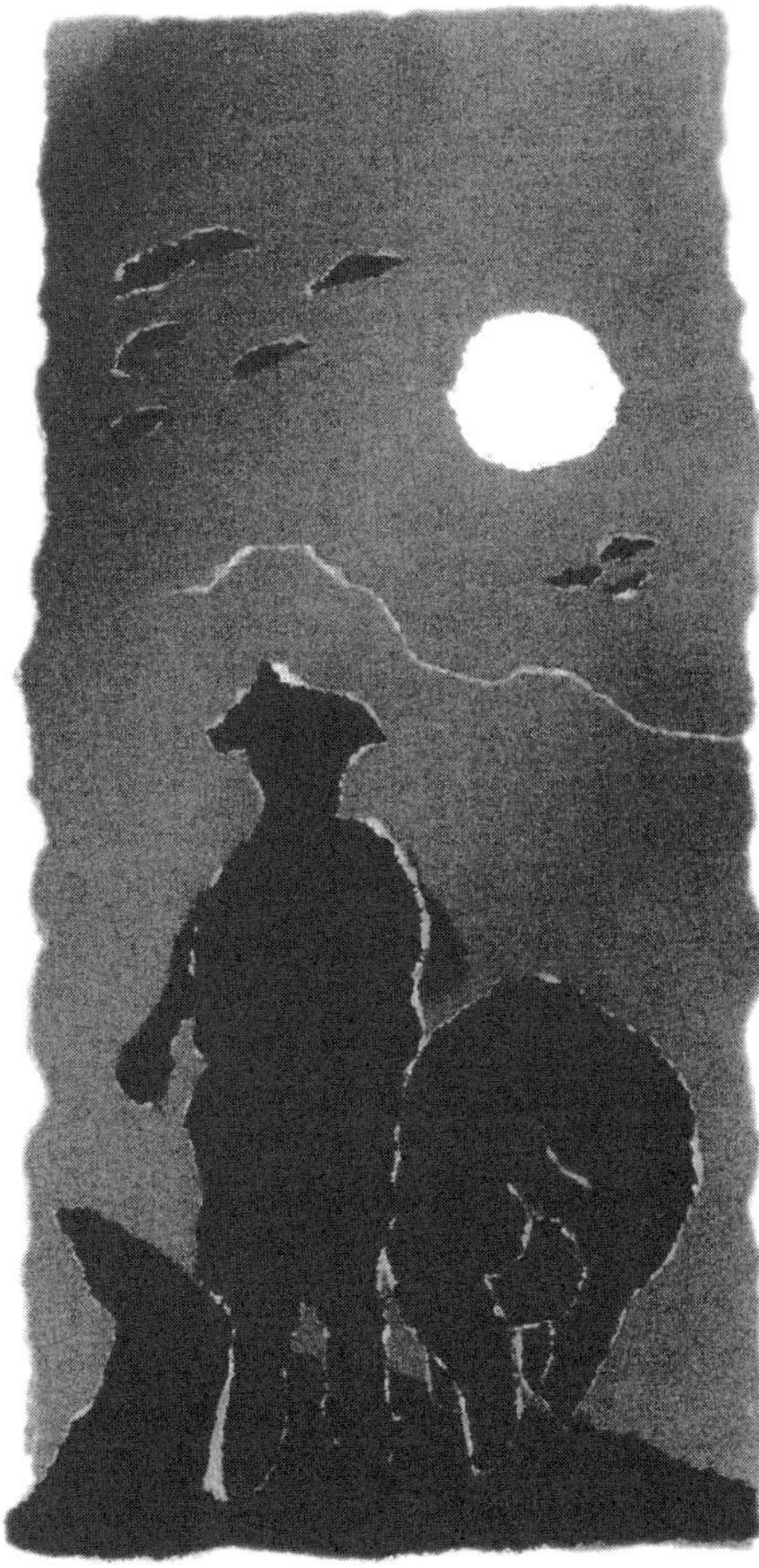

インタビュー②

わが文学を語る

なぜ作家になろうとしたのか?

西田 黄さん、この度はお忙しいところを、わざわざ台湾から、お出かけくださって、ありがとうございました。

黄さんと最初にお会いしたのは今から二一年前、沖縄の那覇で「占領と文学」と題する国際シンポジウムを開いた時のことでした。日本によるアジア・太平洋への侵略と、アメリカによる日本占領とを比較的に考えようとしたもので、日本からは私以外には小田実や色川大吉さんが参加しました。アジア・太平洋地域からは一〇の国と地域から作家や学者が集まり、その中の一人が黄さんで、黄さんは「台湾の内なる占領」というタイトルで、ご自身の小説「戦士よ、乾杯!（戦士、乾杯!）」[69]の素材を語り、台湾の先住民の置かれてきた状態を、まさに「台湾の内なる占領」と表現しました。とても素晴らしい報告で、それならアイヌは、沖縄は、と考えさせ、シンポジウムの参加者に強い感銘をあたえました。その時、何と黄春明さんもまだ若く、五六歳でした。私も六三歳でした。その後、台湾や日本で何度かお会いし、一緒に旅行したこともありました。では、まずひとこと。

黄　こんな暑い天気なのに皆さん、集まってきてくれて、ホントにありがとう。私のように年を取ると、男はね、女房から「あんたは口先ばっかり」と言われます。年取った男は日本では「濡れ落ち葉」と言われているでしょ。あれより悲しいよ（笑）。いくら「口先ばっかり」で生きていても、台湾では私はお話ができます。でも日本に来たら、日本語で話すのがダメだから、私の「口先」が不自由になってしまう。聞きづらいかもしれないけれど、ご勘弁ください。

西田　黄さんの小説の特色の一つは、年寄りが出てくることです。私も今や黄さんの小説の主人公に負けない年齢になってしまいましたが、なぜかそこに孫が出てきます。お爺さんが孫と話している場面だとか、お婆さんが子供を連れて歩いている場面とか。そして、その子供ですが、時に心身障害者である場合があります。とにかく老人がよく出てきますが、日本の老人文学とは全く趣きが違います。日本の老人文学は自分が老人になったことを素材にしたもので、嘆いたり、不平不満を述べたり、愚痴をこぼすというのが多い。そういうのとは全く違います。黄さんが、なぜ年寄りを素材にしている小説を多く書いているのかということについては、後で存分に話してもらいたいと思います。

ところで、御手元の資料集の扉にある、三木直大さんが書いた「黄春明さんのプロフィール」という文章を御覧下さい。ここには「一九三五年、宜蘭県羅東鎮生まれ」と書いてありますが、さきほどの「戦士よ、乾杯！」の日本語訳が収録された『バナナボート　台湾文学への招待』（一九九一年九月・JICC出版局）や、同じく日本語訳の『さよなら・再見』（一九七九年九月・めこん）を見ると、「一九三九年生まれ」とあります。どちらが正しいんですか？

黄　一九三五年が正しいです。

西田　それで納得がいきました。昨日、黄さんに、「西田先生、日中戦争が始まった時、あなたは何歳でしたか？」と聞かれましたので、「小学校三年生でした。《大東亜戦争》が始まったのは中学一年生の時でした。では黄さんは？」と答えますと、「三歳でした」と言いました。それでは「一九三九年生まれ」というのは、おかしいと思っていましたら、三木さんが「一九三五年生まれ」と書いていたので、確認のため、お聞きしました。

三木さん作成のプロフィールにありますように、処女作は一九五六年発表の「道路清掃人夫の子供（清道伕的孩子）」、それから数年して出世作の『城仔』下車（「城仔」落車）」が書かれるのですが……

黄　その題名ですが、意味はたしかに「下車」ですが、主人公のお婆さんの言葉を生かして「落車」という台湾語にしました。

西田　そうでしたね。それはそれとして、あなたはどうして作家になろうと思ったんですか？

黄　すみません、立ってお話しします。年取った人は、いろんな習慣があります。座ったら全然お話ができませんから（笑）。そのお話だったら、ものすごく長いですよ。

私が中学校の二年生の時ね、受け持ちの先生は王賢春《ワンシエンチュン》という、中国から来た女の先生で、その時は二六歳。国語の先生でもあった。子供の時、あまり勉強が好きじゃない。しかし、昔話を聞くのや、芝居を見るのが好きだった。それで、私はね、ほかの同級生より綴り方が上手だった。

ある日、先生が「秋の農家」という題で作文を書かせました。先生が私に作文を返す時、こう言いました。「黄春明ね、作文が上手になりたかったら、他人《ひと》のものを写したらいけません」と。私は他人のものを写したものではないから、「先生、これは私が書きました」と言って、その場に立って言いました。先生は「わかりました。では、お座りなさい」と言いました。でも私はまだそこに立っていました。「先生、信じてくれないなら、もう一つ作文を書きます」と言いました。先生は「それならぜひ書きなさい。先生が見てあげますから」と言いました。私はまだそこに立っている。「どうしたの、まだ何かあるんですか?」と先生が私に尋ねました。「先生、作文の題を出して下さい」と言いました。「おお、そうですね。じゃあ『私のお母さん』でいいですか?」。私はまだそこに立っている。「先生、私のお母さん、亡くなったんですよ」と言うと、先生は「ああ、そうですか……あなたが何歳のとき、お母さんは亡くなったんですか?」と尋ねたので、「八歳の時です」と答えました。先生は「お母さんのイメージはまだ残っていますか?」と尋ねたので、「ちょっとぼけています」と答えると、先生は「ぼけた印象でもいいから、それを書きなさい」と言いました。

実は家に帰ってから残念に思いました。私は別のことを書きたかった。お母さんというとね、叱られた思い出ばっかりですから。だけどね、自信をもって「書きたい」と言った以上、書かないとダメでしょ。一週間かかって綴り方ができました。今思い出すとね、大体こんなことを書きました。

私は八歳の時、お母さんが亡くなりました。私の下にまだ妹と弟の四人がいました。お母さんが亡くなったあと、夜になると、妹と弟たちが寝ないで泣いて、お母さんを探します。すると、お婆さんが、「何だ、お前たち、毎日泣いてばかりいて。お母さんは天に行って神様になったんだよ。泣かないで、泣かないで」と、いつもそういうお話でした。私は妹や弟たちのように泣いてお母さんを探すということはなかったけれど、作文を書こうとして、お婆さんの「お母さんは天に行って神様になったので帰ってこられない」という話を思い出した。それで夜の空を見上げた。だけど、何もない……。だから、私は綴り方にこう書いた。「空を見上げた。雲があった。ときどき星もあった。だけど、お母さんの顔は出てこない」。

翌日、先生に渡しました。先生は「黄春明、あんた、作文が好きですね。あとで先生が見ますから」と言った。冬で第一時間目の授業が終わった時、先生が「今日は太陽が出てきて暖かいから、皆んな外に行きなさい。黄春明、あんただけ教室に残りなさい」と言いました。先生は、私の書いた作文を持ってこっちに来る。それを見ると、赤い紙がたくさん付いています。これには二つの意味があります。私の書いた作文がすごくいいか悪いかのどちらかです。私、自信がないからね、「これは悪い」と言われると思った。ところが、先生の前に立つと、先生の眼は涙が出そうで真っ赤です。「黄春明、あんた、お母さんの印象がぼけてると言ったけれど、とてもよく書けています」と言いました。

沈従文とチェホフ

この王先生は、さきほども言いましたが、中国から来た人で、上着は旗袍《チーパオ》、中国の女性がよく着る服です。靴はね、お母さんとか田舎のお婆さんとかが糸で縫ったものですよ。靴の底がものすごく厚い。それを歯で噛んで、大きな針で、こうして糸を引っ張ってね(靴底を縫い付ける仕草をする)、力も時間も要《い》ります。中国でも台湾でも日本でも、女性は一番、苦労しましたよ。朝一番早く起きるのは女性、一番遅く寝るのも女性ですよ。男は怠け者ではないけれど、いつも女をいじめて、叱るとかね。王先生にもお母さんがいるから、先生はお母さんのことを考えたと思います。先生は「黄春明、あんたの作文は良くできています。作文が上手になりたかったら、文学の本をよく読みなさい」と言いました。一般の先生は、だいたい、そういう話をするだけで終わりでしょ。だけど、この先生は机の引き出しから、日本の旧い本を出しました。二つの短篇小説集です。第一冊はね、沈従文《シンチョンウェン》という中国の作家のもの、とても有名。[70]もう一冊はロシアの作家のアントン・チェホフのもの、この二冊の小説集を私に渡して、「作文が上手になりたいなら読みなさい」と言いました。家に帰り、三、四日で全部読んで、初めて泣いた。特にアントン・チェホフの写実主義による社会描写。ロシアの大衆がどういう生活をしているかを書いている。沈従文の方も貧しい人たちの生活が描かれている。中国の農村は貧しいところですが、山と川と森はものすごく綺麗ですよ。それを背景として悲しい運命の人々の生活を描いている。これはチェホフとはちょっと違う。美しい湖や山があるが貧しい田舎で暮らす人たちは、毎日毎日力を出しても生活は厳しい。そこで暮らしていない人たちにとっては、「ああ綺麗な景色、あんたたちは幸福ですねえ」ということになるが、そこで暮らしている人たちにとっては、現実の生活はあまりに厳しい。話が脇道に反れましたが、この二冊の本は私が作家になるための一つのキッカケとなりました。

それから、「『城仔』下車」を発表した『聯合報』の編集長も女性でした。編集長がもし男だったら、私、小説を書かなかったかもしれません。あの小説、北京語だけを使って書いてはいません。編集長が男だったら、会話も北京語を使って下さいと言うでしょ。あの小説の終わりの方で、お婆さんが知らない土地で、下車するはずの停留所をバスが行き過ぎようとしているのを知って、大声で「しまったぁ、降ろしてくれー」と悲鳴をあげるところがありますが、そのお婆さんの台湾語による悲鳴を大事にして下さい、と女編集長に訴えましたら、女編集長はわかってくれた。彼女は林海音《リンハイイン》と言いましたが、「母の心」を持っていました。台湾の年取った作家は、日本語教育を受けているので北京語で書くのは大変です。難しい。もし「母の心」がなかったら、これはいかん、あれもダメとすぐゴミ箱行きでしょ。だけど『聯合報』の女編集長は、私が作家になる道を助けてくれました。私の日本語、通じませんか?

西田　しっかり通じていますよ。どうぞ、どうぞ。

銃殺された王先生

黄　あの小学校の時の王先生、ある日、教室の外に公安が来ました。そして校長先生が公安のリーダーを連れてきて、「王先生、ちょっとお話がありますから、校長室に来て下さい」と言いました。その時、王先生は焦ったという様子もなかった。先生はね、「はい、授業が終わったら行きますから」と言いました。すると公安のリーダーが、「今すぐ来て下さい」と言いました。その時、先生は、私たちに向かって、「皆さんは中国の可愛い少年です。勉強しなさい。皆さんがよく勉強すれば中国に希望があります」と言いました。そんな厳しいお話でした。突然、こんな話を聞いても、みんな、すぐには言葉が出てこない。翌日、「羅東《ルオトン》の小さな町で一人のスパイを逮捕しました」というニュースが報じられました。王先生は銃殺されました。一九四九年のことです。

西田　二・二八事件の時ですね。

黄　そうです。私は年取ったとき、台湾の国家文芸奨[71]を貰いました。授賞式の時、前に出て皆さんの前でお話ししますね。私はね、皆さんの前に立ったとき、突然、準備したお話の内容を忘れてしまった。ただ頭をあげて「王先生、私、文芸賞をもらいましたよ」とだけ言いました。私がどうして国家文芸賞をもらうことができたか。あの時、王先生が作文が上手になるためには本を読みなさいと言って、本当にいい本を私にくれた。そのお陰です。

西田　本当にいい先生に出会いましたね。子供の才能を見抜いて、口だけではなく、教科書以外に、よいテキストを与える。そういう、いい先生だからこそ、また権力にねらわれて銃殺されることにもなった。

黄春明さんの小説は、読んでいて涙が出てくるものが多い。黄さんの出世作と言われて、私も何年か前、『城仔』下車」という小説を読み、とても短い小説ですが、感動的でした。それで早速、私の研究室から発行されているニューズレター（『地球の一点から』）に載せたことがあります。

なぜ泣けてくるのか？　説明不要ですね。「母の心」、母の愛、人類愛と言っていいでしょう。それがどの小説にも基調低音として流れています。それがストレートに出てくる小説は二、三行読んだだけでも涙が出てくる。

世界的に有名になった「さよなら・再見《ツァイチエン》（莎喲娜啦・再見）[72]」は、ポストコロニアリズムの問題として考える時、たしかに面白い。この小説で、作者は、もと日本の植民地だった台湾が、解放後は政治的には独立したものの、経済的にはアメリカと日本の植民地になってしまった。さらにいえば、日本はかつて「大東亜戦争」を起こして東南アジアを占領し、「大東亜共栄圏」の名の下に日本の植民地にしようとした。しかし、挫折した。ところが、戦後、日本は朝鮮戦争やベトナム戦争のいわゆる特需をバネに高度経済成長を成し遂げ、台湾同様、東南アジアを経済的に日本の植民地にした。日本の男たちが「千人斬り」と称して東南アジアや台湾の女性の買春旅行にでかけていったのも、その結果です。この小説は、そのことを見事にあぶり出しています。

これはなかなかユーモアのある作品で、買春ツアーにやってくる男たちに対して、黄春明さんとおぼしきガイドが、単純に日本に憧れている、いわゆる哈日族《ハーリー》の青年をそそのかして日本人の戦争責任について男たちに盛んに質問をさせ、彼らを懲らしめるという組み立てになっています。面白いことは面白いけれど、何か「母の心」がちょっと乏しいなという気持ちがしないではありません。

「海を訪ねる日」の背景

今日は会場に田中宏さんも来ておられますが、田中さんが訳された「海を訪ねる日（看海的日子）」という作品は非常に感動的な小説です。「海を訪ねる日」の日本語訳が収録された『さよなら・再見』の日本語の序文のなかで黄春明さんは、こんなことを言っています。自分は民衆の精神の糧になる小説を書きたい、ノーベル賞なんかどうでもいい、それより、台湾の同胞が、私の小説を読んで自分たちの心を書いたものだと、そう言ってくれれば自分はそれで充分だ、と。つまり「海を訪ねる日」は、まさにそのような小説で、これは民衆の心に触れているだけではなくて、女性の本当の底力を描いた小説ともいえます。

小説のヒロインは売春宿の女性です。鰹船の漁師たちが何日か漁をして港に帰ってきますが、その漁師を相手の売春宿で働いています。女性は山岳地帯の貧しい農家の出身で、名前は「梅子」と言います。日本統治時代の名残を残しています。源氏名は「白梅《パイメイ》」と言います。義俠心に富んだ姉御肌の女性で、あるとき彼女は母性愛に目覚め、若い健康な漁師の子供を身ごもり、その子とともに積極的に生きていきたいと考えるようになるわけです。そのため彼女は或る日、通ってきた純朴な青年と心を込めてセックスして、身ごもり、売春宿を出て、山に帰り、子供を産む。そして、その赤子を抱いて、もう一度、その子供も授かった場所に戻ってくるというのが、この小説のあらましです。

この小説が台湾文学の中でどのように評価にされているのか知りませんが、私は葉山嘉樹の「セメント樽の中の手紙」を思い出しました。またアメリカのプロレタリア作家、スタインベックの『怒れる葡萄』の中の肝っ玉おっかさんのことを思い出しました。

従来、日本文学に描かれた女性といえば、こういう場面では、めそめそと泣く、被害者の塊のような女性が多い。例外として樋口一葉が「にごりえ」の中で描き出した、お力《りき》という娼婦がいます。娼婦ながら、積極的に環境を生き抜こうとしています。また宮本百合子の「伸子」に登場する女性も積極的に運命を拓こうとしています。しかし、「セメント樽の中の手紙」の女性の積極性は、その線上にありながら、より積極的で、社会変革も視野に入れていて、その点で当時の文壇に大きな衝撃をあたえました。

明らかに、「海を訪ねる日」のヒロインは、葉山の「セメント樽の中の手紙」の女工や、肝っ玉おっかさんと同類の誕生です。胸のすくような小説ですね。そこで、黄春明さんに尋ねてみたい。これは実話ですか？

黄　うん？

西田　私がこの小説の中で一番好きな場面は、白梅に心から愛された青年が非常に感動して、次の日に鰹を五本ぶら下げて丘の上に登って白梅に会いに行くところです。このシーンはいいですね。この青年はあなたでしょ（笑）。

黄　えッ、ちょっと待って（笑）。文学作品は創作であって、事実そのものではないよ（笑）。もちろん、「海を訪ねる日」は私の生活と関係があります。

私は学校時代はものすごく悪い学生でした。反抗ばかり。だから羅東《ルオトン》中学を退学させられ、また別の中学も退学させられた。私が八歳の時、お母さんが死んで、お父さんが新しいお母さんを迎えた。義母は「私をお母さんと呼んで下さい」と言ったけれど、私は絶対に「お母さん」と呼ばなかった。私のお母さんは世界でただ一人。だから義母との生活は毎日とても緊張していた。二回も学校を退学させられた私を義母は相手にしなかった。たとえば、義母が先にご飯を食べている時、私が食べに行くと、彼女は茶碗と箸をポンと机に置いて離れていった。そういうことが、三回もあった。だから、私はこの家に居られない。出なければならないと思った。ソッと家を出ました。その時はね、あの王先生にもらった二冊の短篇小説集も持っていきました。それらは家を出るときの、私の簡単な荷物の中の大事なものでした。山路を降りるとき、トラックにタダで乗せてもらって、涙がポロポロ出てきました。あんなに嫌いな家を出るのに、何でそんなに悲しいのかと、自分で自分に訊きました。悲しいのはね、心の底に故郷という感情があるから。故郷は土に根ざした人間の感情で、表には出てこない。台北に行って仕事を探しました。

台北の一番大きな売春エリアに、扇風機を修繕する電器屋さんがあり、そこで仕事を見つけました。売春宿には甲乙丙というクラスがあって、ライセンスを持っている宿は毎週、衛生のための身体検査をする。もっとも貧しい宿はライセンスをもらえない。一般の貧しい民家の中に混ざっていて、戸を半分閉めるというのが一つのサイン。あれは台湾語で言うと、「半掩門《ポアヤムン》」。ライセンスがある宿は花の名前をつけた看板があります。台北の旧い建物は屋根も低い。窓も少ない。その建物の中を小さく割ってね。全部で千以上の部屋がある。だけど冷房という考えはない。ただ扇風機だけがある。その扇風機は日本の「芝浦」(笑)。とても重くて、丈夫な扇風機ですよ。

西田 知ってます。私の家でも戦前から使っていました。

黄 そうでしょ。二〇年も三〇年も使えるでしょ。ところが、あれがよく壊れましたよ。どうしてかというと、売春宿の中は、畳一畳のスペースで区切ってあって、とても狭い。そして中の空気はものすごく悪い。蒸し暑い。冬でも暑い。だから、いつも扇風機を回さないとダメ。だから扇風機が壊れやすい。私を雇った電器屋さんは普通の電器屋さんのようではない。ショーウインドーもない。机の上には扇風機など壊れたものばっかり置いてある。電器屋さんのボスと奥さんは若い。就職する時、私に口頭試問したのは奥さんです。「あんたはヒューズの修繕できますか」と尋ねた。「私はラジオが趣味ですから、簡単」と答えた。奥さんが「ソケットの修理ができますか」と言うので「簡単です」と答えた。それで雇ってくれた。奥さんが私を雇ったのには訳があった。次の日、売春宿から扇風機が壊れたと電話がかかりました。電器屋の主人は、私を連れて売春宿に行って、あそこの扇風機、こちらの扇風機と修繕する。若い奥さんは、主人が売春宿に扇風機の修繕に行ってね、何か悪いことをしたくなるという心配があった（爆笑）。私は、その時、売春婦をたくさん見ました。でもその頃は、男と女のセックスに関する話はうとかった。田舎からやってきたばっかりだから、女性が薄い着物を着ているのを見ただけで、すぐに顔が真っ赤になった。すぐに仇名が付けられました。「赤鬼」と言います。日本だったらなんと言いますか？

西田　「赤鬼」ですね。

黄　だから扇風機が壊れると、「ちょっと赤鬼を呼んできて」と言われる。そのうち、女性の顔を見るのもだんだん慣れてきて恐くなくなりました。前はこうして、横目でチラッと見るだけで、赤くなりました（笑）。その女性たちは、普通の家庭に暮らしていたら、素顔は玉のような綺麗な女性たちですよ。彼女たちは志願してここに来たのではない。私はチェホフの小説を読んでいたから、なるほどと思った。ロシアのその当時の民衆、農奴の生活はとても貧しくて、生活が困難だから、貧しい女性たちはたくさん、売春婦になった。

私を雇った電器屋さんは、炭も売っていました。炭を売っていたのは主人の奥さんのお父さんです。もう一つは、かき氷の上にかけるシロップも、このお爺さんが作っていました。私はそこで、たくさんの古い瓶を集めては洗う仕事もしていました。ある日、瓶の中に何があったのか、手がとてもかゆくなって、お終いには厚くふくれてしまった。お爺さんは大きな鍋に砂糖を入れ、お終いに色をつける。黄色いバナナの匂いのする油をいれる。それを冷やして瓶に詰め、バナナというレッテルを貼ります。赤いかき氷はイチゴの匂いがします。紫色は葡萄です。売春婦たちは暑いから、かき氷を食べます。私はこれまでシロップをかけたかき氷は食べたことがありません。心理的に恐い。だから女性がかき氷を食べている時、目配せして「そのかき氷、食べないで」と合図する。だけど、おじいさんが見ているから、なかなか伝えることが難しい。女性たちは私の合図が全然わからない。私のことは、みんな赤鬼の扇風機屋さんだと思っているから、どうして氷を食べる時、目で合図しているのか彼女たちには分からない。だから、私の方を見ながら、彼女たちはかき氷を全部食べてしまう。

母系社会こそ理想の社会

或る日、私が売春宿に扇風機の修繕に行くと、あの人――「白梅」のモデルになった人が、「赤鬼さん、こっちに来なさい」と私を呼んでね、「私が氷を食べている時、あんたは色々目で合図してくれたけど、かき氷が好きなの？　じゃあ一緒に食べに行きましょう」（笑）と言った。私は「違います、あのかき氷のシロップはね」と知っていることを話しました。この人はとても綺麗な人で、その時、いろいろ話をしました。ですから「海を訪ねる日」は、彼女の話から生まれました。彼女の話を聞きながら一緒に泣きました。だから、この小説の構想が生まれたのは、古いです。

「海を訪ねる日」は一九六七年一一月、『文学季刊』という雑誌に掲載されました。原稿料は全然ない。編集長は私の友達でした。最初、その第五期（第五号）に発表される予定でしたが、当時、私は広告会社の仕事をしていましたから、ものすごく忙しい。時間がないので無理ですと言うと、友人の編集長は私に「黄春明、あんたの小説と名前を広めるためだから」と言った。私は、ほとんど眠らないで三日間かけて書いた。私は小説を書きながら泣きました。私の女房が「ねえ、あなた、昨日も今日も寝ていないけれど、どうしたの?」と聞く。私は返事をしない。「どこか具合が悪いの?」と、頭に手を置いた。私は「悲しい。白梅が可愛そう」と言った。女房が「白梅って誰?!」(笑)と言うので、「小説の中の売春婦だ」と答えると、「私のことで泣いたことなんかないのに、白梅という女性のために泣くなんて、おかしい」(爆笑)と言われました。

文学作品は生活の中から生まれます。昔の文学作品には社会に対する問題意識があった。しかし、今の台湾の若い作家には社会に対する意識は乏しい。自分のことだけ、個人的な意識しかない。あるいは自分と相手、お互いのことだけ、二人の意識だけ。社会的な問題意識があってはじめて正義という感情も育ってきます。それが大事と思います。

西田 その通りです。やはり、「海を訪ねる日」の中で、カツオをぶら下げて白梅に会いに行く青年は、あなたですね。

黄 あ、それは私ではないよ(笑)。白梅は子どもが欲しいと思っていた。本当に一番いい社会は母系社会ですよ。女が主人ですよ。男は別に要らない。母系社会が本当ですよ。動物を見ても、鳥を見ても母系社会です。鳥はオスが綺麗です。メスはそんなに綺麗じゃない。身体のほうが大事だから(笑)。たとえば鳥ね、メスはオスに、私が好きなら、歌を歌って下さいと言う。「ピヨピヨピヨ」と歌って(笑)、上手な方と一緒に子どもを作ります。メスがオスを選ぶ。それが自然ですよ。

西田 私が長い間、研究している田岡嶺雲という文芸評論家で思想家でもあった人がいますが、彼も、その「女子解放論」のなかで、あなたと同じことを言っています。子孫を残す仕事において主役を務めるのは女性で、男性は脇役に過ぎない、男の方こそ女に媚びるべきだ、と。彼も母系社会こそが本当の社会だと考えていました。

嶺雲は日本の近代文学の中で最初に樋口一葉や泉鏡花、夏目漱石らの才能を発見した、非常に感の鋭い文芸評論家でした。特に一葉にはゾッコン惚れ込んで、一葉が死んだ時には、一葉が生き返るなら、自分の命を捧げてよいとまで書きました[73]。彼もまだ二〇代の青年でしたから、そんな純情一直線の言葉を連ねることもできたんでしょうけれど。

一葉の名作といえば、さきほども触れました「にごりえ」と「たけくらべ」と、それから「十三夜」ですが、このうち「にごりえ」と「たけくらべ」は、主人公が私娼と公娼の違いがありますが、ともに売春婦です。正確には、「たけくらべ」の方は、未来に公娼になることを運命づけられている少女です。嶺雲の評論は一般に短いのですが、この「にごりえ」について書いたもの[74]は珍しく長文で、現在、一葉論の古典になっています。その頃というのは日清戦争のさなかですが、彼は「下流の細民と文士《ぶんし》[75]」と題する論説を書き、作家たちに向かって、維新以降の資本主義の展開から生み出されてきた貧しい民衆の運命を——今もその社会の基本的な構造は少しも変わっていませんが、それらの下層の民衆の境涯を人類愛をもって文学に描き出せと主張しました。つまり、それらの一葉の作品が、嶺雲にとって、彼のそのような主張の過不足ない実現、理想的な出来栄えに見えたということですね。もし嶺雲が現代に生きかえって、黄春明さんの「海を訪ねる日」をはじめ、台湾の貧しい人々の境遇を描いた作品を読むことがあったら、何というでしょうか？　想像力をかき立てられます。

それから、時代が降って、戦後のことになりますが、福田恆存という、後に保守派になったというより、反動的な論客となった文芸評論家がいますが、彼による「私小説」批判《ひはん》[76]は、とてもラジカルでした。

「私小説」というのは、つまり、近代日本文学特有の、あなたのいう「自分のことだけ、個人的な意識しかない」文学のことですが、この批評家は、それを「白い手の独善」だと言ったのです。貧乏この上ない作家であっても、彼らの書く「私小説」というのは、みな「白い手の独善」である、と。「白い手」というのは、働かない人の手を意味します。現在の私小説家にはパートの労働者として働いている人もいますが、問題は意識の在り方の問題で、あなたのいう「社会的な問題意識」がない、あるいは民衆との連帯や協同の意識がないということです。そのような意識がなくては、本格的な文学は期待できない。戦後文学の理想は、このような「白い手の独善」を排し、民衆との連帯や協同のなかで本格的な文学を創造することにある。そのような文学は「素朴な一市民の誠実」をもって民衆との連帯や協同に生きた作家の上に約束されるだろう。そして、彼らの作品には、これまでの近代日本文学が知らなかったような大らかさと喜び、「民衆の世間苦にまみれた哀切な情感」とユーモアがただようだろうと、そう結論したのです。後年、すでに転向して、反動的な論客として現れた時代ですが、シェークスピアの主要な作品を訳して、いわゆる福田版シェークスピア全集を刊行したのも、このような経緯があってのことでした。私は戦後、青年時代、この福田恆存から、もっとも強い影響を受けました。彼と出会うことがなかったなら、文芸評論の道に進まなかったかも知れません。

今から二一年前、黄春明さんと出会い、あなたの小説を読んで、これらの田岡嶺雲や福田恆存の主張が思い出され、私が理想としていた文学の一つが台湾にあると知りました。黄春明さんの作品は、まさに都市や農村の貧しい人々の境遇を、熱い同情をもって生き生きと描き出しているだけではなく、福田のいう「民衆の世間苦にまみれた哀切な情感」とユーモアが、歳を経るとともに、いっそう色濃くなっているのを発見しました。

「社会的な問題意識」から出発する

黄春明さんの作品は、「社会的な問題意識」に発していますから、当然、「戦士よ、乾杯!」にせよ、「さよなら・再見」にせよ、文明批評的です。たとえば「放生」という小説――これは日本語に訳され、黄さんの郷土文学の一つと言われていますが、これも内容は環境問題(公害)で、セメント会社の化学工場が廃液を垂れ流しにするのに反逆する若者を描き出しています。ここにも、お爺さんやお婆さんが出てきて、なかなか読ませます。存在感があります。

ストレートに文明批判を展開している作品もありますね。まだ日本語に翻訳されていないようですが、「花の名前を知りたい(等待一朶花的名字)」という小説は本当に短い、エッセイのような作品ながら、とても印象的です。この小説、作者とおぼしき人が、台北から宜蘭に車で帰る途中、河の堤防に可憐な美しい花が咲いているのを発見する。初めて見る花だったので、そこを通りかかった土地の中学生に花の名前を聞くんですが、誰も知らない。流行の服をまとった、若い女性にも聞くが、女性はただ一言「つまらない。何とか男」と吐き捨てるように言って去ってしまう。ただ最後に孫を連れたお婆さんが登場し、その花の名前を「クズ花(垃圾花)」だと教えてくれる。そこで若い女性の言った「何とか男」が「クズ男」だったことを知るというのが、この作品の内容です。どんなに美しいものでも、金を生み出さないものには何の価値もない。ストレートに文明批判が展開されています。

黄　私は、宜蘭の民衆の植物というテーマが心にあってね。民衆は生活の中で学者たちとは違う名前を植物に付けている。この草は薬になる、この草は何の役に立つとかを、民衆は生活の中で学んでいます。「生活は教育である」「教育は生活である」という原理があります。私は宜蘭の野生の草を調査して絵も描いていますが、あのお婆ちゃんの娘時代は農業の時代です。だから農業生産に直接役に立たないものは大雑把に「クズ草」と言っていました。だから、「クズ草」にも、色んな種類があります。草だけでない。だから人間も役に立たない人をクズだとかゴミだとか言いました。

西田　ゴミがたくさんあってはいけませんか？

黄　いや、ゴミはいろいろ利用できますよ（笑）。

西田　そうでした。私が一九九三年、はじめて台湾に行き、黄春明さんをお宅に訪ねた時、手料理も御馳走になりましたが、その時、黄さんは子供向けの絵本を作っていました。週刊誌や雑誌のカラー頁の色工合がすばらしいと言って、ゴミ箱に捨ててある週刊誌や雑誌を拾ってきて、そのグラビア頁を手でちぎって、台紙に貼り付けていました。その仕事が完成して、その年の夏、『黄春明童話』全五冊（同年五月・皇冠文学出版）が送られてきました。屈原を素材にした『甘いもの好きな皇帝（愛吃糖的皇帝）』や芥川龍之介の「鼻」を思わせる『鼻の短い象（短鼻象）』など、絵だけではなく、ストーリーも見事なもので、早速、児童向けの本を出している主な出版社に声をかけ、その訳書の出版を勧めましたが、すべて断られました。文字が多すぎるし、内容も難し過ぎて、日本では売れません、と。

ところで、その時、私は黄さんに、「どうしてあなたは小説を書かないで、児童向けの絵本を作っているんですか」と尋ねると、黄さんは「もう私は大人には絶望しました。これまでいろいろ書いてきましたが、大人は社会変革のために起ち上がらない。みな金儲けのことしか考えていない。今の若者は本も読まない。子供に期待するしかない」と。その年は黄さんと会った後、高雄では葉石涛さんとも会ったんですが、葉さんも「台湾では真面目な本は売れません。文筆業では到底、食べてはいけない。とんでもない時代です」と嘆いていました。これは日本でも同じで、現在にも続いていることですが。

この頃、黄さんは「黄大魚児童劇団」というのも作って、活動をはじめていました。もちろん、童話を書き始めたのと同じ発想からきています。「大魚」の意味を尋ねてみましたら、「《大魚》の発音は台湾ではターユィ、これは《大愚》と同音とのことでした。とするなら、この劇団の名称は《黄の大バカ児童劇団》という意味になりますね。社会的な理想を実現するためには小利口ではダメ、大バカがいなくてはと解釈できます。しかし、素直に読んでも、金色の大きな魚、堂々としていますね。

「桃花源記」という児童劇の筋書を見ますと、「桃源郷はどこにあるか。それはわたしの心の中にある、あなたの心の中にある」とある。この児童劇のテーマです。少年が主人公で、ダウン症の女の子が脇役で「愛笑瘋《アイシャオフェン》」という名前が付けられています。日本風にいえば、笑い上戸あるいは笑い好きの障碍児でしょうか。いかにも黄春明さんらしい人物設定です。児童劇団は今でもやっているんですか?

なぜ児童劇団を続けるのか?

黄　はい、やっていますよ。私ね、小説も書いていますよ。今、私は二つの劇団を持っています。一つは「黄大魚」ですね。子供劇団ですから、いかめしい名前はダメ。動物の名前が一番いい。どういう動物がいいかというと、私の考えでは魚です。たとえば犬だったら、北京語で「老狗《ラオゴウ》」と言います。年取った犬ですね。虎だったら「老虎《ラオフー》」、年取った虎ですね。けれど、「老魚《ラオユイ》」、年取った魚とは言いません。魚はズッと若いままです。もう一つ、魚が泳いでいるところです。魚の住んでいる世界は山の湖があり、川もあり、海もある。いろんなところで生きていますね。

それで、児童劇団には、魚の名前を付けました。

私は、小説を発表した後、テレビの仕事をしてました。一九七三年の頃、日本のNHKにディスカバー・ジャパンというドキュメンタリー・シリーズがあったでしょ。台湾でもこのような番組が必要だというので、ロケをやりました。その二年前の一九七一年、井上ひさしさんの脚本による「ひょっこりひょうたん島」が六年も続いたのを見て、台湾でも、人形芝居をやることになり、「芬芳宝島《フェンファンバオタオ》」というのを九四週やりました。だけど、思想的に問題があると言われ、止めさせられました。たとえば、第八週の話は「はっは山」というのですが、その山の名前は子供たちと動物たちがつけたもの。どうして、そのような名前をつけたのか。人間、嬉しい時、「はっはっは」と笑うでしょ。山にどういうものがあったら「はっはっは」と笑えるか。子供がやってきたら「はっはっは」と笑えるような山を作りたいとね。そこで怪獣がその山に宝物を置くんですが、全部話すと長くなりますから、簡単に言うと、そのお話では、日が暮れると、お陽様《ひさま》が山の下に沈んでいきます。お陽様は音楽とともにユックリ山の影に沈んで行く。その光景はとても美しい。そこへ兎が登ってきて、「ああ、お陽様が家に帰っていく。みんなも一緒に帰りましょう」と言う。そこで子供も動物も皆んな山に登ってきて、もう半分沈みかけてるお陽様に向かって、「お陽様、待ってくれー」と言ったら、お陽様が待ってくれたんですね（笑）。それで子供と動物たちが、お陽様をバックに一緒に山から降りてくることができた。するると、警備総局の役人が私を呼び出して、「お陽様は中国の毛沢東だろう」（笑）と言う。私は「全然、そんなことない」と答えたけど、「バカを言え。太陽が沈む時、人間を待つなんて、どういうことだ」と私に言った、本当にナンセンスです。そんなバカバカしい理由で私は人形芝居を禁止され、ドキュメンタリー・フィルムの撮影に移ったんです。

こちらの方は五四週やりました。その時代は、私が一番貧乏な時代でしたけれど、一六ミリのカメラを二台持っていました。一つはブリューというフランスのカメラ、もう一つはスイスのポレックス、あれは高いです。私の家の冷蔵庫、誰かが「水を下さい」と言って扉を開けても何もない。あるのはフィルムだけ。そのドキュメンタリーの制作を通して私は台湾というものを勉強しました。「戦士よ、乾杯！」の舞台となった山奥の部落に取材に行ったのも、その時です。この時代は、テレビの番組の制作を通して、小説の材料を集めていました。そして小説を読まない人にはテレビやスクリーンで会いましょう、というようにやっていました。

文学の二つの道

文学には二つの道があります。一つは人生と向き合って芸術を創造する。もう一つは芸術のための芸術。私は最初にロシアの社会的なリアリズム文学の影響を受けた。イギリスというと、皆んな、のどかな田園地帯を見て、ああいい国だなあと思うかも知れませんが、イギリスは世界のあちこちから資源を略奪して金持ちになった。金持ちになって上流階級が生まれて、余裕ができて初めて文学を楽しむ、音楽を聴く、絵を鑑賞するようになる。やがて一般の大衆もね。だけども、これがないのは成金族ですよ。今の台湾や中国は成金族です。買い物に行けば「この店で一番値段の高いものを下さい」と言う。どうして値段が高いかどうかはどうでもいい。全然素養がないからね。

小説は文字でなくて口で表現してもいい。私たちの文字、漢字の歴史は三〇〇〇年も経っていない。最初は甲骨文字という、亀の甲羅や動物の骨に記号を付けたもの、誰も分からない。研究者には読めるようになったけれど、言葉は生活の中で何万年も使っている。西田先生は、私の小説『城仔』下車」を訳されたとき、会話のところは広島弁にしました。言葉は、文字では表せないものがある。たとえば、北京語で「討厭《タオヤン》」という文字、これは「嫌い」という意味です。だけど、生活の中でね、女性が男に向かって「あんたなんか嫌いよ」と言ったらね、本当は「好きよ」ってことでしょ（笑）。だから言葉は、単に文字が声になったものではない。言葉には、声があり、早くて強かったり、弱くて遅かったりしてテンポやリズムがあり、表情もある。もう一つ、私みたいにジェスチャーも使う。全部合わせて言葉というのではないですか。先ほどの広島弁のことですが、方言というのは誰が使ったのか分からないけれど、民衆が使ったもので、一番味がある。面白いね。

話があちこち脱線しますが、さっき先生が母性の話をしたでしょ。台湾は戒厳令の時代、思想統制がとっても厳しかった。男は投獄されると一〇年も二〇年も家に帰れないというのが、ざらにあった。父親が投獄された家で、子供が五、六人もいたら、生活は大変です。父親が思想問題で引っ張られたら、その子と付き合うのは恐いから友達もできない。親戚も離れていく。だから子供たちのお母さんは苦労して、色んなきつい仕事について子供を育てて、一生懸命働いたお金を貯めて家を買う。男が牢屋から出てきた時、「ああ、家庭がまだある」と感動する。これはお母さんのお蔭ですよ。この男第一、男本意の社会では、台湾でも日本でも中国でも、女性は本当にきついです。たとえば戦争で日本は降伏したでしょ。戦争でたくさんの男が死んだでしょ。女も死んだ。その時の社会はバラバラですよ。家庭もバラバラ、それを最後に復元したのは女性、お母さんですよ。台湾でもそう。中国でもそう。ドイツでもそうです。土地はマザーランド、つまり人間の母と母なる土地とが一番の基礎です。これがとっても大事。

いろいろお話しましたが、私は人生のために、人間のために、もっといい社会のために、文学や芸術をやりたい。それが私の理念です。今の大量消費の社会、商品の社会、金の社会では、人間というものがだんだん冷たくなってきている。とても悲しい。私はあまり勉強はしないけれど、生活の中でたくさん学んできました。「海を訪ねる日」にも、私が生活のなかで経験したことがたくさん入っている。たとえば、学校の教室、黒板があって机があって、教室の大きさはこのくらい。学校での教育は狭い。けれど、生活の教室は天と地です。これより大きい教室がありますか。あなたが生活の中で困った問題こそ、あなたの人生の宿題。その宿題を解決していく時、だんだん生活の知恵が貯まってくる。幸せというものもその中にある。しかし、今の社会では大人は変わる見込みがないね。変わることができるのは子供たちだけです。いい本を読んで、いい話を聞いてね。

私が日本の教育を受けたのは二年生のときです。その時の歌をまだ憶えているよ。

♪花壇の花は真っ盛り。わたくしたちは二年生、うれしい、うれしい二年生……（拍手）

五〇年に及ぶ植民地時代、台湾人は年代によって大いに違います。特に「太平洋戦争」以前の二〇年から教育を受けた私のお父さんたちや若者たちと、お爺さんやお婆さんたちとは違いました。私のお父さんは戦争でシンガポールまで行きました。年寄りや若者が皆んな集まって「玉音放送」を聞いた時、私のお父さんや若者たちのように日本の植民地教育を受けた人たちは「気をつけ」をして聴き、日本が無条件降伏したと知って、泣きました。だけど、お爺さんやお婆さんは「お前たち、何を泣いてる。俺たちは勝ったんだぞ」と喜んでいました。植民地時代の台湾人と言っても、大雑把に一括《ひとくく》りにはできません。世代によって違います。細かく見ていかなくてはいけません。

植民地は軍事植民地です。戦争に負けたら軍隊は引き揚げる。日本人は帰国したけれど、その次にきたのは、経済侵略ですよ。経済植民地ですね。「さよなら・再見」では日本人が軍服と銃でなく、今度は背広とネクタイを着け、算盤《そろばん》を持って台湾を経済侵略しにきた、そのことを描いた。もっと、もっと根本の問題は、経済が生活の形となって文化となっていることです。台湾は日本の一番最初の植民地で、統治した期間も一番長い。その長い半世紀の時間は文化になりますよ。それから、さらに経済侵略の半世紀、中国の文化と日本の文化が混じってね、台湾の文化は、あいの子の文化になった。皆さん、御存知ですか。三・一一、東日本大震災で日本に一番寄付をしたのは台湾ですよ（台湾元で七〇億元、日本円では一八二億円に相当）。どうして日本の植民地にされた民衆が、そんなに多くの金を出したか、これを研究して下さい。

先住民族への「原罪」

昨日のシンポジウム(77)でモンゴルが二重の植民地にされたという話がありましたが、台湾は二重、三重の植民地ですよ。戦後、蒋介石が大陸から台湾にやってきたとき、「同じ民族だ、兄弟だ」と、皆んな喜んだのに台湾語は禁止された。日本の植民地時代は、防衛・外交の権利、政治の権利、経済の権利、教育の権利、何でも日本が握っていた。役所で長のつく人に台湾の人は少なかった。上に上がれない。どうして同じ中国に返ったのに、蒋介石の政府は、防衛・外交の権利も、政治の権利も、教育の権利も、経済の権利も、全部国民党です。日本の植民地時代より酷かった。その時代は、台湾の地理も歴史もあまり教えない。中国の地理や歴史に詳しくないと、試験にパスできません。抗議して、抗議して、戒厳令が終わったあと、四〇年かかって初めて台湾の歴史や地理が教えられるようになった。悲しいですよ。だけど、その台湾の歴史の中で先住民を、どれくらい殺したか、先住民とどういう風に生活してきたかということは入っていない。先月（六月）、私は六人の先住民族の若い作家を宜蘭に招いて、彼等の歌を歌い、詩を読んで聴かせた。また小説の一章を読んで聴かせた。毎回四時間、ただ読んで聴かせるだけ。踊りもない。楽器の演奏もない。だけど、みんな静かに聴いている。そして涙をこぼした。

西田　あなたが、あの「戦士よ、乾杯！」で描き出した世界ですね。

黄　そう。私が書いた「戦士よ、乾杯！」、あれは本当に悲しい話ですよ。あの舞台になった山奥には電気がない。小さな家に写真が三枚飾ってある。一枚は日本の戦闘帽を被った兵隊の写真。私をその家に連れていってくれた若者に、「どうしてあんたの家に日本の兵隊の写真がありますか？」と尋ねると、「ああ、あの人は、お母さんの旦那さんですよ」と言う。私は「あんたの話はおかしいね。お母さんの旦那さんは、あんたのお父さんでしょう」と言うと、彼は「違う、違う」と。写真の日本兵は、彼のお母さんの最初の旦那さんで、お母さんが兄さんを産んだ後、日本の「太平洋戦争」に召集され、フィリピンのジャングルで戦死したというのです。もっとおかしいのは八角帽（レーニン帽）を被った人の写真です。この人は共産党の兵隊です。だけど、目が大きくて皮膚が黒い。明らかに先住民の顔つきです。それで「八路軍の兵士の写真がどうして、この家にあるんですか?」と尋ねると、「ああ、この人も私のお父さん」と言うのでビックリしました。八路軍の兵士は、彼のお母さんが再婚した二番目の夫だった。戦後、国民党が台湾にやってきましたが、中国大陸にまだ内戦があって、彼のお父さんやたくさんの先住民が国民党政府に徴兵されて、中国大陸の内戦の最前線に連れていかれた。お父さんは八路軍の捕虜になって、そのまま八路軍に加わった。その後は何んの音沙汰もないそうです。「じゃあ、この隣の人の写真、中華民国海軍陸戦隊の兵士は誰?」と尋ねると、「この人は、お兄さんです」と言う。彼のお母さんの最初の夫である「日本兵」との間にできた子供で、実のお兄さんでした。私はその話を聴いて悲しくて泣きそうでした。世界のどこに、こんな短い間に数々の侵略者の支配を受け、三種類の兵隊になって最前線に連れていかれ、お互いに銃口を向け合うことがありますか、と。

その部屋に、一人の女性の歌う声が聞こえてきました。この暗闇で誰が歌っているのかと聞くと、彼は「あれは私の母さんよ」と言う。「なぜこんな暗闇のなかで歌っているのか」と尋ねると、「私のお母さんはね、祖先の霊とお話ししているのです」と言う。その歌は、こんな歌です（ここで黄春明さん、御詠歌風の歌の一節をくちずさむ）。「どんなことを歌っているのか」と尋ねると、「お母さんが、『酒をあげないから、霊魂が怒っている』と言っている」と。お母さんは肝臓がダメだから、酒はこっちに置いてある、ということでした。その家は電灯がなくて蠟燭の灯りだけです。その夜、私はメモを作るからといって、彼を先に寝かせて、残った酒をコップで飲んだんですよ。私は酒には弱い。ちょっと酔っ払って昔のことを想った。その晩、私も泣いた。そして心の中で「乾杯しましょう、戦士よ、乾杯しましょう」と言った。

私はキリスト教の信者ではないから、「原罪」の考えはない。しかし先住民のことを考えると、私に「原罪」があります。私たちが作った、この社会の構造は先住民に対して非常に過酷ですよ。経済的な条件も悪い。教育の条件も悪い。まともな仕事にもつけない。それは、この社会の「構造的な暴力」ですよ。だから、この社会を作った私にも罪があると考えます。だから、私はあの小説を書きました。

私の力は、この社会では、とても弱い。だけど、この社会を変えていこうとするなら、人間を変えていかなければならない。大人は絶望的です。だから、子供の時からたくさんのいいお話を聞かせ、たくさんのいい芝居を見せる。そうしたら、その中の何人かは、一人でも私についてくるのではないか、そんな考えでやってます。すみません。時間が延びました。(拍手)

西田　まだ聞きたいことが山ほどありますが、予定の時間を大分過ぎましたので、ここで終わらせていただきます。どうも長い間ありがとうございました。(拍手)

(二〇一二年七月八日午後、東京都江東区東大島文化センターで開かれた植民地文化学会主催の講演会「わが文学を語る　『さよなら・再見』から『戦士よ乾杯!』へ」での発言を起こしたもの)

黄春明の眼差し

社会的弱者・ユーモア・文明批判

西田　勝

私は黄春明の作品のすべてに目を通しているわけではなく、また、それらを系統的に追っているわけでもなく、ただ折に触れて彼の小説や童話劇の脚本を読んでいる者で、到底、黄春明文学の研究者とはいえない。以下に述べるのは、黄春明の作品を、いわば無秩序に読んだ限りでの感想と批評であることを最初に断っておきたい。

1　「海を訪ねる日」の白梅

黄春明の作品でもっとも深い印象を受けたのは、社会のもっとも下積みといってよい売春の世界に生き、しかし、それを逆手にとって自身を積極的に解放していく、山岳地帯の貧しい農家出身の女性を見事に描き出した「海を訪ねる日（看海的日子）」（一九六七）だ。

この小説のヒロイン——白梅の姿は、否応なく日本人の私には、近代日本が最初期に生んだ天才的な女性作家、樋口一葉の「にごりえ（濁り江）」（一八九五）のヒロイン、お力《りき》を想起させる。お力もまた当時「銘酒屋」と呼ばれた、日本の売春宿の「看板娘」で、彼女らしく積極的に生きようとした女性だからだ。ただし、彼女の場合、前途は絶望的で、実際、落ちぶれた、馴染みの客に無理心中を迫られ、あっけなくその生涯を閉じてしまうのだが、それに反して、白梅の場合は、若くて健康な鰹漁師の子供を身ごもって、故郷の山地に帰り、村人たちの生活に積極的に関《かかわ》りながら、子供を産み育てようとしている。これは日本と台湾の違いというより、お力が描かれた時代から七〇余年の歳月が流れ、女性を取り巻く社会の環境が大きく変化した結果といっていいだろう。

台湾文学の歴史の中ではどうなっているのか、不案内だが、日本の近代文学では、樋口一葉が「にごりえ」で描き出した、このお力が能動的な女性像の第一着で、次は与謝野晶子が歌集『みだれ髪』（一九〇一）で歌い上げた作者自身である。男女間の恋愛がまだきびしく制限されていた時代に「柔肌《やわはだ》の熱き血潮に触れもみでさびしからずや道を説く君」と奔放に性愛を歌い、当時の男性知識人を圧倒した。さらにいえば、日本の近代文学の歴史の中で最初の力強い反戦詩「君死に給ふこと勿れ」（一九〇四）を書いて、同業の批評家から「国賊」との批判を浴びたのも、この晶子だった。能動的な女性像の第三着は宮本百合子の長篇小説「伸子」（一九二四〜）のヒロイン伸子で、彼女は恋愛によって同じ知識人の男と結婚するが、その後の共同生活のなかで何事にも消極的な夫に飽き足らず、自身の要求によって結婚を解消、新たな人生に向かっている。

ここで一言付け加えると、作者は、この相手の男性に「佃《つくだ》」という姓をあたえている。それをヒロインの名前の最初の文字である「伸」と比べてみよ。旁《つくり》が上下に伸びていないことが知られるだろう。これは多少幼い仕方で、微笑ましいことは微笑ましいが、この小説の弱さ（十分な客観性を獲得できなかった）にも関係していた。しかし、伸子は、男性から女性を離婚することがあっても、女性から男性を離婚することがほとんどなかった、あの時代において画期の女性像だった。

次は、まだその片鱗を示したものに過ぎないが、葉山嘉樹の超短篇小説「セメント樽の中の手紙」（一九二六）に描き出された、セメント工場の女性労働者だ。彼女は、その愛人が誤って破砕機の中に落ちてセメントになったのを、もちろん悲しむが、それだけに終わらず、そのセメントを使用するだろう未知の労働者に宛てて、このセメントが労働者のためだけではなく、たとえ「劇場の廊下」や「大きな邸宅の塀」の造成のために使われたとしても、必ずよい働きをするに違いないと確信するから、それがどこに使用されたか教えてほしいと手紙を書き、そのセメントを詰めた樽の中にしのばせるのだ。自分の上に降りかかった、実に過酷な運命にめげず、それを積極的に乗り超えようとする、知識階級ではない、社会で下積みの能動的な女性像の登場だ。

白梅が時間を超え、また遠く海を隔てて、葉山嘉樹が「セメント樽の中の手紙」の中で示唆した、最新の女性像に呼応しているのは明らかだろう。

ところで、意外に思われるかもしれないが、樋口一葉を日本の近代文学の代表的な作家の一人とさせた名作「たけくらべ（背丈比べ、少年少女時代の意）」（一八九五～）と「にごりえ」はともに社会の最下層に属する娼婦をヒロインにした小説だということだ。より具体的にいうと、前者は東日本最大の政府公認の遊郭だった吉原《よしわら》の遊女（公娼）として育てられていた女性の少女時代を描き出したもので、後者は前述のように、東京の下町の「銘酒屋」に起居する、政府公認ではない娼婦（私娼）の無理心中事件を内容としたものだ。

私が長い間、その作品を発掘し、研究している田岡嶺雲は当時、新進の文芸評論家だったが、この一葉の才能をいち早く認め、一葉が死んだ時には、日本文学の発展のために、もし一葉が生き返るなら自分の命を捧げてもよいとさえ書いた。(73) 作家冥利に尽きると言わなければならないが、どうしてそれほどまでに嶺雲が一葉を高く評価したかというと、それは、彼が当時、作家たちに向かって、近代化がもたらし始めている社会下層の悲惨な運命を、溢れる同情をもって描き出せと訴えていた、自身の主張《しゅちょう》(75)の見事な実現を、これらの作品の中に認めたからだ。

日本でもっとも権威があるとされている、岩波書店の日本語辞典『広辞苑』で、「田岡嶺雲」の項を引くと、第三版（一九八三）では「雑誌『青年文』主筆・評論家として社会文学を提唱」、第五版（一九九八）では「雑誌『青年文』主筆、社会問題をとらえた文学を提唱」と記述されている。二年ほど前、書店に訂正を申し込んだので、現在はどうなっているのか不明だが、この記述は正確ではない。嶺雲は、前述のように、当時の作家たちに、近代化つまり資本主義の展開がもたらし始めた貧困や道徳の崩壊を、同情を以て描き出すことを求めてはいたが、「社会文学」も「社会問題をとらえた文学」の「提唱」もしていないのである。

当時、「社会小説」の名称で社会文学を提唱していたのは、徳富蘇峰を代表者とする、民友社という文学・思想結社だった。だが、嶺雲は、どちらかといえば、その民友社の主張に警戒的だった。たとえば、彼は「社会小説」という論説《ろんせつ》(78)の中で、作家がその作品に、恋愛以外、「社会の現象」を取り入れるのはよいが、「個人の性格」を描き出すことを忘れるようなことがあったら不可と書いているのだ。「個人の性格」を中心に、その「境遇の変化」を写すことによって「社会の現象」を、その背後に表現していくことが大切で、文学本来の方法は「説明」ではなく、「感ぜしむる」ところにあるとして、「理窟」が先行する、いわゆる傾向小説におちいることを危ぶんだわけだ。

繰り返せば、嶺雲が自分の命を捧げてもよいとまで一葉を高く評価したのは、社会のもっとも下積みである公娼や私娼の置かれていた悲惨な状況を、「説明」的に記述したのではなく、「個人の性格」を中心に、その「境遇の変化」を写すことによって、彼女らの置かれていた悲惨な境遇を、余韻深く「感ぜしむる」ことができたからだ。つまり、「たけくらべ」では、吉原近くの下町の子供たちの遊びを背景に、美登利《みどり》という、やがて遊女になることを運命づけられた（小説の最後で、遊女になるための手ほどきを受ける）美貌で利発な、一個の少女を生き生きと描き出すことによって、他方、「にごりえ」では、やはり「銘酒屋」の日常の営みを背景に、お力という美形で気位の高い私娼を、その内面にまで立ち入って写し出すことによって、彼女らの置かれていた悲惨な境遇を鮮やかに「感ぜしむる」ことができたからだ。

同様のことが白梅についてもいえるだろう。私たちは、この魅力的なヒロインを通じて台湾の漁港の娼家の内実や山岳地帯の農家の生活を、自分のことのように追体験できるわけだ。

処女作「道路清掃人夫の子供（清道伕的孩子）」（一九五六）の劉吉照《リュウチーチャオ》をはじめ、「青番爺《チンファン》さんの話（青番公的故事）」（一九六七）の青番爺さん、「溺死した老猫（溺死一隻老猫）」（同）の阿盛《アチャン》伯父さん、「銅鑼

（鑼）」（一九六九）の鈫仔《チンズ》――これらは、いずれもハッキリとした輪郭を持つ、魅力的な、一個の個性だ。黄春明は作家として豊かな稔りが約束される本源の道を歩いていると言っていいだろう。

2　社会的弱者への深い同情とユーモア

黄春明文学の大きな特徴の第一は、このような下積みの女性をふくめての社会的弱者――貧しい人々や老人や心身障害者に対して限りなく温かい眼差しが注がれていることだろう。

それは何よりも「海を訪ねる日」に顕著に現われているが、教室を汚して先生から罰として清掃を命じられた道路清掃人夫の子供が、父親も何かの罰を受けて道路清掃の仕事についているに違いないと思い詰め、級友たちの嘲笑を恐れて、翌日、校門に入ることができず引き返す姿をとらえた処女作にも見ることができるものだ。そして、それは、デビュー作の「『城仔』下車（城仔落車）」（一九六一）でも、娼婦から外省人の軍人の妻となった娘の厄介になるために、冬の寒い日、身体障害者の孫と慣れぬバスに乗って目的地を通り越し、難渋する老婆の上に注がれ、彼女をスッポリ包みこんでいる。

街の映画館のサンドイッチマンに採用されて子供を産むことができた、若い夫が新しい宣伝方式を強いられたため、父親を「大きな人形」と思っていた子供に泣かれるという話を描いた「坊やの大きな人形」（一九六八）や、銅鑼を叩きながら役所のお知らせを住民に伝える仕事をしていたが、スピーカーをつけた三輪車の登場によって職を失った男、つまり鈫仔《チンズ》を造型した「銅鑼」や、また、自転車を漕いで職場に向かう途中、交差点で米軍の高級将校の車に衝突され、両足切断の被害を受けるが、多額の補償金を受け取ることになり、感謝の意を述べる労働者一家の一日に焦点をあてた「りんごの味（蘋果的滋味）」（一九七二）などでも同様で、ヒーローやヒロインに対して限りなく温かな眼差しが向けられている。

一九九〇年代の中頃、黄大魚児童劇団《ホワンターユイ》によって上演された児童劇「小李子《シャオリーズ》は大騙《おおかた》りではない」では、精神障害者の少女に、何と「愛笑瘋《アイシャオフェン》」という名前がつけられている。

次に黄春明文学の大きな特徴の第二は、他人だけではなく、自分をも「おかしみ」をもって観る、つまり喜劇的に観るユーモアが息づいていることだろう。

それは早くもデビュー作の「『城仔』下車」の中に現われている。たとえば、前述のように、ヒロインの老婆は、冬の夕暮れ時、寒風の吹き荒ぶ中、誤って下車、しかし復路のバスもキャッチできないだけではなく、むずかる孫に手を焼いて絶望的になり、「神さん、ホンマにご慈悲があるんなら、どうぞわしを死なしてつかあさい」とまで叫ぶが、幸運にも彼らをトラックで運んでくれる人が現れると、途中、運転手に「もうチッと急いで下さらんか」と促し、いよいよ目的地に着くと、「ありゃ、えらい早かったが」と驚く、という具合だ。

また、「りんごの味」では、病院で麻酔から覚め、交通事故で両足が切断されたことを知ったヒーローの労働者が妻と五人の子供を前に、お先真っ暗と絶望的になるが、米軍将校から二万元という補償金を受け取ると、顔つきもスッカリ変わり、それまで夫を責めていた妻も、「一体、今日ほど美男だったことがあったろうか」とほれぼれと夫の顔を見つめるという塩梅だ。

このユーモアが全開しているのが、「溺死した老猫」と、「銅鑼」だ。まず前者についていうと、これは、街の売春宿で往生を遂げるのが理想と考えている村の年寄たちの一人、つまり阿盛伯父さんが、プールの建設によって村の古き良き伝統が失われていくのを恐れて立ち上がり、村民大会で反対の大演説をするだけではなく、住民に呼びかけて実力によって工事の進行を阻止、それが警察によって潰されると、今度は選挙のために一臂《いっぴ》の力を尽くした県長を訪ねるものの、各課をたらい回しにされ、絶望のあまり、泳げないのに、混雑するプールに身を投げる、というものだ。ひとことで言えば、「溺死した老猫」は一種のドン・キホーテ物語だということだ。

スペインの作家セルバンテスの『ドン・キホーテ』は、スペインの或る地方の郷士が、古き良き時代の騎士道の復活を願って、世の中の不正をただすため旅に出るが、風車を巨人と見なし、それと闘って、逆に倒される、という具合の長篇物語である。いうまでもなく喜劇の大古典だが、黄春明のこの小説では、古き良き時代の騎士道とは古き良き時代の村の生活であり、風車とはプールだったというわけだ。

後者の「銅鑼」の場合も同様で、もう一人の台湾のドン、欽仔《チンズ》にとっての古き良き時代の騎士道とは銅鑼であり、風車とはスピーカーをつけた三輪車であった。

そういう言葉を使えば、この二つの台湾のドン・キホーテ物語は、社会の「近代化」によって古き良き時代の村の生活――「青番爺さんの話」では、そのような生活の一面が生き生きと写されている――が無残に破壊されていく物語だといってよい。このことは、黄春明文学の次の特徴に深くかかわっていることでもある。

3 拝金的格差文明への根源的な批判

黄春明文学の第三の大きな特徴は、人間だけではなく、自然まで破壊し尽くさずにはいない、現代の拝金的格差文明への根源的批判だろう。

それは何よりも処女作の中にクッキリと現れている。まだ小学校四年生なのに、いやもう小学校も四年生になったので、吉照の眼には、社会の格差がハッキリ映っている。

どうして啓新《チーシン》の家では、お父さんは「毎朝キレイな服を着て、三輪車に乗り、中正路《チョンチャンルー》の大洋房《ターヤンファン》（銀行）に行き、夕方、お金をたくさん身につけ、また三輪車に乗って帰り」、「啓新にお金をたくさん呉れ、皮の靴も買ってあたえ、ときどき映画にも連れていく」ことができるのか。「彼らはどうして貧乏ではないのか？」

「阿田《アチエン》の父さんも貧乏」で、「毎日早く起き、市場に行って魚を選び、到るところで魚を売り、夕方遅く帰ってくる」が、「彼の家では毎日魚を食べていると言うが、いいなあ！」

「瑞龍《ルイロン》の父さんは、うちの父さんよりよい。家で瑞龍に算術を教えてくれるだけではなく、『学友』や『東方少年』を毎号買い、読ませている」。

それから「西堂《シータン》の父さん、輝雄《フィション》の父さん……級友たちの父さんは皆んな、うちの父さんより能力があり、人に代わって掃除に行く必要がない」。

「家」という文字は、いうまでもなく、未開から文明に突入した古代中国人の歴史認識を反映したものので、屋根の下に豚が飼われているということを示している。豚は、当時の中国人にとっては財産を意味していた。現代だったら、ウ冠に金と書くべきところで、家があるということは、たくさんの財産を持っている家もあれば、それを少ししか持っていない家もあり、また家さえ持てない人もいる、ということだ[79]。

世界で三番目の経済大国といわれている日本でも、現在、多くの若い男女が定職につけず、家を持つことができない、つまり結婚できずにいる。それはまさに、この地上に、この「家」というものが存在しているからにほかならない。より正確にいえば、貧しかったが、男女が平等だった、未開時代の共同社会が技術の進歩とともに破れて、以前に比べれば、富んではいるが、女性が基本的に男性の隷属者となる家父長制社会が生まれ、多少の変化を経て現在に継続しているためだ。

文明はたしかに人類に一定の富や利便性をもたらしたが、同時に貧富の格差をもたらした。吉照少年はまだ小学校四年生なのに、いやもう小学校も四年生になったので、この文明の素顔に対面することになったのだ。

文明は一方では貧富の格差をもたらすとともに、他方では女性の男性への隷従をもたらし、お力や白梅のような娼婦をも生み出した。

文明はまた拝金主義を生み出し、自然の不必要な破壊——公害をもたらした。黄春明は、この二つの問題についても、小説で取り上げ、すぐれた作品を書いている。

まず後者から述べると、「放生」(一九八七)は、息子の出獄を待つ、農業を営む平凡な老夫婦の日常生活と心理を追った物語だが、その息子というのは反公害運動の闘士で、その連関の中で、化学工場から出る、毒性を帯びた廃水による河川や田畑の汚染、そこから起きる「風評被害」や近隣同士の争いも描き出されている。

前者は「花の名前を知りたい（等待一朶花的名字）」（同）という超短篇小説で、ここでは、作者と思しき人物が「蘭陽《ランヤン》（宜蘭地方）濁水渓《ツオシュイシー》の河口の堤防」で美しい花を咲かせていた野草を見て、その美しさに感動、その名前を、通りかかった中学生たちに聞くが、彼らは知らず、次に自転車に乗った、流行の衣服をまとった若い女性に聞くと、怪しまれたのか「くだらない。××男！」と言われ、最後に孫を連れた、お婆さんに聞くと、初めて「クズ花」と教えられ、若い女性が発した「××男！」は「クズ男！」だと思い当たり、自嘲するというもの。

どんなに美しいものであっても、金にならなければ、「クズ」というのが、むきだしの資本主義、拝金主義の論理だ。その姿を、「花の名前を知りたい」は超短篇ながら、見事に描き出して、印象が深い。

台湾では、まさかそういうことはないと思うが、恥ずかしいことながら現在の日本では、文化系の学部や学科は役に立たない、つまり金を生み出さないから、縮小するか廃止せよという声が、拝金主義の亡者となった政治家から声高く叫ばれている。美しい花のない人生とは何なのか。自分を棚に上げていえば、たしかに文化系にも存在しない方がよいと思いたくなる学者や学生が存在していないこともないが。

現代の世界は、日本や台湾も含めて資本主義の地球化が完了し、その猛威が世界の隅々にまで押し寄せ、文明の諸悪は、その恩恵とともに、私たちに襲いかかっている。

以上に見てきたように、黄春明は、その処女作以来、これらの諸悪に真正面から向き合い、それらを文学本来の方法をもって見事に表現してきた。そういう意味で、黄春明の文学は現代世界文学の最先端に立っているものと言えるだろう。

（二〇一五年一〇月一六・一七日、台湾宜蘭大學で開かれた「黄春明及其文學國際學術研討會」での講演のために用意した草稿に後日、手を入れたもの）

編注

（1）南方澳　台湾島の東北部、宜蘭県蘇澳《スーアオ》鎮の蘇澳港内にある漁港。台湾三大漁港の一つ。太平洋に面し、遠洋漁業の重要基地でもある。
（2）媽祖　中国東南部及び台湾の民間信仰で、航海の女神。
（3）蘭陽　宜蘭県の一帯を言う。
（4）西北雨　蘭陽地方の雷を伴った豪雨。
（5）大喉嚨　大きなノドの意。
（6）五谷王廟　神農大帝を祀る廟。「五谷王」は五穀の王の意。
（7）八仙桌　八人が席につける大机。
（8）外台戯　野外で行なう台湾式歌劇。
（9）清茶四果　お供え物。ウーロン茶と四種類の果物。
（10）金燭響炮　金紙とローソクと爆竹。
（11）謝藍　藤の蔓や竹ひごで編んだカゴ。
（12）土地公廟　民間信仰で土地の神を祀る廟。
（13）聖筶　木や竹で作った三日月型の占いの具。二枚一組。平らな面は「陽」、丸くなっている面が「陰」を指す。地上に投げて平らな面が上になったら「陽」、下になったら「陰」。二枚投げて「陽」と「陰」、つまり「一陽一陰」なら「寿杯」（当たり）となる。

(14) 三牲　三つの犠牲の意。豚と牛と鶏の肉を指す。
(15) 三間廟　「天公（天の神）」と「地祇（地の神）」と「人神」の三者を祀る廟。
(16) 歌仔戯　台湾式歌劇。
(17) 三界公燈　天・地・水の三神に捧げる燈籠。
(18) 土豆鬆　パクチーと落花生を和えたもの。酒の肴にする。
(19) 牽豬哥　強壮な雄豚を母豚と交尾させること。
(20) 豬哥　交尾させる雄豚の所有者の通称。
(21) 鴨母船　平底の舟。
(22) 甲　一甲は一ヘクタール弱。
(23) 三四五六尺　約一キロメートル。
(24) 水鬼　中国の民間伝説に由来する。一般的には川や湖に誤って落ちて水死するか、投身自殺した人の霊が蒸気と合成して出来たもので、自分の身代わりに、通りかかった生者を誘導あるいは強制的に水中に落として溺死させることによって転生する、というもの。
(25) ダビデとトム　ロータリークラブでの名称。同クラブでは、会員は皆、欧米人の名前を持たされた。
(26) 農田水利会　日本統治時代の「水利組合」を継承・発展させた同地方の農業組織。
(27) 祖師廟　北宋の高僧、清水祖師を祀る祠。
(28) 烏沈檀香　白檀（香木）の一種。
(29) 択日館　結婚・引越し・開業・建築・葬儀などの日取りの吉凶を占うところ。
(30) 紅蓮霧果　果物。表面が赤く、縦に割ると、鼻の形に似る。
(31) 刺球子　多年性の植物で、秋に小さな球状の実を結ぶ。鋭いトゲが全体を被い、衣服につく。
(32) 陳三五娘　明朝の伝奇的な作品で、歌仔戯《グーツァイシー》の四大演目の一つ。陳三という若者と五娘をめぐる曲折に満ちた愛情劇。

(33) 鴨母坤仔　謝阿坤村長のあだ名。村長の生家は鴨子（アヒル）を飼い、その卵を商っていたことに由来する。日本風に言えば「アヒルの坤坊《くんぼう》」と言ったところか。

(34) 石蟾蜍　蟾蜍はヒキガエル。

(35) 中壢　現・桃園市中壢区。もとは先住民族の居住地だったが、中国東南部からの移民たちによって開発された。

(36) 瑞芳九份　現・新北市瑞芳区九份。映画『悲情城市』の舞台になったところ。

(37) 母親撤三年謊　育児の苦労を言ったもので、「母親は一生のうち八つの嘘を言う」という諺もある。

(38) 恒春　台湾の南部、屏東《ピントン》県にある町。

(39) 註生娘娘　民間信仰の一つで懐妊・育児の女神。

(40) 原文は「一枝草一点露」。台湾の諺で、「天無絶人之道（天には人の道を絶つなし）」の意。

(41) 醃蘿蔔　大根の酢漬。

(42) 麻油酒　ゴマ油と米酒を混ぜ合わせたもの。

(43) 被窩　布団の両側と足元を折り曲げて筒状にしたもの。

(44) 百草茶　民間に伝わる飲料。多種の草汁を煮詰め、加糖したもの。解毒作用がある。

(45) 柴頭仔　漢方薬。樹木の葉や皮や幹を砕いたものを材料とするところから、この名称がある。栄養剤になるものもあれば、堕胎用のものもある。

(46) 薑母茶　ショウガ茶。

(47) 三山国王廟　中国は広東省の東部に起源を持つ民間信仰。同地にある三山――巾山・明山・独山の「国王」（神）を祀る祠。

(48) 城隍廟　民間信仰で、冥府の裁判官を祀る祠。

(49) 鶏の意味　中国語での発音は「チー」だが、台湾語では「ゲー」、売春婦や女性の陰部を指す。

(50) 枉死城　民間信仰で、冥府の中の非業の死を訴えるところ。
(51) 九層塔　台湾式バジル料理。
(52) 双十節　中華民国の建国記念日（一〇月一〇日）。辛亥革命の発端になった武昌義挙の日（一九一一年一〇月一〇日）に因む。
(53) 出外討吃　外に出て吃（食べ物）を討《もと》める。
(54) 賺吃　吃（食《く》い扶持《ぶち》）を賺《かせ》ぐ。
(55) 紅閣桌　細工を施した机。
(56) 祖媽、祖婆　「祖媽」は曽祖母、「祖婆」は祖母を指す。
(57) 査甫祖　曽祖父を指す。
(58) 鬼月　旧暦七月。中国の民間伝説で、同月の初日に地獄の門が開き、餓鬼が現世に出て災害をもたらすとされ、自分の名前を付けた服を着るなとか、子供や老人は夜、外出するなとか多くのタブーが設けられている。死者の霊を慰撫するため、中元節をはじめ、さまざまな祭拝が行われる。
(59) 阿蕊婆　すでに故人となっている年配の女性の呼称。
(60) 印傭　インドネシア人の小間使い。
(61) 八宝芋泥　蒸した里芋に多くの具を添えた菓子。
(62) 荸薺丸子　クワイの根茎を素材にした団子。
(63) 猫頭牌愛好好　架空の強壮剤。台湾では「鳥頭牌愛好好」という名前の強壮剤が知られている。
(64) 芋頭糕　里芋と米を使った菓子。
(65) 海山醬　海の小海老や山の生姜を入れて醸造した醬油。
(66) 「走！　我們回去（行こう！　我らは帰る）」。『郷土組曲』（台北遠流出版社・一九七六年四月刊）所収。
(67) 本選集所収の「死んだり生き返ったり（死去活來）」を指す。

(68) 「打蒼蠅」。初出は『聯合報』一九八六年四月二〇日付。のち黄春明小説集『放生』（聯合文学出版社、一九九九年一〇月刊）に収録される。

(69) 「戦士、乾杯！」　初出は『中国時報・人間副刊』一九八八年七月八・九日連載。

(70) 沈従文の作品は、中国新文学の代表作家として魯迅とともに、一九二七年一〇月以来、小説や戯曲が日本語に訳されている。短篇小説集『辺城』（一九三八年一一月。改造社）、長篇小説『湖南の兵士』（一九四二年九月。小学館）など。

(71) 国家文芸奨　詳しくは「第二届国家文化芸術基金会文芸奨」。一九九八年月八月二九日、円山飯店で授賞式が行われた。

(72) 「さよなら・再見」　初出は『文学季刊』第一期（一九七三年八月刊）。

(73) 「一葉女史を吊《とむら》ふ」（『江湖文学』二号、一八九六年一二月）。『田岡嶺雲全集』（法政大学出版局）第二巻所収。

(74) 「一葉女史の『にごりえ』」（『明治評論』五巻一号、同年一二月）。同全集第一巻所収。

(75) 「下流の細民と文士」『青年文』二巻二号（一八九五年九月）に発表された。同前。

(76) 拙著『社会としての自分』（オリジン出版センター・一九八五年七月刊）所収の「逆説としての戦後　福田恆存と私」参照。

(77) 植民地文化学会主催のフォーラム「日中戦争の勃発と東アジア」で、二〇一二年七月七日午後、早稲田大学一四号館四〇三号室で開かれた。問題提起者は纐纈厚（山口大学）・歩平《ブーピン》（中国社会科学院）・尹健次《ユンコンチャ》（神奈川大学）・陳《チェン》翠蓮《ツイリエン》（台湾大学）の四人で、コメンテーターは内海愛子（社会学者）・楊海英（静岡大学）、座長は岸陽子（早稲田大学）が勤めた。

(78) 『文庫』五巻五号（一八九七年五月）所載。同集第二巻所収。

(79) 英語のFamily（家族）もラテン語の奴隷を屋根の下に持つという意味のfamiliaから来ている。当然ながら、これも古代ヨーロッパ人の歴史認識を反映したものだ。

編訳者あとがき

本書は、今から二九年前、沖縄は那覇市で開かれた国際シンポジウム「占領と文学」の会場で初めて顔を合わせて以来、非系統的ながら、手に取って読み親しんできた作品のうち、これまで日本語になっているものは除き、深く印象に残った小説や児童劇の脚本を集めて日本語に移したものだ。ただし、「海を訪ねる日（看海的日子）」と「坊やの大きな人形（児子的大玩偶）」は、それぞれ日本語訳があるが（前者は田中宏訳で「海を見つめる日」、後者は山口守訳で「坊やの人形」として）、前者は代表作の一つである上、訳者がもっとも強い印象を受けたところから、後者はまさに現代社会の焦点の一つであるフリーランスの置かれた不安定な境遇を先駆的に取り上げていて、本訳書の構成にも不可欠な柱の一つと思われるところから、拙訳を試みた。なお、巻末に作家案内の一助として訳者による二つのインタビューと講演録「黄春明の眼差し」をも収めた。

本書に収められた小説や脚本やインタビューや講演録の初出を掲げれば、以下の通り。題名の丸カッコ内は原題を示す。

「道路清掃人夫の子供（清道伕的孩子）」――『救国団団務通訊』第六三期（一九五六年一二月二〇日刊）
「『城仔』下車（城仔落車）」――『聯合報』副刊　一九六一年三月二〇日付。訳文の初出は『地球の一点から』第一〇四号（一九九九年五月二五日刊）
「青番爺さんの話（青番公的故事）」――『文学季刊』第三期（一九六七年四月刊）
「溺死した老猫（溺死一隻老猫）」――『文学季刊』第四期（一九六七年七月刊）
「海を訪ねる日（看海的日子）」――『文学季刊』第五期（一九六七年一一月刊）
「坊やの大きな人形（児子的大玩偶）」――『文学季刊』第六期（一九六八年二月刊）
「今や先生（現此時先生）」――『聯合報』副刊　一九八六年三月四日付
「花の名前を知りたい（等待一朶花的名字）」――『聯合報』副刊　一九八七年九月二二日付
「死んだり生き返ったり（死去活来）」――『聯合報』副刊　一九九八年六月二六日付
「人工寿命同窓会（人工寿命同窗会）」――『聯合報』副刊　二〇一五年一二月七・八日付
「児童劇　小李子は大騙りではない（小李子不是大騙子）」――台湾省政府教育庁『台湾省第四届音楽芸術季系列之十一　児童劇：新桃花源記』一九九四年刊
インタビュー1「龍眼の熟する季節」――『地球の一点から』第一〇四号（一九九九年五月二五日刊）
インタビュー2「わが文学を語る」――『植民地文化研究』第一二号（二〇一三年七月刊）
「黄春明の眼差し」――『聴・説・読・写　黄春明』（李瑞騰・主編）（宜蘭市・宜蘭県文化局・二〇

一六年一二月刊）

ここで作者の人となりと履歴を一筆書きに紹介すると、日本の統治時代の一九三五年二月一三日、台北州羅東郡羅東《ルオトン》街（現・宜蘭県羅東鎮）に生まれた。八歳の時、コレラで母を失った。彼は長兄で、下に弟一人と、妹三人があった。羅東中学初級二年生の時、担任の王賢春先生に作文の才能を認められ、励まされるが、高級一年生の時、学校の布告を破り捨て、退学処分となった。のち頭城《トウチャン》中学に移ることができたが、ここでも退学処分となり、継母との間もこじれ、家出し、台北の色町で電器修理工となる。その後、台北師範学校に入るが、ここも退学処分を受け、台南師範学校に転じ、最後に屏東《ピントン》師範学校に移り、一九五八年、今度は無事に卒業できた。以後、三年間、宜蘭の広興《クワンシン》国民小学校で教員を務めた。この間、屏東師範学校在学中に処女作「道路清掃人夫の子供」を書いた。

一九六二年、兵役に服したが、その間、出世作となった『城仔《チャンズ》下車』を『聯合報』副刊に発表した。

一九六三年、兵役終了後、中国広播公司《グァンボーコンス》宜蘭台の記者・製作者となり、井上ひさしの「ひょっこりひょうたん島」の刺激を受けてテレビ人形劇「芬芳宝島《フェンファンバオタオ》」を制作・演出するが、一話が毛沢東を賛美するものと当局から続演を禁止され、のち局外に出てドキュメンタリー・フィルムの制作に移った。

一九六六年、同僚だった林美音《リンメイイン》と結婚、台北に転居、聯通《リエントン》広告公司を手始めに正豊《チャンフェン》広告公司、国華《グオホワ》広告公司、清華《チンホワ》広告公司と勤務先を変えている。この間、尉天驄《ウェイティエンツォン》・陳映真《チェンインチャン》・王禎和《ワンチャンハ》らと雑誌『文学季刊』を創刊、次々に代表作となる「青番爺《チンファン》さんの話」（一九六七）・「溺死した老猫」（同）・「海を訪ねる日」（同）、「坊やの大きな人形」（一九六八）・「銅鑼（鑼）」（一九六九）などを同誌に発表した。そして続いて「りんごの味（蘋果的滋味）」（一九七二）、「さよなら・再見（莎喲娜啦・再見）」（一九七三）、「わたしはマリーを愛する（我愛瑪莉）」（一九七七）などを『中国時報』に寄せた。これらの作品によって一九七〇年代、「郷土文学」の代表的な作家と評価され、一九八〇年、呉三連《ウーサンリエン》文芸奨が授与された。

八〇年代のはじめ、「坊やの大きな人形」・「海を訪ねる日」・「さよなら・再見」・「わたしはマリーを愛する」など七つの作品が映画化された。

一九九〇年代に入ると、金権社会に取り込まれた「大人」や「青年」たちには「社会変革」は期待できないが、子供にはまだ希望があるとして、まず、捨てられた広告チラシやグラフ雑誌の色頁を再利用して作った「ちぎり絵」を主体にした「黄春明童話」全五冊（一九九三）を皇冠出版社から出した。その題名を列挙すれば、「僕は猫である（我是貓也）」・「鼻の短い象（短鼻象）」・「背の曲がった子（小駝背）」・「甘い物好きな皇帝（愛吃糖的皇帝）」・「小雀とカカシ（小麻雀・稲草人）」であった。同時に郷土文化の衰退を恐れて宜蘭に吉祥巷《チーシエンシエン》工作室を設立、「村おこし」に関わるとともに、一九九四年には黄大魚児童劇団を発足させ、児童劇「カカシと小雀（稲草人和小麻雀）」や「小李子《シャオリーズ》は大騙りではない（小李子不是大騙子）」の台湾全域の巡回を果たしている。

一九九八年八月、「国家文化芸術基金会文芸奨」を授賞した。

二一世紀に入ると、歌仔戯《グーツァイシー》にも挑戦し、「杜子春」・「愛吃糖的皇帝《アイチータンダホワイン》」。「新白蛇伝1　温情・愛情」などの台本を書き、彼の演出で蘭陽《ランヤン》劇団によって上演された。

二〇一四年、リンパ癌で手術、入院生活を送り、その後退院、療養生活に入ったが、創作活動は衰えず、一昨年一〇月、性風俗の変遷を追った長篇小説『可愛い子について行く（跟著宝貝児走）』（聯合文学出版社）を出した。さらに昨年九月には、やはり長篇小説『秀琴　笑い上戸の女の子（秀琴、這個愛笑的女孩）』（同上）を出した。

彼の作品は現在、以下の「黄春明作品集」一〇巻（聯合文学出版社）に収められている。

①「看海的日子」（二〇〇九年五月）　＊他に「青番公的故事」・「兩個油漆省匠」なども。
②「児子的大玩偶」（同）　＊他に「蘋果的滋味」・「我愛瑪莉」・「清道伕的孩子」なども。
③「莎喲娜啦・再見」（同）　＊他に「鑼」・「溺死一隻老貓」・「城仔落車」なども。
④「放生」（同）　＊他に「現此時先生」・「死去活来」なども。
⑤「没有時刻的月台」（同）　＊他に「男人与小刀」・「葡萄成熟期」なども。
⑥「等待一朵花的名字」（同）　＊他に「戦士、乾杯！」・「郷土組曲」なども。
⑦「大便老師」（同）　＊エッセイ集。他に「王老師、我得奨了」・「人豬哥、草也豬哥？」なども。
⑧「九彎十八拐」（同）　＊エッセイ集。「寂寞的豊収」・「玻璃家庭」なども。
⑨「毛毛有話」（二〇一〇年五月）　＊エッセイ集。赤子の視点からの社会批評。「毛毛」は赤子の名前。

⑩「王善寿与牛進」（二〇一八年六月）　＊漫画集。亀とカタツムリを配しての文明批評。

刊行については黄英哲さん、翻訳に当たっては三木直大さんや卓于綉さん、また彭瓊慧さんの援助を受けた。刊行と制作については出版局の郷間雅俊さんのお世話になった。農村を扱った作品については鄙びた感じを出したいため、話し言葉などを広島は尾道地方の方言風、（全くの方言だと却って読解困難となるため、どこまでも「風」に留めた）にした。この作業については谷本澄子さんの協力を得た。記して感謝の意を表したい。

二〇二一年四月

西田　勝

本書の刊行にあたっては，中華民国（台湾）文化部による出版助成（2020 Grant for the Publication of Taiwanese Works in Translation：文化部翻譯出版獎勵計畫）を受けました。

黄春明《こうしゅんめい》選集　溺死した老猫《ろうびょう》

2021 年 5 月 12 日　初版第 1 刷発行

著　者　黄 春明

編訳者　西田 勝

発行所　一般財団法人 法政大学出版局

〒102-0071 東京都千代田区富士見 2-17-1
電話 03 (5214) 5540　振替 00160-6-95814
組版：HUP　印刷：三和印刷　製本：積信堂

ISBN978-4-588-49039-2

◉著 者

黄 春明（ホワン・チュンミン）

1935年，日本統治下の台北州羅東街《ルオトン》（現・中華民国台湾省宜蘭県羅東鎮）に生まれる。中学時代，継母との間がこじれ，家出するが，最終的に屏東《ピントン》師範学校を卒業。小学校教員となるが，その後，地方テレビの記者，記録映画の制作者，広告会社の社員となる。1962年，「『城仔』下車」で文壇にデビュー，以来，「海を訪ねる日」・「坊やの大きな人形」・「さよなら・再見」など代表作を次々に発表，映画化もされ，「郷土文学」の代表的作家の一人と称せられる。金権社会に取り込まれた「大人」には希望はないとして1994年，「黄大魚児童劇団」を宜蘭市に設立，脚本も執筆した。1998年，「国家文化芸術基金会文芸奨」を受賞。2014年，リンパ腺癌となり，療養生活に入ったが，創作活動は衰えていない。彼の主要な作品は現在，童話や新作を除き，『黄春明作品集』（10巻，聯合文学出版社，2009年5月～2018年6月）で読むことができる。

◉訳 者

西田 勝（にしだ・まさる）

1928年，静岡県に生まれる。1953年，東京大学文学部卒業，法政大学文学部教授を経て，現在〈西田勝・平和研究室〉主宰，植民地文化学会理事。主要著書に『グローカル的思考』『近代日本の戦争と文学』『近代文学の発掘』（以上，法政大学出版局），『社会としての自分』（オリジン出版センター），『近代文学閑談』（三一書房），『私の反核日記』（日本図書センター），編訳書に『田岡嶺雲全集』全7巻，呂元明『中国語で残された日本文学』，鄭清文『丘蟻一族』，葉石涛『台湾男子簡阿淘』（以上，法政大学出版局），ゴードン・C. ベネット『アメリカ非核自治体物語』（筑摩書房），『世界の平和博物館』（日本図書センター），『《満洲国》文化細目』（共編，不二出版），『中国農民が証す《満洲開拓》の実相』（共編，小学館）などがある。

交叉する文人世界　朝鮮通信使と蒹葭雅集図にみる東アジア近世

鄭敬珍 著 …………………………………………………… 4400円

共生への道と核心現場　実践課題としての東アジア

白永瑞／趙慶喜 監訳／中島隆博 解説 …………………………… 4400円

普遍的価値を求める　中国現代思想の新潮流

許紀霖／中島隆博・王前 監訳／及川淳子・徐行・藤井嘉章 訳 …… 3800円

東アジアの尊厳概念

加藤泰史・小倉紀蔵・小島毅 編 ……………………………… 5600円

コスモロギア　天・化・時　キーワードで読む中国古典1

中島隆博 編／本間次彦・林文孝 著 …………………………… 2200円

人ならぬもの　鬼・禽獣・石　キーワードで読む中国古典2

廣瀬玲子 編／本間次彦・土屋昌明 著 ………………………… 2600円

聖と狂　聖人・真人・狂者　キーワードで読む中国古典3

志野好伸 編／内山直樹・土屋昌明・廖肇亨 著 ……………… 2600円

治乱のヒストリア　華夷・正統・勢　キーワードで読む中国古典4

伊東貴之 編／渡邉義浩・林文孝 著 …………………………… 2900円

石の物語　中国の石伝説と『紅楼夢』『水滸伝』『西遊記』を読む

ジン・ワン／廣瀬玲子 訳 ……………………………………… 4800円

＊

表示価格は税別です